KB094932

칠마선문(七魔仙門) 1□

허담 新무협 판타지 소설

초판 1쇄 찍은 날 § 2023년 8월 18일
초판 1쇄 펴낸 날 § 2023년 8월 25일

지은이 § 허담
펴낸이 § 서경석

총괄팀장 § 황창선
편집책임 § 김우진
디자인 § 스튜디오 이너스

펴낸곳 § 도서출판 청어람
등록번호 § 제387-1999-000006호
등록일자 § 1999. 5. 31
어람번호 § 제2-2922호

본사 § 경기도 부천시 부일로 483번길 40 서경B/D 3F (우) 14640
편집부 § 서울특별시 구로구 디지털로 272 한신IT타워 404호 (우) 08389
전화 § 02-6956-0531   팩스 § 02-6956-0532
http://www.chungeoram.com
E-mail § chungeorambook@daum.net

ⓒ 허담, 2022

ISBN 979-11-04-92494-1 04810
ISBN 979-11-04-92472-9 (세트)

도서출판 청어람

허담 新무협 판타지 소설

10

七魔仙門

칠마선문

FANTASTIC ORIENTAL STORY

목차

제 1장
—
마련의 몰락

"네놈들……."

부리가 다가오자 백문보가 두려움과 회한이 묻어나는 눈으로 부리를 바라보며 중얼거렸다.

"멈춰라!"

슥!

묵천의룡단의 단주 정천보가 재빨리 백문보 앞을 막아서며 부리를 제지했다.

"내가 누군지 아시오?"

부리가 정천보에게 물었다. 정천보가 의룡단주가 된 것은 전대 의룡단주 국자량이 홍안령에서 칠랑을 추격하려다가 시월에게 팔이 잘린 이후였다.

그래서 칠랑과 정천보가 직접적으로 대면한 적은 없었다. 하지만 그 당시에도 정천보는 의룡단에 속한 무인이었기에 부리를 알아보지 못할 리 없었다.

"칠랑 중 부리라 불리는 자가 아니냐?"

"어? 알아보네. 이전에 우리가 만난 적이 있소?"

부리가 다시 물었다.

"넌 날 모르겠지만, 난 널 알고 있다. 몇 년 전 너희들이 잠룡동을 거쳐 도주할 때 나도 추격대에 있었다."

"그렇구려."

부리가 고개를 끄떡였다. 시월의 활약으로 군자의 손에서 벗어난 후 잠룡동으로 시월을 만나러 갔다가 월문과 운중오문의 공격에 그곳을 탈출했던 기억이 씁쓸하게 떠올랐다.

생각해보면 이곳에서 잠룡동은 그리 먼 곳도 아니었다.

"너희들이 문주님을 원망하는 것을 모르는바 아니지만 그래도 내가 있는 한 문주님을 해칠 수는 없다."

"젠장, 누가 문주를 해치겠다고 했소? 그럴 마음이었으면 벌써 예전에 문주를 찾아갔을 것이오. 난 다만 문주의 상태가 어떤가 살펴보려던 것뿐이었소."

"…정말 문주님을 해칠 생각이 없느냐?"

정천보가 의심을 거두지 못하겠다는 듯 다시 물었다.

"이제 와서 왜 그런 일을 하겠소. 그리고 내가 죽이려 한들 죽일 수 있는 상황도 아니고."

부리가 주변을 둘러보며 말했다. 멀찍이 떨어진 곳에서 호천밀사들이 묵묵히 그와 백문보를 바라보고 있었다. 부리는 그가 백문보를 죽이려 한다면 호천밀사들이 자신을 막을 것이라 생각하고 있었다.

부리가 호천밀사들이 내심 백문보의 죽음을 원하고 있다는 사실을 알 리 없었다.

"문주님은 우리가 알아서 보살펴 드릴테니 넌 관심 두지 말아라."

정천보가 냉정하게 말했다.

"…알겠소. 사실 나도 얼굴 맞대고 대화를 하는 것은 꺼려지니까. 그냥… 몇 가지 질 좋은 비상약이 있어서 문주에게 쓸 생각이었는데, 지금 보니 그것도 괜한 오해를 살 수 있는 짓이었구려. 내가 오지랖 넓게 나선 모양이오. 문주! 그럼 몸조리 잘하십시오!"

부리가 정천보 뒤쪽에서 자신을 노려보고 있는 백문보에게 큰소리로 외치고는 훌쩍 몸을 날려 시월과 검옹 천복이 만계지마 중산을 추격하기 위해 달려간 절벽 사이 좁은 길로 들어가 금세 사람들의 시야에서 사라졌다.

"실수하신 것 같소. 듣자 하니 칠선문에 한 명의 노명의가 있어서 칠선문 사람들은 효능이 좋은 비상약과 신단을 늘 가지고 다닌다고 하던데……."

부리가 사라지자 호천밀사 곡천이 다가서며 정천보에게 말했다.

"믿을 수 없는 놈들입니다. 특히 문주와 관련된 일에 있어서는 더더욱!"

정천보가 단호하게 말했다.

"그렇다 한들 지금은 어떤 모험이라도 해야 할 때인 것 같소만."

곡천이 숨을 헐떡이는 백문보를 보며 말했다.

백문보는 오늘 하루 동안 수십 년은 더 늙어 버린 것 같았다. 본래 뛰어난 내공의 무인들은 그 내공의 힘으로 어느 정도 인체의 노화를 막아낸다. 그래서 실제 나이가 많은 무인도 중년의 나이로 보이는 경우가 대부분이었다.

백문보 역시 비록 그동안 월문 몰락이라는 참담한 일을 겪기는 했지만, 그래도 정순한 내공의 힘으로 노화를 막고 있었다. 그런데 오늘 만계지마 중산에게 진기를 빼앗기는 바람에 이제는 오히려 본래의 나이보다도 더 늙어 보였다.

아니, 늙어 보일 뿐이기만 하면 다행인데, 그는 지금 목숨까지 위태로워 보였다.

그런 백문보에게 부리가 가지고 있는 화노의 신단은 꼭 필요한 영약이었을 것이다. 그런데 부리에 대한 경계심으로 그 신단을 쓸 기회를 잃은 것이다.

"그놈의 도움 따위는 필요 없소."

호천밀사 곡천의 말에 월문 문도의 부축을 받고 일어나 앉은 백문보가 말했다. 그에게서 버리지 못한 오기가 느껴진다.

"알겠소이다. 일단… 이곳을 떠납시다. 월문까지 돌아가시는 길, 우리가 호위하겠소이다."

곡천이 담담하게 말했다.

백문보가 죽는다 한들 그들에게는 이제 조금의 아쉬움도 없었다. 백문보가 이렇게 초라한 몰골이 된 이상 월문이 부활하는 것은 불가능했다.

"…그럽시다. 일단 돌아갑시다."

백문보가 만계지마가 도주한 절벽 길을 잠시 바라보다 이내 낙담한 표정으로 대답했다.

"업히십시오."

정천보가 백문보에게 등을 돌렸다. 말을 구할 수 있는 곳까지는 누군가의 등에 업혀 가야 하는 백문보였다.

　"미안하군."

　"아닙니다. 당연히 제가 해야 할 일입니다."

　"고맙네. 신세 좀 지세."

　백문보가 천천히 정천보의 등에 업혔다. 그러자 정천보가 전혀 무게를 느끼지 않는 사람처럼, 가볍게 백문보를 등에 업고 산을 내려가기 시작했다.

　"이렇게 월문도 끝나려나 보오."

　구찬서가 정천보의 등에 업혀 가는 백문보를 보며 말했다.

　"그러게 말이오. 월문주 부자가 모두 폐인이 되었으니……."

　곡천이 대답했다.

　"회복은 불가능하겠소?"

　양소산이 두 사람에게 물었다.

　"흡정의 술에 당한 사람이 내공을 회복하는 것은 무척 어렵다고 알고 있소. 흡정을 당하는 동안 혈맥과 기맥이 모두 상하기 때문이오. 그렇지 않다면 진기만 보충하면 되는 일이지만, 내가 보기에 월문주는……."

　곡천이 말꼬리를 흐렸다.

　"그가… 어떤 선택을 할 것 같소? 운중오문과 월문의 거래를 세상에 폭로할 것 같소?"

　이번에는 구찬서가 물었다.

　그러자 곡천이 고개를 저었다.

　"내 생각에 그럴 일은 없을 것 같소. 그렇게 해서 얻을 이익이 없으니 말이오. 그의 몸이 성할 때야 월문의 부활을 위해 감히 운중오문을 협박할 생각을 하겠지만, 지금은 그랬다가는 운중오문에 의해 그나마 살아 있는 그와 그의 혈손들이 하룻밤 새 도륙을 당할 거란 걸 누구보다 잘 알고 있을 것이오. 그러니 감히 그런 짓은 하지 못할 거요."

"그럼… 그를 살려두는 것이오?"

구찬서가 물었다. 얼마 전까지만 해도 기회가 되면 백문보를 죽일 생각이었던 그들이기 때문이었다.

"이젠 십대천문은커녕 삼십육방문의 한 자리도 얻기 힘든 월문이오. 그런 문파의 문주를 죽이는 것이 의미 있는 일인지 모르겠소."

곡천이 물었다.

"하지만 그의 독한 심성을 생각하면……."

구찬서가 말꼬리를 흐렸다.

"그리 걱정되면 일단 운중오문에 이 소식을 전해봅시다. 그럼 오문의 문주들께서 그의 처분에 대한 의견을 전해올 것이오."

곡천이 말했다.

"알겠소이다."

구찬서가 고개를 끄떡였다.

*　　　　　*　　　　　*

파팟!

만계지마 중산이 신경질적으로 검을 휘둘렀다.

그러자 그의 앞을 막던 무성한 나뭇가지들이 맥없이 잘려 나갔다.

만계지마는 길이 없는 숲을 달리고 있었다. 그의 곁에 즐비했던 마정궁의 마정사들 모습도 더 이상 보이지 않았다.

그는 무리를 이뤄 도주하게 되면 추격자들이 자신을 좀 더 쉽게 찾을 것이라 생각해 도주하는 도중에 모든 수하를 사방으로 흩어버렸다.

흩어진 수하들 역시 각기 홀로 도주하게 해서 추격자들로 하여금 자신의 종적을 찾지 못하게 만든 만계지마였다.

그러나 그렇게 수하들을 흩어버리고도 그는 도주하는 속도를 늦추지 않았다. 그가 상대했던 검옹 천복은 물론 사혈문주를 베어버린 칠선문의 젊은 고수의 능력이라면 자신의 흔적을 찾아낼 수도 있다는 불안한 마음 때문이었다.

도주하는 그의 마음은 분노로 가득 차 있었다. 그래서 앞을 막는 수풀을 피해 갈 수도 있음에도 마치 적을 베듯 검으로 베어버리며 이동하고 있었다.

이렇게 흔적을 남기는 것은 치명적인 위험을 만드는 일이었지만 사방으로 흩어진 수하들의 흔적 때문에 나무를 벤 것이 자신인지 아닌지를 추격자들이 알아낼 수 없을 것이라 생각하고 하는 행동이었다.

그러나 사실 그런 그의 안일한 생각은 그를 추격하는 시월과 검옹 그리고 부리에게는 결정적인 단서가 되고 있었다.

"이렇게 어리석은 자가 있나. 혹시 함정일까?"

어느새 시월과 검옹 천복을 따라잡은 후 앞장서서 만계지마 중산의 흔적을 따라가던 부리가 갑자기 걸음을 멈추고 시월을 돌아보며 말했다.

"왜요?"

"이렇게 걸리적거리는 나뭇가지들을 베어버리면서 도주하는 것이 이해가 되지 않아서. 마치 자신을 따라오라고 표식을 남긴 것 같잖아."

"중도에 사방으로 마련의 마인들이 흩어져 달아났네. 우리에게 혼선을 주기 위함이겠지. 다른 곳으로 달아난 자들도 흔적을 지우지는 않은 것 같고. 그래서 난 조금 의문이 드는군. 이 방향이 정말 만계지마가 간 방향이 맞는 건가?"

검옹 천복이 부리에게 물었다.

"확실합니다. 그자는 수하들을 흩어버리면 우리가 혼란에 빠질 거라 생각했겠지만 제 눈을 속일 수는 없죠. 신검산에서부터 그를 따라오면서 그의 발자국을 자세히 보아두었으니까요."

부리가 대답했다.

"사람의 발자국으로 무공을 가늠할 수는 있어도 그 사람의 정체까지 알 수 있다는 것은……."

"어? 어르신 절 못 믿으세요?"

부리가 서운하다는 듯 검옹 천복에게 되물었다.

"아니, 자넬 못 믿는 것이 아니라……."

"에이, 못 믿으시는 것 같은데요. 하지만 절대 걱정 마십시오. 다른 증거도 있으니까요."

"다른 증거? 그게 또 뭔가?"

검옹 천복이 물었다.

그러자 부리가 길을 열기 위해 만계지마가 베어버린 나뭇가지 하나를 들어 올렸다.

"이 나뭇가지가 그 증거입니다."

"다른 사람이 벤 것일 수도 있지 않은가?"

천복이 되물었다. 애초에 베어진 나뭇가지의 흔적은 만계지마의 추격에 아무런 도움이 되지 않는다고 생각했던 천복이었다.

"보통의 경우라면 그렇지만 지금은 좀 다르지요. 베어낸 단면을 보십시오. 보통 내공으로는 이런 흔적을 남기지 못합니다."

부리의 말에 검웅 천복이 부리가 건넨 나뭇가지의 받아 그 단면을 살폈다.

그러다가 나직하게 탄식을 흘렸다.

"아! 그 영활한 자도 이런 실수를 하는군."

"화가 잔뜩 나 있다는 거죠. 그래서 자신도 모르게 나뭇가지에 자신의 무공의 흔적을 남긴 겁니다."

부리가 대답했다.

"어떤 흔적인데요?"

시월이 물었다.

그러자 검웅 천복이 대답했다.

"그냥 평소처럼 검으로 나뭇가지를 베어냈으면 잘린 단면이 매끄러울 뿐 어떤 특징도 없을 것이다. 그런데 그자는 자신의 처지에 분노했는지 검에 진기를 담았구나. 그래서 이런 흔적이 남은 것이다."

검웅 천복이 들고 있던 잘린 나뭇가지를 시월에게 건넸다.

시월이 천복에게서 나뭇가지를 받아들고 그 단면을 살폈다. 고수가 베었다고는 생각할 수 없을 만큼 거친 단면이었다. 더불어 잘린 단면에 희미하게 불에 탄 듯 거무스름한 부위도 있었다.

"한순간 화를 참지 못하고 진기를 폭발시켰군요."

시월이 말했다.

"그렇다고 아무나 그런 흔적을 만들 수 있는 건 아니니까. 만계지마일 거야."

부리가 대답했다.

"그럼 쉽게 따라잡을 수 있겠네요."

시월이 말했다.

"모르지. 중간에 정신을 차리고 이런 멍청한 짓을 그만둘지도 몰라. 물론 그렇다고 이 부리 님의 눈을 피할 수 있는 것은 아니지만."

"서둘러야 하네. 그가 홍안령 더 깊은 곳으로 들어가면 자칫 위험해질 수도 있으니까. 그자가 수하들을 흩어버렸다고는 해도, 분명히 이 홍안령 어딘가에서 다시 모일 걸세. 어쩌면 이 홍안령 어딘가에 알려지지 않은 그의 거처가 있을 수도 있고."

"정말 그러네요. 그럼 속도를 좀 내겠습니다."

부리가 말했다.

"그렇게 해주게. 조용히 그자만 제거할 수 있다면 그게 가장 좋으니까."

천복이 대답했다.

"알겠습니다. 이제부턴 쉬지 않고 놈을 따라가죠."

부리가 고개를 끄떡이고는 만계지마의 흔적을 따라 훌쩍 몸을 날렸다.

*　　　　*　　　　*

만계지마 중산은 가파른 산봉우리 정상에 앉아서 운기를 하고 있었다. 운기를 하는 그의 몸 주위로 붉은 기운들이 안개처럼 흘렀다.

그가 흡정의 마공을 수련한 이후 그동안 흡수한 타인의 내공은 막대한 양이었다. 하지만 그렇다고 그 진기들이 모두 그의 것이 될 수는 없었다.

무인들은 각자의 내공에 자신만의 독특한 성질을 가지고 있었다. 그래서 타인의 내공을 흡수했다고 해서 한순간에 그 내공들을 모두 자신의 것으로 만들 수는 없었다.

무리하게 이질적인 진기들을 융합하려 하면 반드시 부작용이 생겨서 최악의 경우 주화입마에 빠져 목숨을 잃을 수도 있었다.

물론 흡정의 마공은 그런 부작용을 최소화할 수 있게 만들어진 마공이고, 그래서 강호인들에게 금기의 무공으로 인식되는 것이지만, 그렇다고 해도 타인의 내공을 흡수하자마자 완벽하게 자신의 내공과 융합하는 흡정마공은 존재할 수 없었다.

흡정의 술로 타인의 내공을 흡수한 이후에는 시간을 두고 서서히 이질적인 타인의 내공을 자신의 진기로 융화시키는 시간이 필요한 것이다.

그런데 만계지마는 백문보의 내공을 흡수한 이후 그럴 만한 여유가 없었다.

검웅 천복과의 대결 중에 도주를 선택한 이후 줄곧 적의 추격을 피해 홍안령의 깊은 숲속을 쉬지 않고 달렸기 때문이었다.

그러다 겨우 어젯밤이 되어서야 그는 이 천애 고봉의 바위 위에서 오랜만의 휴식을 취할 수 있었다.

워낙 험한 산이기도 하고, 사방이 절벽이어서 보통 사람에게는 극히 위험한 지형이지만, 만계지마 같은 절대 고수에게는 어디로

든 도주하기 용이한 지형이기 때문이었다.

그리고 사실 이곳까지 누군가가 자신을 추격할 거라 생각지는 않는 만계지마였다.

수하들을 모두 흩어지게 해 적을 혼란스럽게 만들었기 때문이었다.

그 많은 흔적 중에 자신의 흔적을 찾을 수 있는 자가 있을 거라고는 생각지 않는 만계지마였다. 그는 자신이 무의식적으로 남긴 치명적인 실수들을 전혀 생각지 못하고 있었다.

그래서 지친 몸을 회복하고, 흡수한 백문보의 내공을 자신의 것으로 만들기 위해 지난 밤 늦은 시간부터 새벽이 된 지금까지 줄곧 이 천애 고봉의 바위 위에서 운기를 하고 있었던 것이다.

하지만 신검산을 빼앗기고 홀로 도주해야 하는 지금의 상황이 이전에 그가 전혀 예상하지 못했던 일이듯, 자신을 추격할 자가 없을 거란 그의 예상은 또 빗나가고 말았다.

저벅저벅!

불청객들은 굳이 발소리를 숨기지 않았다. 그래서 만계지마 중산은 그들이 도착하기 한참 전에 그들이 기척을 알아채고 운기를 끝냈다.

운기를 끝낸 만계지마 중산은 이전보다 훨씬 강렬한 안광을 흘려냈다. 그동안의 피로는 회복되었고, 그의 몸 안에서 넘쳐나는 공력은 그에게 오만한 자신감을 주었다.

더군다나 불청객들이 자신의 기척조차 숨기지 못하는 자들이라면 오히려 그동안의 울분을 풀어낼 좋은 화풀이 대상이 될 것이다.

그래서 만계지마 중산은 도주를 하는 대신 불청객들을 기다렸다. 그리고 그것이 또 한 번의 실수였다.

"너, 너희들은?"

만계지마 중산의 입에서 당혹스러운 음성이 흘러나왔다. 한바탕 살수를 펼쳐 마음에 깃든 울분을 풀어내려던 그의 계획은 나타난 자들을 보는 순간 낭패감으로 변했다.

"거봐. 이 자는 자신보다 약한 자에게 특히 악독한 자라니까. 또한 자기가 마도, 아니 무림 제일이라는 자만심으로 가득 차 있지. 그래서 기척을 숨기지 못하는 하수들을 만나면 피하는 대신 살풀이를 하려고 할 거라고 했잖아. 내 말이 맞았지?"

부리가 시월을 보며 말했다.

만계지마의 혼적이 가까워지자 기척을 죽이고 그에게 접근하려는 시월과 검웅에게 부리는 오히려 기척을 숨기지 말 것을 제안했었다.

그럼 한동안 곤궁한 처지에 빠져 있던 만계지마가 추격자의 무공이 약하다고 생각하고 화풀이를 하려고 도주하지 않고 기다릴 거라 예상한 것이다.

시월과 검웅 천복은 부리의 말에 반신반의했었지만, 결국 그의 말대로 만계지마 중산이 정말 그들을 기다리고 있었던 것이다.

"그걸 어떻게 확신했어요?"

시월이 부리에게 물었다. 앞에 서 있는 만계지마는 안중에도 없는 태도다.

"간단한 이치지. 저자는 사람이 아니거든. 사악한 짐승이지. 사악한 짐승이 자신보다 약한 존재가 자신을 사냥하려 하는 것을 두고 보겠어? 더군다나 수일 동안 도주하느라 자존심이 완전히 바닥일 텐데 말이야."

"역시 사형은 머리가 비상해요."

"흐흐흐, 내가 잔머리에는 대가 아니겠냐."

부리가 득의한 표정으로 나직하게 웃음을 흘렸다.

"이놈들… 결국 여기까지 따라왔구나."

만계지마 중산이 자신을 안중에 두지 않고 시시껄렁한 농을 주고받고 있는 시월 일행을 보며 이를 갈았다.

"한번 시작한 승부는 끝을 내야지 않겠소?"

검옹 천복이 만계지마를 보며 말했다.

"내가… 늙은이가 두려워서 떠났다고 생각하느냐?"

"떠난 게 아니라 도망간 거지. 말은 바로 합시다!"

부리가 큰 소리로 소리쳤다.

"이 머리에 피도 안 마른 놈이 감히……!"

"후후, 그래서 한 번 싸워보시겠소?"

부리는 만계지마 중산에게 전혀 두려움을 느끼지 않고 되물었다.

"네놈 따위는……."

"에라!"

만계지마가 욕설을 퍼부으려는 순간 부리가 갑자기 철궁을 들어 화살 한 대를 만계지마에게 날려 보냈다.

너무 갑작스러운 부리의 공격에 만계지마가 급히 몸을 날렸다.

팡!

부리가 날린 화살은 평소에 쓰던 화살이 아니었다. 보통 화살보다 길이는 짧고 대신 촉이 굵어 근접전에서 사용하기 알맞게 만든 화살이었다.

먼 거리를 날아가지는 않지만, 짧은 거리에선 빠르고 강하게 쏘

아낼 수 있는 화살이었다.

하지만 그렇다고 해도 만계지마 중산이 화살에 당할 사람은 아니었다.

쾅!

급히 몸을 날린 만계지마를 지나친 화살이 그가 서 있던 바위를 강타했다. 그러자 바위 일부가 부서지면서 그 잔재들이 허공으로 솟구쳤다.

"놈!"

갑작스러운 기습에 분노한 만계지마 중산이 화살을 날린 부리를 향해 달려들었다.

순간 부리가 뒤로 몸을 빼며 시월의 어깨를 툭 쳤다.

"이젠 사제가 맡아!"

부리의 갑작스러운 행동에 시월이 얼떨결에 검을 빼 들려는데 어느새 검옹 천복이 시월을 지나쳐 나가면서 만계지마를 향해 검을 뻗어냈다.

쾅!

검옹 천복과 만계지마 중산의 검이 허공에서 충돌했다. 천애 고봉을 만들어낸 바위들이 그 충격에 놀라 수직의 산비탈을 타고 굴러떨어졌다.

스슥!

한 번의 충돌 후 검옹 천복과 만계지마 중산이 동시에 뒤로 물러났다.

누구도 이득을 점하지 못했으면서도, 서로 적지 않은 충격을 받은 듯 얼굴에서 핏기가 사라져 끓어오르는 진기를 억누르는 기색들이 역력했다.

"월문주의 내공을 제법 흡수했군."

검웅 천복이 중얼거렸다.

"늙은이, 오늘은 네 공력을 가져가겠다!"

만계지마 중산이 살기를 드러내며 말했다.

"…좋을 대로. 하지만 그건 살아 있을 때나 가능한 일이겠지."

우웅!

검웅 천복이 더 이상 말을 섞고 싶지 않다는 듯 허공에 여러 번 검을 그어댔다. 그러자 그의 검에서 일어난 광채들이 만계지마 중산의 모든 방향을 에워싸며 뻗어나갔다.

검웅 천복의 무공은 그가 서 있는 주변의 모든 공간을 섬세하게 통제하는 경지에 이르러 있었다.

가늘게 분화한 그의 검기들은 만계지마 중산이 움직일 수 있는 모든 공간을 차단하며 그를 압박했다.

이런 경우 만계지마가 선택할 수 있는 방법은 하나밖에 없었다. 검웅 천복이 만든 검기의 그물을 힘으로 깨뜨리는 것, 피할 곳이 없는 검망을 극복하는 유일한 방법이다.

우우웅!

만계지마 중산의 검에서도 묵직한 검음이 흘러나왔다. 그러자 그의 몸에서 일어난 검붉은 기운이 검으로 모여들더니 검기로 둘러싸여 서너 배는 커졌다.

"죽어라, 늙은이!"

만계지마 중산이 거대하게 일어난 검기를 휘둘러 검웅 천복을 후려쳤다.

콰아아!

만계지마의 검기가 검옹 천복의 검망을 깨뜨리며 그를 향해 닥쳐들었다.

순간 검옹 천복이 다시 살짝 검을 움직였다.

우웅!

묵직한 검음이 일어나며 사방으로 퍼져나갔던 그의 검광이 순식간에 한곳으로 모여들었다.

콰릉!

한곳으로 모여든 검옹 천복의 검기가 만계지마 중산의 거대한 검기와 충돌하면서 다시금 산봉우리를 뒤흔드는 굉음이 일어났다.

한차례 격돌 끝에 두 사람이 서너 걸음 뒤로 물러났다.

"그 짧은 순간에 정말 내공이 무섭게 늘었구나! 역시 흡정의 마공은 사악한 것이군."

두 번째 충돌에서는 조금 손해를 본 듯 검옹 천복이 중얼거렸다.

이제 내공으로는 만계지마 중산을 상대하기 힘들다는 느낌을 받은 것이다.

"후후후, 흡정의 술은 세상 만인의 비난을 받는 무공이다. 그런 만큼 효과는 확실하지 않겠느냐?"

만계지마 중산이 승기를 잡았다고 생각하고는 비릿한 웃음을 흘리며 검옹 천복에게로 다가섰다.

그러자 검옹 천복이 다시 검을 들어 가슴 앞에 세웠다.

그때 만계지마 중산을 에워싼 검붉은 기운이 넓게 퍼지는 듯하더니 갑자기 만계지마 중산의 모습이 사라졌다.

스스스…….

만계지마의 모습이 사라진 공간에선 그의 검이 검붉은 기운 속에 홀로 남아서 요사롭게 번쩍이고 있었다.

슥!

검옹 천복이 한 걸음 물러서며 눈을 가늘게 떴다. 그는 시력이 아닌 감각으로 만계지마 중산의 위치를 가늠하고 있는 듯했다.

그사이 만계지마 중산의 검이 검붉은 기운에서 벗어나 허공으로 떠올랐다.

그러고는 무서운 속도로 회전하면서 검옹 천복을 향해 폭사했다.

검옹 천복이 살짝 무릎을 굽혔다가 몸을 퉁기듯 일으키며 날아오는 만계지마의 검을 향해 자신의 검을 뻗어냈다.

팟!

검옹 천복의 검과 만계지마 중산의 검이 무서운 속도로 서로를 향해 뻗어나갔다.

그런데 두 검이 막 충돌하려는 순간 갑자기 검옹 천복이 검을 틀었다.

"앗!"

조금 떨어진 곳에서 두 사람의 대결을 지켜보던 부리의 입에서 당혹성이 터져 나왔다.

검옹 천복이 검을 틀면서 그의 몸이 고스란히 만계지마 중산의 검기에 노출되었기 때문이었다.

그리고 부리의 걱정대로 만계지마 중산의 검은 여지없이 검옹 천복 가슴 어림을 스치고 지나갔다.

삭!

섬뜩한 절단음이 몸을 비튼 검옹 천복의 등 쪽에서 일어났다.

만계지마의 검이 검옹 천복의 등을 기어코 베어낸 것이다.

그런데 그 순간 검옹 천복은 검에 베인 사람 같지 않게 강한 기합성을 터뜨리며 회수한 검을 자신의 우측으로 밀려드는 만계지마의 검붉은 기운을 향해 내리쳤다.

"핫!"

콰릉!

검옹 천복의 검에서 낙뢰가 떨어지는 듯한 굉음이 일어났다. 동시에 그의 검에 일어난 푸른색 검기가 만계지마가 일으킨 검붉은 기운 속으로 파고들었다.

"욱!"

검붉은 기운 속에서 한 마디 비명이 흘러나왔다.

그 직후 검붉은 기운이 썰물 빠지듯 뒤로 밀려나기 시작하더니 산봉우리를 지나쳐 위태로운 비탈을 타고 흘러내리기 시작했다.

"그를 놓치지 말아라!"

등에 검상을 입은 검옹 천복의 소리쳤다.

순간 시월이 허공으로 도약하더니 산비탈을 흘러 내려가는 검붉은 기운을 향해 무서운 속도로 검을 휘둘렀다.

*   *   *

콰아아!

"악!"

단말마의 비명과 함께 검붉은 기운에 휩싸인 만계지마가 절벽만큼 가파른 산비탈 바위들에 부딪히며 산 아래로 떨어졌다.

시월이 재빨리 달려갔지만, 마치 자결을 하려는 사람처럼 산 아래로 몸을 던지는 만계지마를 따라잡지는 못했다. 그리고 만계지마가 순식간에 산 능성까지 차오른 새벽안개 속으로 사라졌다.

"놓친 거야?"

뒤늦게 달려온 부리가 시월에게 물었다.

"아쉽지만 그런 것 같아요. 워낙 갑자기 도망을 쳐서."

"이런 젠장, 미꾸라지처럼 잘도 빠져나가네. 이제 보니 그자의 가장 큰 장기는 도망가는 거였나 보군."

부리가 투덜댔다.

"그래도 이번에는 남긴 것이 있어요."

"남긴 것? 뭐?"

부리가 묻자 시월이 검을 들어 위태로운 바위 근처를 가리켰다. 그곳에는 팔꿈치부터 잘린 팔 하나와 허벅지 부근까지 잘린 다리가 나뒹굴고 있었다.

"죽었겠는데?"

만계지마가 남기고 간 팔다리를 보며 부리가 끔찍한 듯 몸을 떨며 말했다. 비록 적이지만 팔다리가 잘린 모습을 생각하니 소름이 돋는 듯했다.

팔다리가 잘린 만계지마가 살아남을 가능성은 거의 없었다. 과거 월문신룡 백유검처럼 주위에 도와줄 사람이 있다면 모르겠지만 이 깊고 험한 산 중, 그것도 수직의 산비탈로 떨어진 만계지마를 구해줄 수 있는 사람은 없었다.

아니, 그런 사람이 있다고 해도 팔다리가 잘린 만계지마가 수백 장 산비탈을 굴러떨어지는 와중에 목숨을 부지하는 것은 불가능했다.

"그래도 모르니 따라 내려가 보자."

뒤쪽에서 검웅 천복이 말했다. 그는 만계지마와의 대결로 인해 막대한 진기를 소모해서 평소보다 훨씬 지쳐 보였다.

"군이 찾을 필요가 있을까요?"

부리가 물었다.

"모든 일은 마무리가 중요하네. 한 올의 후환도 남기지 않는 게 좋아. 만계지마가 어떤 자인지 잘 알지 않는가? 그는 무공이 아니라 머리로 세상을 혈겁에 빠뜨린 마인일세. 그런 자는 어떤 모습으로든 살아 있으면 위험한 일을 만들지."

검웅 천복의 말에 부리가 고개를 끄떡였다. 생각해보면 지금까지 만계지마가 일으킨 모든 혈겁은 그의 손이 아니라 그의 머리가 만들어낸 일이기 때문이었다.

"내려가죠."

시월이 검웅의 충고를 받아들여 먼저 위태로운 산비탈을 내려가기 위해 움직였다. 그 뒤를 따라 검웅 천복과 부리가 몸을 날렸다.

혈흔은 곳곳에서 발견되었다. 만계지마가 산비탈을 굴러떨어지며 남긴 혈흔들이었다. 팔다리가 잘린 자가 피를 흘리지 않을 수 없었다. 떨어지면서 그 흔적을 감출 여유는 더더욱 없었을 것이다.

그런데 그 혈흔이 산 중턱에서 갑자기 사라졌다.

"뭐 이런 일이 있지? 땅으로 꺼진 것도 아니고 하늘로 솟은 것도 아니고……."

부리가 갑자기 사라진 혈흔에 당황한 듯 중얼거렸다.

"그 몸으로 혼자 흔적을 없애고 도주했을 수는 없네."

검웅 천복이 말했다.

"그럼 누군가 조력자가 있다는 뜻이군요."

"그런 것 같군. 후… 악인들은 참 생명력이 질기지."

"그 몸을 하고 살 수 있을까요?"

부리가 물었다.

"이렇게 되면 만약을 생각하지 않을 수 없네. 팔다리가 잘렸다고 모두 죽지는 않지 않나. 더군다나 그는 만계지마 중산이네."

"…그럼 계속 추격하죠."

부리가 다부진 표정으로 말했다.

"가능하겠나?"

검웅 천복도 할 수 있다면 끝까지 만계지마 중산을 추격해 그 숨통을 끊어놓고 싶은 듯했다.

"사람이라면, 아니 짐승이라도 그를 구한 자가 있다면 제 눈을 피할 수 없죠. 다만 귀찮아질 뿐이지."

부리가 자신 있게 말하고는 몸을 움직여 주변을 탐색하기 시작했다.

"한 명. 무공은… 만계지마를 업었다고 생각하면 뛰어난 고수인 것 같아."

근방 삼십여 장을 샅샅이 살펴본 부리가 낙엽이 쌓인 한 지점을 살피며 말했다. 대부분이 바위로 이뤄진 산비탈에서 유일하게 낙엽 쌓인 땅이 있는 곳이었다.

"발자국인가요? 난 모르겠는데요."

시월이 부리가 보는 곳을 살피며 말했다.

"발자국이라고 생각하기 어렵지? 하지만 발끝에 차인 낙엽이 움직인 흔적을 지울 수는 없지. 오랫동안 쌓여 있던 낙엽은 그 아래 위의 상태가 다른 법이거든. 아무튼 만계지마를 업고도 이런 흔적밖에 남기지 않았다는 것은 무척 대단한 고수라는 뜻이야."

부리가 신중하게 말했다.

만계지마를 구해간 자의 무공에 대해 부쩍 경계심이 생기는 모양이었다.

"따라갈 수 있겠어요?"

시월이 물었다.

"일단 단서를 찾은 이상 못 찾을 것은 없지. 그리고… 여인인 것 같아서 좀 더 수월할 것 같아."

"여인이요?"

"응, 분을 사용하는 것은 아니지만 그래도 여인 특유의 향이 남아 있어."

"여인 중에 이런 고수는 흔치 않을 텐데요."

"그러게 말이야. 어떻게 할까? 따라가?"

부리가 시월을 보며 물었다.

그러자 시월이 검옹 천복을 바라봤다.

"할 수 있다면 가보세."

검옹 천복이 말하자 부리가 고개를 끄떡였다.

"알겠습니다."

*   *   *

후욱!

여인이 거친 숨을 내쉬면서도 멈추지 않고 숲을 달렸다. 숲은 가파른 산비탈이어서 달리기는커녕 서 있기도 힘든 지형이었다. 하물며 등에는 사람이 업혀 있음에도 그녀는 그런 위태로운 숲을 쉬지 않고 달렸다.

"그만, 그만……."

그의 등에 업혀 있던 사람이 신음처럼 소리를 냈다.

그러자 달리던 여인이 급히 걸음을 멈췄다.

"왜요? 힘들어요?"

"음… 어디 쉴 곳을 찾아봐."

"지금 쉬면 놈들이 따라 올 수 있어요."

"팔다리를 남겨 놓고 왔는데 이런 날 따라오기야 할까."

"사람들이 무서워하는 것은 당신의 팔다리가 아니라 당신의 두 뇌니까요."

여인의 말에 갑자기 업혀 있던 자가 크큭거리며 웃음을 흘렸다. 그러다가 자조적인 목소리로 말했다.

"천홍, 무림에서는 말이오, 아무리 머리가 좋아도 무공이 없으면 늘 천대를 받소. 하물며 팔다리가 없는 날 누가 두려워하겠소. 이제 천하에 나 만계지마 중산을 두려워할 사람은 아무도 없소. 그러니 따라오지 않을 거요. 좀 쉬어가도록 합시다."

여인의 등 뒤에 업힌 사람은 시월에게 팔다리를 잘린 만계지마 중산이었다. 그리고 그를 업고 달리고 있던 여인은 놀랍게도 소수마녀 적천홍이었다.

적천홍은 삼십육마이자 마련십천마 중 한 명이다. 그녀가 비록 만계지마를 도와 의천무맹과 싸우기는 했지만, 그렇다고 만계지마의 수하는 아니었다.

그런데 지금 그녀의 모습은 영락없는 만계지마 중산의 사람처럼 보였다.

"알았어요. 쉴 곳을 찾아볼게요. 하지만 더 이상 무림에 당신을 두려워할 사람이 없다는 말에는 동의할 수 없어요. 당신은 어떤 모습으로든 살아만 있다면 천하를 두려움에 떨게 할 사람이니까요."

소수마녀 적천홍이 퉁명스럽게 말하고는 다시 걸음을 옮기기 시작했다.

"조심해요."

적천홍이 만계지마를 조심스럽게 내려놓았다.

"음!"

적천홍의 등에서 내려와 큰 나무에 등을 기대던 만계지마 중산이 나직하게 신음을 흘렸다.

팔다리가 잘린 부상을 당한 자가 고통이 없을 수 없었다. 하지만 만계지마는 나직하게 침음성을 한 번 흘리는 것으로 그 고통을 참아냈다.

그런 만계지마를 부축하던 적청홍이 만계지마가 안정을 찾자 입을 열었다.

"쉬고 있어요. 물을 가져올게요."

두 사람이 멈춘 곳에서 조금 내려가면 작은 계곡이 흘러 물을 사용할 수 있었다.

하루가 넘게 달린 덕에 큰 부상을 입은 만계지마 중산만큼이나 지쳐 있었던 소수마녀 적천홍은 서둘러 계곡으로 내려가 손에 물을 담아 땀으로 젖은 얼굴을 씻었다.

그러고는 물주머니를 열어 맑은 물을 담은 후 급히 만계지마가 있는 곳으로 돌아왔다.

"조심해서 마셔요."

적천홍이 조심스럽게 만계지마 중산에게 물을 먹였다.

만계지마는 입술을 적시는 정도의 적은 양의 물을 마시고는 물주머니에서 입을 뗐다.

"괜찮아요?"

적천홍이 걱정스럽게 물었다.

"죽지는 않을 것 같군."

만계지마 중산이 심드렁하게 말했다.

"무슨 말이 그래요. 힘을 좀 내요."

적천홍이 만계지마를 타박했다. 만계지마를 대하는 그녀의 태도는 지금껏 마련 안에서 그녀가 했던 행동과는 완전히 달랐다. 마치 그녀가 적천홍이 아니라 전혀 다른 사람이 된 것 같았다.

그런데 이상한 것은 그런 적천홍의 변한 모습을 만계지마가 아무런 어색함 없이 받아들인다는 것이었다.

"날 원망하지 않소?"

문득 만계지마가 물었다.

"뭘 원망해야 하는데요?"

"어려서 당신을 떠난 것, 그리고 다시 만난 후에는 당신과의 관계를 세상에 감춘 것… 그리고도 급기야는 이 지경이 된 것 말이오."

"사람들이 알든 모르든 무슨 상관이에요. 어쨌거나 난 지난 이십여 년 동안 당신의 아내로 살았는데."

"감춰진 존재로 사는 것이 그리 유쾌한 것은 아니지."

"그런 말 말아요. 당신의 숨겨진 여인이었다고 해서 당신의 그림자로 산 것은 아니니까. 삼십육마의 일원인 소수마녀 적천홍으로 살았으니 나도 그리 아쉬울 것은 없어요."

"그렇구려. 그런데 내가 있는 곳은 어찌 알고 달려와서 날 구했소?"

"…난 당신의 향기를 어디서나 찾을 수 있죠."

적천홍이 말했다.

"후후, 그렇군. 나에 대해 당신만큼 아는 사람은 세상에 없으니까."

만계지마 중산이 고개를 끄떡였다.

그러자 적천홍이 신중하게 입을 말했다.

"일단 홍안령 북쪽까지 가요. 그곳에서 한동안 당신의 몸을 추스른 후에 향후의 일을 생각해요. 마정궁의 마정사들이 당신을 기다리고 있겠지만, 지금 이 상태로는 그들 앞에 나설 수 없어요. 당신이 더 잘 알겠지만."

"알고 있소. 지금의 내 모습을 보면 마정사들은 한순간에 흩어질 것이고, 또한 그동안 나에 대해 반감을 가지고 있던 마련의 강자들은 날 죽여 내가 가지고 있던 권력과 명성을 얻으려 하겠지."

만계지마 중산이 담담하게 말했다.

"일단 몸을 회복하고 나면 분명히 다시 재기할 방법이 있을 거예요. 그렇게 될 수 있게 제가 당신을 돕겠어요."

소수마녀 적천홍이 다부지게 말했다.

"글세… 과연 재기할 수 있을지 모르겠소. 정파였다면 모르겠지만 이 마도에선 한 번 실패한 자에게 다시 기회를 주는 법이 없으니. 더군다나 내가 흡정의 마공을 수련한 것도 세상에 드러났고."

만계지마 중산이 어두운 표정으로 말했다.

"아뇨. 내가 아는 만계지마 중산이란 사람은 어떤 경우에도 반드시 새로운 모험을 시도할 사람이에요. 그 사실만은 변하지 않아요."

적천홍이 만계지마 중산에게 힘을 주기 위해서가 아니라 정말 그렇게 믿고 있는 듯 단호하게 말했다.

"후… 알겠소. 한번 해봅시다. 이대로 죽지도 살지도 못한 상태로 사는 것은 나도 견딜 수 없으니. 팔다리 하나씩 없기는 하지만 그래도 내 머리는 붙어 있으니 말이오."

만계지마 중산이 결심을 한 듯 굳은 표정으로 말했다.

그런데 그 순간 그런 그의 결심을 절망에 빠뜨리는 소리가 들려왔다.

"그래서 당신에 대한 추격을 멈출 수 없었던 거야. 당신은 어떤 상황에서든 세상을 혈겁에 몰아넣을 궁리를 멈출 사람이 아니니까."

제 2장

—

훙안령 깊은 숲에서

"대체 어떻게……?"

만계지마 중산이 믿을 수 없다는 듯 중얼거렸다. 자신이 최악의 상황에 빠졌다는 절망감보다도 자신을 추격해온 시월 일행의 능력을 믿을 수가 없는 듯했다.

소수마녀 적천홍의 등에 업혀 도주하면서 그와 적천홍은 완벽하게 흔적을 지웠다고 생각했기 때문이었다.

더군다나 그가 천애 고봉에서 떨어진 이상 더 이상의 추격은 없을 거라 생각했던 만계지마 중산이었다. 팔다리까지 없는 자를 무리해서 추격할 이유가 없기 때문이었다.

그렇다고 그가 시월 등과 직접적인 불구대천의 원한을 맺은 적도 없었다.

그래서 만계지마 중산은 이렇게 끈질기게 자신을 추격하는 시월을 도저히 이해할 수 없었다.

"아무리 분을 바르지 않아도 여인에게선 특유의 향이 나는 법이니까."

부리가 만계지마 중산의 궁금증을 풀어주었다.

"여인의 향기……? 그걸 추적하는 게 가능하다고?"

중산이 믿을 수 없다는 듯 되물었다.

"물론 나처럼 아주 특이한 능력을 가지고 태어난 사람에게만 가능한 일이긴 하지."

부리가 득의한 표정으로 말했다.

"넌… 대체 누구냐?"

중산이 뒤늦게 부리의 정체를 물었다. 시월과 검웅 천복의 정체는 이미 알고 있었지만, 부리의 정체는 모르고 있는 중산이었다.

"나? 난 칠선문의 부리라고 하는데 들어봤는지 모르겠군."

"칠선문… 그럼 월문 칠랑 중 한 놈이겠군."

"후후, 아주 오래전에 그렇게 불렸었지."

"이해할 수가 없구나. 월문주에게 버림을 받았다고 들었는데 왜 그를 위해 싸우지?"

"젠장, 누가 그를 위해 싸운다는 거야! 월문주가 아니어도 당신을 죽여야 할 이유는 차고 넘쳐!"

"그래? 내가 너희들과 어떤 원한을 맺었느냐? 이렇게 집요하게 추격할 만큼."

"정말 자신이 한 짓을 모르는 건가? 당신이 일으킨 전쟁으로 우리와 인연을 맺은 많은 사람이 죽었어. 월문주는 몰라도 월문의 문도들도 그렇고, 일월문을 동원해 이가검문을 공격해서 또 적지 않은 사람을 죽였지. 그리고 가장 직접적인 이유는 과거 백무곡에서 내 사제들인 도원과 무릉이 잔마에게 각기 한쪽 팔을 잃었지. 그 백무곡의 일 역시 당신의 머리에서 시작된 것 아닌가?"

부리가 물음에 중산의 표정이 자신도 모르게 일그러졌다. 부리의 말을 듣고 보니 그동안 자신이 행한 일들로 인해 어느새 그는 무림의 거의 모든 사람의 원한의 대상이 되어 있다는 것을 깨달은 것이다.

지난 십여 년의 정사대전 기간 죽은 사람들의 인척들 모두가 자신을 그 죽음의 원흉으로 생각할 것이었다.

"후후후, 듣고 보니 애초에 마련을 부활시킨 것 자체가 거의 모든 정파인들과 원한을 맺는 일이었군. 정사대전에서 죽은 자들과 인연을 맺은 자들이 천하에 퍼져 있을 테니."

"알면 됐고. 그래서 싸울 처지는 아닌 것 같은데, 어떻게 죽여줄까?"

부리가 물었다.

그러자 소수마녀 적천홍이 입을 열었다.

"이런 지경의 사람을 꼭 죽어야겠나요?"

"못 들었으면 모를까 그가 하는 말을 들었지 않소. 팔다리가 없어도 한 근짜리 머리만 있으면 천하를 혈겁에 빠뜨릴 수 있다고 그 스스로 하는 말을."

부리가 냉정하게 말했다.

그러자 적천홍이 만계지마 중산을 조심스럽게 바위에 기대어 두고 검을 들고 일어났다.

"이 사람을 죽이려면 날 먼저 죽여야 할 거예요."

소수마녀 적천홍의 시선이 부리를 지나 검옹 천복에게로 향했다. 시월 등의 행보를 결정하는 사람이 검옹 천복이라고 생각했기 때문이었다.

"소수마녀 적천홍⋯ 그대 역시 무림에 적지 않은 피를 뿌린 사람이지. 하지만 굳이 그대까지 죽일 생각은 없다. 그러니 물러나라."

검옹 천복이 만계지마 중산은 반드시 죽여야겠다는 의지를 드러냈다.

"절대 이 사람을 내어줄 수 없어요."

소수마녀 적천홍은 전혀 물러날 기색이 보이지 않았다. 그러자 검옹 천복이 고개를 끄떡였다.

"좋아. 그가 아무리 악인이어도 누군가에게는 중요한 사람일 수 있지. 두 사람의 인연이 깊은 듯하니 한날한시에 함께 죽음을 맞는 것도 나쁘지 않을 것이다. 혼자 살아남아 긴 고독의 시간을 보내는 것은 견디기 힘든 고통이니까."

검옹 천복이 검을 뽑으며 말했다. 그 자신이 전대 이가검문의 여인 이청하의 죽음 이후 거의 한 평생 은거해 살았던 사람이기에 정인을 먼저 보낸 자의 고독을 누구보다 잘 알고 있었다. 그래서 소수마녀 적천홍을 만계지마와 함께 죽이는 것에 대해 큰 고민이 필요치 않았다.

하지만 그런 그의 마음을 모르는 부리와 시월은 예상 밖의 냉정함을 보이는 검옹 천복을 놀란 시선으로 바라봤다.

그러나 검옹 천복은 두 사람의 시선에 아랑곳하지 않고 천천히 소수마녀 적천홍을 향해 걸음을 옮겼다.

그러자 소수마녀 적천홍도 두어 걸음 앞으로 걸어 나와 검옹 천복을 겨누며 검을 들었다.

그런데 그 순간 갑자기 적천홍의 뒤에서 만계지마 중산이 맥없는 목소리로 입을 열었다.

"천홍, 그만하시오."

"……?"

적천홍이 갑작스러운 만계지마 중산의 만류에 시선을 돌려 그를 바라봤다.

"당신까지 죽을 필요는 없소."

만계지마 중산이 고개를 저었다.

"무슨 말을 하는 거예요. 당신 혼자 죽게 하고 내가 편히 살 수 있을 것 같아요?"

적천홍이 화가 난 표정으로 소리쳤다.

"후후, 그렇다고 굳이 죽음을 선택할 이유도 없지 않소? 내가 죽은 후 한동안 힘들 수도 있지. 하지만 그래도 시간이 지나면 그 충격에서 벗어나 새로운 삶을 살 수 있을 것이오. 그러니… 그만 물러나시오."

만계지마 중산이 적천홍을 설득했다.

그러자 적천홍이 고개를 저었다.

"절대 그럴 수 없어요. 나 혼자 사는 일은 절대 없어요."

적천홍이 그 어떤 말로도 자신을 설득할 수 없다는 듯 단호하게 말했다.

그러자 만계지마 중산이 말없이 물끄러미 적천홍을 바라봤다. 그러고는 길게 한숨을 쉬며 말했다.

"이렇게 되고 보니 후회가 되는구려. 나에 대한 당신의 정이 이렇게 깊은데 왜 난 그동안 당신을 숨기고 살았는지… 그래서 더욱 당신을 죽게 할 수 없소. 천홍, 그동안 고마웠소. 이젠 내 그늘에서 벗어나 원하는 대로 살아가시구려."

만계지마 중산이 적천홍을 보며 빙그레 미소를 지었다.

그런데 그 순간 적천홍의 얼굴이 파랗게 질렸다.

"당신? 안 돼!"

갑자기 적천홍이 검을 집어 던지고, 만계지마 중산을 향해 달려갔다.

하지만 만계지마 중산은 이미 남아 있던 약간의 진기를 이용해 스스로 목숨을 끊은 상태였다. 그의 얼굴에는 여전히 엷은 미소가 남아 있었지만, 심장이 뛰지 않았고, 호흡도 멈춰 버렸다.

"아악!"

숨이 멎은 중산을 안은 적천홍이 비명을 지르며 오열했다.

그 모습이 너무 처절해서 시월 등은 감히 그녀에게로 다가가지 못했다.

"아아아!"

적천홍이 삼십육마라는 지위에 어울리지 않게 거침없이 통곡했다. 그건 세상의 모든 것을 잃어버린 사람의 통곡이었다.

검옹 천복이 그런 적천홍을 바라보다가 살짝 눈살을 찌푸리며 말했다.

"그만 돌아가자꾸나."

천복이 짧게 말하고는 시월과 부리의 대답도 듣지 않고 걸음을 돌렸다. 정인의 죽음에 오열하는 적천홍의 모습을 더 이상 보고 싶지 않은 듯했다. 어쩌면 과거의 아픔이 다시 떠올랐을 수도 있었다.

시월과 부리는 잠시 망설이다가 결국 검옹 천복을 따라 장내를 떠났다.

수십 년간 무림을 혈겁의 몰아넣었던 음모의 주재자 만계지마 중산은 그렇게 허무한 결말을 스스로 맞았다.

강한 권력욕과 도도한 자부심으로 살아온 만계지마 중산이 이렇게 쉽게 자신의 목숨을 끊을 거라고 생각한 사람은 아무도 없었다. 더더욱 그 이유가 한 여인을 위해서일 거라고는⋯⋯.

"흐흐흑!"

소수마녀 적천홍은 시월 일행이 떠난 뒤에도 한동안 울음을 그치지 않았다.

그러다가 울음조차 더 이상 나오지 않을 즈음 그녀가 만계지마 중산의 시신을 안고 일어났다.

"가요. 이런 곳에 당신을 묻고 싶지 않아요. 젊은 날 우리가 함께 지냈던 곳으로 데려갈게요. 그곳에서 나도 당신과 함께 묻힐게요."

적천홍이 중산의 시신을 안은 채 걸음을 옮기기 시작했다. 비틀거리기는 했지만, 그렇다고 힘에 부친 것은 아니었다. 소수마녀 적천홍의 무공이라면 중산 정도는 두세 명도 너끈히 안고 걸을 수 있기 때문이었다.

하지만 만계지마 중산의 죽음으로 삶의 의욕을 잃은 그녀는 자신이 공력을 제대로 쓰지 못한 채 몽유병에 걸린 사람처럼 비틀거리며 숲속으로 사라졌다.

하늘에 짙은 먹구름이 드리웠다. 곧이라도 폭우가 쏟아질 것 같았다. 그럼에도 소수마녀 적천홍은 걸음을 멈추지 않았다. 그녀의 품에는 여전히 죽은 만계지마가 안겨 있었다. 그녀는 정신이 나간 사람처럼 홍안령 산맥 깊은 숲, 이름 없는 산들을 넘었다.

계곡이 나타나면 발을 적시며 계곡을 건넜다. 그렇게 그녀는 만계지마를 안고 삼 일을 걸었다.

투둑투둑!

새벽부터 하늘을 메우기 시작했던 먹구름이 급기야 빗방울을 떨어뜨리기 시작했다.

그제야 소수마녀 적천홍은 걸음을 멈추고 고개를 들어 하늘을 바라봤다. 빗방울 몇 개가 그녀의 눈에 들어갔다.

"좀 쉬어가요."

적천홍이 문득 죽은 만계지마에게 말했다.

비를 맞는 순간 그녀는 자신이 무척 지쳐 있다는 것을 깨달았던 것이다.

공력을 제대로 썼었어도 지금쯤이면 지칠 시간이었다. 하물며 그녀는 정신이 혼미해 자신이 공력을 제대로 쓰지 못했으니 몸이 거의 만신창이가 되어 있는 것은 당연한 일이었다.

그녀가 주변을 둘러보다 비를 피할 수 있는 거대한 나무 아래로 이동했다. 그곳은 나무 주변을 커다란 바위들이 병풍처럼 에워싸고 있어서 바람까지 막아줬다.

잠시 쉬어가기에는 안성맞춤인 곳이었다.

"이곳에서 잠시 쉬어요."

소수마녀 적천홍이 만계지마 중산을 조심스럽게 내려 마치 살아 있는 사람처럼 나무에 기대어 앉혔다. 그러고는 손으로 흐트러진 만계지마의 머리와 옷을 단정하게 다듬은 후 그 후에야 자신도 커다란 나무에 등을 기댔다.

나무 기둥의 굵기가 장성 대여섯이 팔을 이어도 두르기 힘들 정도로 굵어서 두 사람이 어깨를 나란히 하고 등을 기대도 공간이 남았다.

"편안해요?"

소수마녀 적천홍이 만계지마에게 물었다.

당연히 죽은 만계지마가 대답할 리 없었다. 그러자 적천홍이 다시 입을 열었다.

"난 아주 편해요. 생각해보니 이렇게 좋은 때가 없었던 것 같아요. 당신을 온전히 소유할 수 있었으니까요. 그래서 지난 이틀 동안 슬프면서도 아주 행복했어요. 어쩌면 내 생에 가장 행복했던 시간이었던 것 같아요."

적천홍이 만계지마의 어깨에 머리를 기대며 말했다.

그런데 그 순간 갑자기 거짓말처럼 죽은 만계지마의 눈이 가늘게 떠졌다. 그리고 그는 눈을 감은 채 자신의 어깨에 머리를 기대고 가벼운 미소를 짓고 있는 적천홍을 지그시 바라봤다.

그러다가 문득 하나 남은 그의 손이 적천홍이 느끼지 못할 정도로 은밀히 그녀의 목뒤로 다가가더니 가볍게 그녀의 목뒤 한 지점을 건드렸다.

"큭!"

한순간 적천홍의 입에서 짧은 신음 소리가 흘러나왔다. 목뒤에서 느껴지는 통증에 놀라 흘린 신음 소리였다.

그 순간 죽은 만계지마 중산이 입을 열었다.

"나도 내 평생 가장 행복했던 이틀이었던 것 같소. 당신이 날얼마나 사랑하는지 확인할 수 있었던 시간이니까."

"다… 당신!"

적천홍이 너무 몰라 미처 말을 잇지 못했다. 죽은 자가 살아났으니 적천홍이 아무리 절대고수라 해도 놀라지 않을 수가 없었다.

"기억날지 모르지만 내가 수련한 무공 중에는 흡정공말고도 여러 가지 신기한 무공들이 있었소. 세상이 모르는 내 무공의 뿌리, 사왕 이존비는 세상에서 가장 해괴한 무공을 가진 인물이었으니까. 그의 사술 중에 이삼일 정도 반사 상태로 있을 수 있는 무공이 있소. 그 무공을 쓰면 거의 완벽하게 죽은 사람이 될 수 있소."

"그럼?"

"그렇소. 난 내가 죽으면 검옹 천복이 당신을 살려둘 거라 생각했소. 또한 내 시신을 당신에게 남겨두고 떠날 거라 생각했소. 그리고 모든 일은 내 예상대로 되었소. 당신이 무척 고생을 했지만……"

"그런데 왜 날……?"

적천홍은 말은 할 수 있지만, 몸은 손가락 하나 까딱할 수 없었다. 그녀는 자신의 마혈을 눌러 몸을 굳게 만든 만계지마의 의도를 이해할 수 없었다.

그러자 만계지마 중산이 그녀의 얼굴을 쓰다듬으며 말했다.

"지금 내게 정말 가장 필요한 것이 당신의 공력이기 때문이오. 나에 대한 당신의 지극한 사랑을 확인했으니 당신이 기쁘게 내 뜻을 따라 줄 것이라 믿고는 있지만, 그래도… 혹시나 해서 이렇게 할 수밖에 없었소. 미안하오."

적천홍의 얼굴이 절망으로 물들었다. 자신에게 갑자기 닥친 죽음의 위기 때문이 아니었다. 그토록 믿었던 만계지마에게 배신당한 아픔이 그녀를 절망으로 몰아넣고 있었다.

그녀는 만계지마가 세상의 모든 사람을 속이고, 이용할 수 있는 사람이라는 것을 누구보다 잘 알고 있었다.

그러나 세상에서 단 한 사람, 자신에게만은 진실하다고 믿고 있었다. 그런데 지금 믿음이 송두리째 부정되고 있었다.

"처음부터 이럴 계획이었던가요?"

적천홍이 어느새 자신의 단전으로 손을 옮겨 대고 공력을 흡수하려는 만계지마 중산에게 물었다.

그러자 만계지마가 대답했다.

"그렇지 않소. 어쩔 수 없이 일이 이렇게 된 것이지. 당신에 대한 내 마음은 진심이오. 지금조차도……."

"…참 불쌍한 사람이군요. 당신은……."

"맞소. 난 불쌍한 사람이오. 그러니 날 용서해주시오."

만계지마 중산이 어떤 비난을 해도 상관없다는 듯 적천홍의 단전에 댄 손에 힘을 줬다.

"그래요. 내 공력이 필요하다면 가져가세요. 하지만… 용서는 하지 못하겠어요. 오늘 당신은 세상에서 유일하게 진심으로 당신을 사랑했던 사람을 잃게 되는 거예요. 그래서 불쌍한 거죠."

"…이해하오. 어떤 말을 해도. 그리고 미안하오……."

만계지마 중산이 전혀 미안하지 않은 표정으로 사과하면서 적천홍의 공력을 빨아들이기 시작했다.

"하……."

적천홍은 차가운 기운과 함께 자신의 단전에서 공력이 사라지는 것을 느끼며 깊고 허탈한 한숨을 내쉬었다.

그런데 그 순간 갑자기 그녀의 눈에 만계지마의 등 뒤에서 날아오는 한 줄기 눈부신 광채가 들어왔다.

퍽!

"악!"

적천홍의 공력을 흡수하는데 몰두하고 있던 만계지마의 입에서 단말마의 비명 소리가 터져 나왔다. 그리고 그의 몸이 옆으로 무너져 내렸다.

적천홍은 너무 놀라서 어떤 말도 하지 못하고 멍하니 쓰러진 만계지마를 바라봤다.

"천홍… 나, 날 구해줘……."

만계지마 중산이 쓰러진 채 힘겹게 적천홍을 보며 애원했다.

하지만 지금 그를 구해줄 수 있는 사람은 세상에 존재하지 않았다. 그의 등을 뚫고 들어와 가슴 앞쪽으로 나와 있는 검은색 화살은 그 누구도 더 이상 그를 죽음에서 구할 수 없다는 것을 말해 주고 있었다.

더군다나 적천홍은 만계지마 자신에게 마혈을 제압당해 몸을 움직일 수도 없었다.

"천홍… 어서……."

만계지마 중산이 자신을 바라만 보고 있는 적천홍을 재촉했다.

그러자 적천홍이 입을 열었다.

"알잖아요. 내가 당신을 구할 수 없다는 걸. 당신이 날 손가락 하나 까딱할 수 없는 상태로 만들었는걸요. 하… 잘됐어요. 우리 이렇게 함께 죽어요. 이게 하늘이 우리에게 주는 마지막 선물인 것 같아요."

"그런… 빌어먹을 소리는… 집어치우고… 어서 날……."

만계지마 중산이 자신을 구할 생각이 없는 적천홍에게 분노를 쏟아냈다.

그런데 그 순간 멀리서 한 사람의 목소리가 들려왔다.

"만계지마 중산! 괜한 기대는 버리고 편히 가시오. 오늘은 정말 당신이 살아날 어떤 방법도 없으니까."

목소리의 주인공이 화살을 날린 자일 것이 분명했으므로 적천홍과 죽어가는 만계지마는 온 힘을 뽑아내 목소리의 주인을 향해 시선을 돌렸다.

그러자 그곳에 시월과 검옹 천복 그리고 활을 든 부리가 서 있었다. 만계지마 중산을 죽음에 이르게 한 화살의 주인은 부리였다.

하지만 만계지마 중산과 적천홍은 누가 화살을 쐈느냐보다 시월 등이 자신들을 따라왔다는 사실에 경악할 수밖에 없었다.

분명히 그들은 자신들의 눈으로 만계지마가 스스로 목숨을 끊는 장면을 보았었다. 그래서 소수마녀 적천홍이 만계지마의 시신을 안고 떠날 때도 아무런 제지도 하지 않았다.

그런데 그들은 조용히 두 사람의 뒤를 따라와 결국 가사 상태에서 깨어난 만계지마에게 치명적인 화살을 날렸던 것이다.

그건 곧 그들이 만계지마가 살아 있을 수도 있다는 것을 의심했다는 의미였다.

"네놈들이……?"

만계지마의 입에서 당혹스러운 음성이 흘러나왔다. 시월 등을 완전히 속여 넘겼다고 생각한 그로서는 당혹스러울 수밖에 없었다.

"우리도 처음에는 당신이 죽은 줄 알았어. 그런데 돌아가다가 문득 당신은 절대 스스로 목숨을 끊을 사람이 아니라는 사실을 깨달았지. 특히 다른 사람을 살리기 위해서는 말이야."

부리가 대답했다.

"…그걸 어떻게?"

만계지마 중산이 믿을 수 없다는 듯 중얼거렸다.

그러자 이번에는 시월이 입을 열었다.

"당신의 지난날 행적을 생각했지. 삼십육마의 난을 일으키고, 또 마련을 이끌고 정사대전을 일으키는 동안 당신은 사람들을 이용할 줄만 알았지. 자신이 직접 희생한 적은 한 번도 없었다. 그런데 당신이 갑자기 개과천선해서 다른 사람을 살리기 위해 자신의 목숨을 포기한다? 그건 불가능하다는 것을 뒤늦게 알아챈 것이다."

"…내 과거의 행적……."

만계지마 중산이 허탈한 표정으로 되뇌었다. 시월 등이 자신의 속임수를 알아챈 이유가 허무할 정도로 단순했기 때문이었다.

"일을 확실히 할까요?"

부리가 이번에는 검을 빼 들며 검옹 천복에게 물었다. 아예 만계지마의 목을 베어버리겠다는 의도였다.

그러자 검옹 천복이 고개를 저었다.

"그럴 필요 없네. 이제 그는 대라신선이 와도 살릴 수 없어. 수십 명의 공력을 흡수해도 마찬가지. 굳이 자네의 검에 그의 피를 묻힐 필요 없네."

"…그래도 워낙 잔꾀가 많은 자라서요."

부리가 불안한 듯 말했다.

그러자 검옹 천복이 부리의 말에 대답하는 대신 소수마녀 적천 홍에게 다가섰다.

"혈도를 풀어주겠소. 그렇다고 그를 살리려 애쓰지 마시오. 이미 말했지만 이제는 그 누구도 그를 살릴 수 없으니까. 그냥 그가 죽으면 작은 봉분이나 하나 만들어주시오. 그것까지 보고 돌아가겠소."

"날… 살려주겠다는 건가요?"

소수마녀 적천홍이 믿지 못하겠다는 듯 물었다.

"그대가 오늘 당한 일은 이미 충분히 고통스러웠단 생각이 드는구려."

만계지마 중산에게 배신당해 좌절한 적천홍을 굳이 죽이고 싶지 않은 검웅 천복이었다.

"고마워해야 하는 건가."

소수마녀가 허탈한 표정으로 중얼거렸다, 누군가에게 하는 말이 아니었다. 그녀 자신에게 한 말이었다. 그녀는 자신이 살고 싶은지 죽고 싶은지 그것조차도 스스로 알지 못했다.

"그를 묻어주고, 마도의 사람들에게 그가 우리에게 죽었음을 전하시오. 그게 그대를 살려주는 대가요."

검웅 천복의 말에 적천홍이 천천히 고개를 돌려 죽어가는 만계지마 중산을 바라봤다.

"천… 홍……."

그즈음 만계지마는 더 이상 입을 열 힘조차 남아 있지 않았다. 그러면서도 그는 최후의 순간까지 적천홍이 자신을 살려줄 수 있다고 믿으며 그녀를 간절히 바라봤다.

그런 만계지마에게 적천홍이 천천히 고개를 저었다.

"이번에는 안 돼요. 하고 싶어도 할 수 없고요. 중산… 내가 당신에게 해줄 수 있는 일은 당신의 고통을 덜어주고 산짐승에게 뜯

기지 않게 작은 봉분을 만들어주는 일뿐이에요. 제 혈도를 풀어
주세요."

적천홍이 검옹 천복에게 말했다.

그러자 검옹 천복이 적천홍에게 다가와 만계지마에 의해 점혈
된 적천홍의 마혈을 다시 통하게 만들었다.

"후……."

마혈이 풀리자 적천홍이 고개를 주억거리고, 어깨를 움직여 몸
을 풀었다.

그러고는 천천히 만계지마 중산을 자신의 품에 안아 들었다.

"천… 홍?"

만계지마 중산이 자신을 안아 드는 적천홍의 행동에 불안감을
느꼈는지 나오지 않는 목소리로 그녀를 불렀다.

"무슨 미련이 그렇게 많아요. 한세상 원 없이 살았잖아요. 당신
의 머리로 세상의 거마들을 조종해 정사대전을 일으켰어요. 비록
실패했지만… 그 정도면 다른 사람들에 비해 운 좋은 삶을 산 것이
죠. 다만, 이제 하늘이 당신의 악행을 더 이상 허락하지 않을 뿐."

소수마녀 적천홍이 가만히 한 손을 들어 만계지마 중산의 입과
코를 막았다.

만계지마 중산은 그런 적천홍의 손을 밀어내려 했지만, 그의 하
나 남은 손은 적천홍의 다른 손이 잡고 있어서 그가 할 수 있는
일은 없었다.

그렇게 적천홍이 만계지마 중산의 숨을 조용히 끊었다.

툭!

만계지마의 하나 남은 팔이 맥없이 흘러내렸다.

죽은 그의 눈은 세상에 대한 미련과 분노를 가득 담은 채 감기지 않은 상태였다. 그런 그의 눈을 적천홍이 억지로 감겼다.

"확인해 보실 건가요?"

한 번 죽었다 살아난 만계지마다. 그래서 적천홍은 혹시 시월 일행이 만계지마의 죽음을 의심할지도 모른다는 생각에 검옹 천복에게 물었다.

"아니오. 그가 죽었음을 알 수 있소."

"그럼 이제 무덤을 만들어야 하나요?"

적천홍이 물었다.

"원하는 대로 하시오. 이곳에 묻든 데려가서 다른 곳에 묻든. 우리가 그의 무덤까지 만들어줄 생각은 없으니까."

검옹 천복이 말했다.

그러자 적천홍이 잠시 생각에 잠겼다가 만계지마 중산을 안고 일어났다.

"애초에 가려던 곳이 있어요. 젊을 때 이 사람과 내가 수련을 하며 잠깐 시간을 보냈던 곳이 흥안령 북쪽에 있거든요. 본래 그 곳으로 가려 했는데, 이 사람이 살아나는 바람에 가지 못할 뻔했군요. 하지만 이젠 정말 그곳으로 이 사람을 데려가겠어요. 허락한다면……"

"그렇게 하시오."

"고맙군요. 원하시는 대로 곧 세상에 소문이 퍼질 거예요. 그가 당신들 손에 죽었다는……"

"조심해서 가시오."

검옹 천복이 그리 중요한 일이 아니라는 듯 작별을 고했다. 그러자 소수마녀 적천홍이 고개를 숙여 보인 후 북쪽 숲으로 천천히 걸어 들어갔다.

"후… 이제 정말 끝난 건가요?"

시월이 한숨을 쉬며 물었다. 이제야 모든 일이 끝났다는 생각이 드는 모양이었다.

"또 모르지. 강시처럼 다시 살아날지."

부리가 중얼거렸다. 만계지마의 목을 베지 않을 것이 찜찜한 모양이었다.

"다시 살아날 수 없는 사람이니 불안해하지 말게."

"불안한 건 아니고요. 뭐… 다시 살아난다 해도 귀찮을 뿐이지 두렵지는 않습니다."

"하긴 칠선문의 젊은 영웅께서 뭐가 두려우시겠나. 후후후!"

검옹 천복이 가볍게 웃음을 흘렸다.

"흐흐… 말이 나왔으니 말이지. 우리 사형제들이 상대하지 못할 사람은 이제 강호에 없다고 봐야죠. 흐흐흐!"

검옹 천복의 농담을 부리도 농담으로 받았다.

그러자 다시 검옹 천복이 입을 열었다.

"이제 곧 무림에 만계지마의 죽음이 알려질 걸세. 그때 자네들 두 사람의 이름도 거론되겠지. 칠선문은 이제 무림에서 가장 주목받는 문파가 될 거야."

"귀찮은 일이군요."

시월이 마음에 들지 않는다는 듯 말했다.

"뭘 걱정해. 만화도로 숨어버리면 그뿐인데. 누가 그곳을 찾겠어?"

부리가 어깨를 으쓱하며 말했다.

"사형 말대로 한동안 만화도에서 지내야겠어요. 이 싸움이 끝나면 어쩌면 강호가 더 소란스러워질 테니까요."

시월이 대답했다.

"흠… 그렇겠지. 외부의 적과 싸움이 끝났으니 이제 안에서 싸울 차례지."

검옹 천복이 눈살을 찌푸리며 말했다.

"피를 보는 일은 없어야 할 텐데요."

시월이 걱정스레 말했다.

"이 싸움으로 의천무맹에 큰 변화가 있지는 않을 거다. 그러니 큰 혈사는 일어나지 않겠지. 다만 십대천문끼리 제법 치열한 신경전이 벌어질 것 같다. 천무문과 지황문이 이번 기회에 십대천문 그 이상의 지위를 요구할 수도 있을 테니까. 그들이 이 싸움을 주도한 것은 명백하니까."

"하지만 그 싸움을 끝낸 건 우리죠."

부리가 거만하게 말했다.

"하하, 맞네. 그래서 그들도 칠선문에 대해선 감히 함부로 대하지 못하고 조심하게 될 걸세."

검옹 천복이 너털웃음을 터뜨렸다.

그러자 시월이 어두운 표정으로 말했다.

"월문은 또 어찌 될지 모르겠군요……."

*　　　　*　　　　*

끝내 만계지마 중산을 죽인 시월 일행은 그들이 갔던 길을 따라 조용히 신검산으로 돌아왔다.

여전히 홍안령 곳곳에서 마인들을 추살하는 의천무맹 무인들이 활동하고 있었지만, 시월 등은 다른 마인에게는 전혀 관심이 없었다.

정사의 대결은 무림사를 관통하며 끊임없이 이어진 일이어서 그들이 나선다고 해도 마도의 맥을 완전히 끊어 다시는 마도인들의 발호가 없는 세상으로 만들 수는 없었다.

그건 시월 등이 아니라 무림 그 누가 나서도 할 수 없는 불가능한 일이었다.

애초에 강호에서 마(魔)라는 것은 무공의 특징으로 규정된 거 같아도 사실은 사람의 심성에 의해 결정되는 것이기 때문이었다.

사람의 마음속에서 욕망과 파괴의 본능이 완전히 사라질 수 없었고, 그건 곧 마도의 씨앗을 세상에 존재하는 모든 사람이 가지고 있다는 의미였다.

그래서 마도를 척살하고 무림을 영원한 정파의 세상으로 만들겠다는 것 역시 오히려 또 다른 심마(心魔)일 뿐이란 것을 시월 등은 모르지 않았다.

"끝나도 끝난 것이 아니네요."

신검산 기슭으로 들어서며 부리가 말했다.

마련 세력을 홍안령으로 물러나게 만든 의천무맹의 정천대는 신검산에서 전혀 물러날 생각이 없어 보였다.

그들은 한 때 만계지마가 마도의 중심으로 만들려고 했던 마정궁으로 들어가 전력을 추스른 후 홍안령으로 도주한 마도의 뿌리를 뽑겠다고 기세를 올리고 있었다.

그 덕분에 신검산은 싸움이 끝난 곳이라고는 볼 수 없을 만큼 많은 수의 무인들로 가득했다.

"싸움은 끝났고, 이제 이 승리의 전리품을 챙기기 위해 오히려 마련과 싸울 때보다 더 많은 사람이 모여들 걸세. 에이, 이런 곳에는 오래 있을 것이 못 되니 검문의 사람들을 만난 후 즉시 떠나자꾸나."

검웅 천복이 부산한 신검산이 마음에 들지 않는 듯 시월에게 말했다.

"알겠습니다. 그렇게 하죠."

"왜? 좀 더 놀다 가지. 승전 후라 어디서든 잔치가 벌어질 텐데."

부리가 아쉬운 듯 말했다.

"다른 곳에 가서 놀아요. 여기선 무슨 일이 벌어질지 모르니."

시월이 말했다.

싸움이 끝난 의천무맹은 사실 칠선문의 사형제들에게 그리 안전한 곳이 아니었다.

누구라도 그들이 마공을 수련했다고 발설하는 순간, 사형제들은 한순간에 마련과의 싸움을 승리로 이끈 영웅에서 주살해야 할 강호공적으로 추락할 수 있었다.

그들이 없다 해도 그런 일은 일어날 수 있지만, 천하의 정파인이 모두 모인 신검산에서 그런 일을 당하는 것은 끔찍한 경험이 될 것이기에 시월은 하루 빨리 신검산을 떠나고 싶었다.

"젠장 우리가 만계지마를 베었는데 누가 우릴 공격하겠어. 그런 자가 있다면 단번에 목을 베고 말겠다."

부리가 이젠 더 이상 세상의 시선 따위에 신경 쓰지 않겠다는 듯 말했다.

"그래도 귀찮은 일은 피하는 게 좋죠. 사실 우리가 만계지마를 베었다는 사실이 알려져도 우린 밖으로 돌아다닐 수 없을 거예요. 사람들이 우릴 그냥 놔두겠어요?"

시월이 되물었다.

"그야… 그렇긴 하지."

"잠도 제대로 못 자고 여기저기서 불려 다닐 테고, 놀기는커녕 며칠 지나면 진이 빠질 거예요."

"음, 확실히 그런 면이 있네. 좋아. 그럼 나도 찬성!"

부리가 갑자기 시월이나 검옹 천복보다 더 급히 서둘기 시작했다.

*　　　*　　　*

"그게 정말이십니까?"

이장룡이 당황한 표정으로 검옹 천복을 바라봤다. 오늘 아침까지만 해도 의천무맹 수뇌들의 최고 관심사는 만계지마 중산 추살이었다.

월문주 백문보의 욕심으로 만계지마 중산이 의천무맹의 추격을 따돌리고 홍안령으로 도주한 이후 의천무맹 각파의 수장들은 더더욱 만계지마 중산의 추살에 욕심을 냈다.

홍안령으로 도주한 만계지마를 추살한 문파는 이 정사대전 이후 가장 강력한 정파의 권력자가 될 것이기 때문이었다.

그런데 그 만계지마가 이미 소리소문없이 죽었다는 말이 현실처럼 느껴지지 않는 이장룡이었다.

"그럼 내가 허언을 하겠나?"

검웅 천복이 웃으며 농담을 섞어 되물었다.

"그런 말씀이 아니오라……."

"그가 죽은 것은 확실하네. 그러니 십대천문의 수장들에게 전하게. 쓸데없는 추격전은 이제 그만하라고. 흥안령으로 숨어든 마련의 잔존 세력을 완전히 토벌하는 것은 불가능한 일이네. 애꿎은 무인들만 죽어나게 될 뿐이지."

"…알겠습니다. 바로 가서 전하겠습니다."

이장룡이 자리를 털고 일어나며 말했다. 그러자 검웅 천복이 얼른 고개를 저었다.

"아니, 지금 당장은 말고 오늘 저녁이나 내일쯤 전하시게."

"……?"

만계지마의 죽음 같은 중요한 소식을 전하는 것을 뒤로 미루라는 검웅 천복의 말이 이해가 되지 않아 이장룡이 의아한 시선을 천복을 바라봤다.

"우린 오늘 안에 이곳을 떠날 걸세."

"예?"

"만계지마가 우리 손에 죽었다는 것이 알려지면 의천무맹에서 우릴 가만히 두겠는가? 수많은 사람이 우릴 귀찮게 할 거야. 그런 귀찮은 일을 감당할 이유가 없지 않은가? 그러니 우리가 떠난 후에 만계지마의 죽음을 전하게."

"…하지만 어르신이 떠나시면 의천무맹의 수장들은 그의 죽음을 믿으려 하지 않을 겁니다. 아니, 어르신께서 하신 말씀이니 내심으로는 믿기야 믿겠지요. 하지만 어르신께서 직접 나서시는 게 아니라면 속마음이야 어쨌든 시신을 확인하기 전까지는 믿을 수 없다고 들 겁니다. 시간을 끌어 어떻게든 자기 문파의 공으로 돌려 보려고요."

이장룡은 공을 탐하는 사람이 아니지만, 그렇다고 만계지마를 죽인 공을 다른 문파가 가로채는 것을 용납하기도 힘들었다.

"걱정 말게. 그 일을 증언해 줄 사람들이 있으니까."

"어떤 사람들 말입니까?"

"살아남은 마련의 마인들이 그 일을 증명해 줄 걸세."

"…그 말씀은 그들이 만계지마 중산의 죽음을 목격했다는 것입니까?"

"그렇다고 할 수 있네. 소수마녀 적천홍이 그 자리에 있었으니."

"소수마녀가요? 그럼 그녀는 운이 좋았던 모양이군요. 살아서 도주를 했으니."

이장룡이 놀라면서도 소수마녀 적천홍이 검옹 천복이나 시월을 만나고도 살아남았다는 사실이 아쉬운 듯 말했다.

"뭐, 가끔 그렇게 운 좋은 사람이 있지."

검옹 천복이 고개를 끄떡였다.

그는 굳이 이장룡에게 자신들이 소수마녀 적천홍을 살려줬다는 말을 하고 싶지는 않았다. 그런 일들은 사람들이 모를수록 좋기 때문이었다.

"그녀의 입을 통해 마련에 소문이 나면 만계지마의 죽음을 의심하거나 부인할 사람이 없기는 하겠군요."

이장룡이 말했다.

"그럴 걸세. 적어도 소수마녀의 말은 그 정도 무게감은 있으니까. 아무튼 그러니 오늘이나 내일, 우리가 떠난 후에 이 소식을 의천무맹에 알리게. 그리고 떠나기 전에 시월 너는 할 일이 있지?"

검옹 천복이 시월을 보며 말했다.

그러자 시월이 고개를 끄떡였다.

"대사형을 만나야죠. 금가장 사람들에게 인사도 해야 하고……."

"월문주는 안 만날 거냐?"

검옹 천복이 물었다.

"그건… 대사형은 만났을까 모르겠네요."

시월이 눈살을 찌푸리며 말했다.

"그의 처지가 아주 곤궁해졌네."

이장룡이 입을 열었다.

"지금 어쩌고 있습니까?"

부리가 이장룡에게 물었다. 부리 역시 백문보란 이름을 입에 올리는 것이 불쾌하기는 했지만, 그의 상황이 궁금하기는 했다.

부리의 물음에 이장룡이 전해준 백문보의 처지는 예상했던 것보다 더욱 비참했다.

모든 사람이 마련과의 싸움에서 승리한 것을 자축하고, 남은 마련의 잔당 토벌에 전의를 불태우고 있었지만, 오직 한 사람, 월문주 백문보는 싸움에서 패한 마련의 마인들보다도 더 곤궁한 처지에 처해 있었다.

그가 만계지마를 잡는 공을 독차지하기 위해 만계지마의 퇴각로를 숨겼다는 것도 문제였지만, 그것보다는 그 자신의 몸이 완전히 망가졌다는 것이 더 큰 문제였다.

만계지마의 흡정공에 당한 백문보는 이제 죽기를 기다리는 노쇠한 노인 그 이상도 이하도 아닌 평범한 존재가 되어 있었다.

더군다나 자신의 잘못 때문에 마련을 몰아내고 수복한 신검산에 대한 권리조차 제대로 주장하지 못하는 상황이었다.

그래서 그는 의천무맹의 수뇌들이 신검산 마정궁에 들어가 주요 건물들을 차지하고 자신들의 거처로 삼을 때도 아무런 이의를 제기할 수 없었다.

그나마 그에게 조용히 쉴 수 있는 하나의 작은 처소가 주어진 것이 다행일 정도였다.

그 처소란 곳은 만계지마 중산이 신검산을 차지한 후 모든 월문의 건물을 부수고 새롭게 마정궁을 짓는 와중에도 유일하게 남겨둔 동별당이었다.

"문주가 동별당에 머문다고요?"

부리가 믿지 못하겠다는 듯 되물었다.

"그렇다네. 십대천문의 수장들은 나름 백문주를 배려한다는 핑계를 댔지만, 사실은 이번에 회복한 신검산에서 월문의 권리는 유일하게 남아 있는 월문의 옛 건물인 동별당에 한정한다는 의미이지. 마정궁 전체를 월문에 돌려줄 생각이 없다는 생각을 백문주에게 그런 방식으로 전했다는 것이 중론일세."

"거참… 비정한 곳이 무림이라지만 너무들 하네요."

월문주 백문보가 자신들에게 한 일을 잊은 듯 부리가 십대천문 수장들의 행태를 비난했다.

"그들을 탓할 수만은 없네. 만계지마를 놓친 것은 그 때문이니까."

이장룡이 말했다.

"그렇긴 해도 애초에 신검산이 월문의 터전이었다는 것은 변함없는 사실이죠. 그걸 생각하면 그들이 날강도 같은 짓들을 하는 겁니다."

부리가 화를 참지 못하고 거친 말을 해댔다. 백문보와는 원수지간이라 할 수 있지만, 그들이 자란 월문은 여전히 그들에게 특별한 의미를 갖기 때문이었다.

"화가 나도 어쩔 수 없는 일이에요. 그게 무림이니까요. 그래서 무림 일에는 깊이 관여할 바가 아닌 거죠. 대사형을 뵈러 가요. 그리고 얼른 신검산을 떠나요."

시월이 서둘렀다.

"알았어. 그러자! 문주의 상황을 듣고 보니까 그나마 이곳에 남아 있고 싶던 약간의 아쉬움마저 완전히 사라지는구나. 가자!"

부리가 자리를 털고 일어났다.

*　　　　*　　　　*

금가장의 사람들은 다른 문파의 사람들과 달리 마정궁으로 들어가지 않고 신검산 아래쪽, 강이 크게 휘어 나가는 곳에 화려한 금장 천막을 세우고 머물고 있었다.

금가장의 금력은 무림 최고여서 아무리 전장이라 해도 그들의 부유함은 숨길 수가 없었다.

오히려 마정궁에 들어가 마인들이 사용하던 건물을 차지한 다른 문파의 사람들이 곤궁해 보일 정도였다.

금가장의 사위로서 이번 마련과의 싸움에서 눈부신 활약을 펼친 칠선문의 대사형 무광 역시 금가장 숙영지의 남쪽 끝에 깔끔한 막사를 세우고 홀로 지내고 있었다.

시월과 부리가 그를 찾아갔을 때, 무광은 천막의 입구를 열어놓고 신검산 앞으로 흘러가는 강물을 바라보며 홀로 차를 마시고 있었다.

"사형!"

"대사형! 저희 돌아왔습니다."

무광이 쉬고 있는 막사로 들이닥치며 시월과 부리가 무광을 소리쳐 불렀다. 그러자 무광이 두 사람을 바라보며 담담하게 입을 열었다.

"음, 돌아왔구나."

"아니, 무슨 반응이 이래요? 마치 우리가 마실 나갔다 온 사람인 것처럼! 우리 걱정도 안 했어요?"

부리가 심심한 무광의 반응에 불평을 늘어놨다.

"걱정할 게 뭐가 있어. 겨우 만계지마 따위 상대하는 일에. 그런데 만계지마는 잡았어?"

무광이 가볍게 미소를 지으며 물었다.

제 3장
—
마지막 거래

　무광은 덤덤한 표정으로 시월과 부리가 만계지마를 추격하며 겪은 일을 들었다.

　그 와중에도 차를 한 번 더 달이는 무광은 마치 두 사람의 이야기에 별 흥미가 없는 사람인 듯 보였다.

　하지만 사실 무광은 두 사람이 만계지마를 추격해 흥안령으로 들어갔을 때부터 잠을 설칠 정도로 두 사람을 걱정했었다.

　특히 무광은 사제 소후가 백유검에게 다리가 잘려 불구의 몸이 된 이후 사제들에 대한 걱정이 크게 늘어 있었다. 그래서 사소한 위험조차도 어떻게든 회피하고 싶어 하는 그였다.

　그러니 당연히 만계지마를 추격해 흥안령 산맥 깊은 곳으로 들어간 두 사람을 걱정하지 않았을 리 없었다.

　하지만 그는 두 사람에게 그동안의 마음고생을 전혀 내색하지 않았다. 오히려 만계지마 따위 잡아 오는 일은 당연히 해내야 할 일 아니냐는 모습을 보이는 무광이었다.

무광은 어떤 경우에도 사제들의 행보에 자신이 불안해하고 있다는 것을 드러내고 싶지 않았던 것이다.

그런 모습을 보이면 앞으로 사제들이 걱정하는 자신 때문에 자유롭게 강호행을 하지 못할 것이기 때문이었다.

"무슨 반응이 이렇게 심드렁해요. 만계지마를 죽였다는데……."

이야기를 다 마친 부리가 덤덤한 무광의 모습에 다시 한번 불평했다.

그러자 무광이 그사이 새로 우린 차를 부리 앞으로 밀어놓으며 말했다.

"만계지마를 죽인 일이 중요하기는 하지. 하지만 내 사제들이 한 일이라면 그 정도는 당연한 일이라고나 할까. 난 이제 사제들이 그 정도 강자는 되었다고 생각해. 차 마셔라."

"에이, 참 이거 싱거워서… 거기에 밍숭맹숭한 차라니. 술이라도 한 잔 주시지 참……."

부리가 투덜대면서도 무광이 건넨 차를 들어 입에 가져갔다.

그러자 시월이 가볍게 미소를 지은 뒤, 진지한 얼굴로 무광에게 말했다.

"서둘러 떠났으면 합니다."

"응? 어디로? 급히 갈 데가 있어?"

무광의 뜻밖의 말에 놀라 되물었다.

"싸울 때는 모르지만, 승리한 이후에 우리 칠선문의 사형제들은 의천무맹 사람들에게 조금은 이질적인 존재들이 될 테니까요. 더군다나 만계지마를 죽였다는 사실이 알려지고, 관심이 쏟아지면……."

시월이 말꼬리를 흐렸다. 뒷말은 하지 않아도 무광이라면 능히 짐작할 수 있었다.

"우리의 과거가 문제를 일으킬 수도 있다는 거군. 하긴 나도 사실 그 걱정은 하고 있었다. 문주가 무공을 거의 상실하고 폐인이 되어 동별당에 유폐되듯 방치된 후 그 걱정이 더욱 커졌지."

무광이 무거운 표정으로 대답했다.

막다른 골목에 몰린 백문보가 어떤 행동을 할지 알 수 없기 때문이었다.

만약 그가 칠선문의 사형제들이 삼십육마의 마공을 수련했다는 것을 폭로하기라도 하면 칠선문에 대한 무림의 시선은 순식간에 변할 것이다.

물론 이제는 그 사실이 밝혀져도 그동안 칠선문의 문도들이 마련과의 싸움에서 보여준 놀라운 활약과 이가검문이나 금가장주의 비호를 해 줄 것이기에 강호 공적이 되어 문파가 멸문당할 일은 적겠지만, 그래도 향후 무림인들은 항상 칠선문을 경계하고 또 멸시할 것이 분명했다.

천하의 모든 문파의 감시 아닌 감시를 받게 되면 당연히 자유로운 삶은 꿈도 꾸기 힘들 것이다.

그런 것을 생각하면 애초 마련과의 정사대전에 관여하지 않는 게 오히려 더 좋았을 수도 있었다.

"설마 문주가 그 일을 말하겠어요? 자신의 처지를 생각하면 절대 할 수 없죠. 그 일을 발설하는 순간 가장 먼저 자기가 죽을 텐데……."

"막다른 골목에 몰린 쥐는 고양이를 무는 법이지."

무광이 안심할 수 없다는 듯 말했다.

"만약 그렇다면 설혹 우리가 이곳을 떠난다고 해서 문제가 해결되는 것은 아니지 않습니까?"

부리가 다시 물었다.

그들이 떠난다고 문주 백문보의 입이 닫히는 것은 아니기 때문이었다.

"그래서 한 번 만나볼 참이었다. 무슨 생각을 하고 있는지 그 속내를 살펴볼 겸."

"만난다고 속내를 말하겠어요? 협박이나 해댈걸요?"

"그 협박조차 문주의 마음을 아는 데 도움이 되지 않겠느냐?"

"…그런가?"

부리가 시월을 돌아보며 물었다.

"대사형이 하시는 일 중에 허투루 하시는 게 있어요? 그냥 대사형 하시는 대로 두고 봐요."

"아니 내가 뭐 꼭 반대한다는 것은 아니고……."

시월이 백문보를 만나려는 무광의 생각에 찬성하자 부리가 말을 얼버무렸다.

"모두 같이 가자."

"모두 같이요?"

이번에는 시월도 놀란 듯 무광을 바라봤다.

"한 사람의 눈보다는 여러 사람의 눈이 더 정확하니까. 문주를 만나서 그가 하는 이야기를 듣고 각자 그의 생각을 읽어보자꾸나."

"그런데 만약 문주가 우리 일을 발설하겠다고 하면 어쩌죠?"

부리가 물었다.

"글쎄. 문주가 그러겠다면 그를 죽이는 것 말고는 막을 길이 없는데, 과연 여기서 그를 죽일 수 있겠느냐?"

무광이 되물었다.

"그건 어렵죠. 그리고……."

"차마 문주를 죽일 수는 없다는 생각도 있지?"

무광이 다시 물었다.

"무슨 마음인지 나도 잘 모르겠어요. 그간의 일을 생각하면 당연히 죽여 버리고 싶으면서도 한편으로는……."

"당연한 일이다. 문주는 어린 우리에게 부모와 같은 존재였으니까. 아무리 원망스러운 부모라도 자식의 손으로 죽이는 일은 선뜻 하기 어렵지."

무광이 부리의 갈등이 자연스러운 일이라고 설명했다.

그러자 부리가 그런 생각을 하는 자신이 이상한 것이 아니라는 것을 깨닫고 다행이라는 듯 말없이 고개를 끄떡였다.

"그럼 지금 가죠."

시월이 말했다.

"지금 당장?"

부리가 막상 백문보를 만나려니 거북한지 당황한 표정으로 되물었다.

"어차피 서둘러 신검산을 떠날 생각이었잖아요. 그러니 지금 말고는 시간이 없죠."

"음… 그렇긴 한데……."

부리가 말꼬리를 흐렸다. 그러자 무광이 자리를 털고 일어나며 말했다.

"막내 사제 말대로 하자. 문주를 상대하는 일은 내가 할 테니 사제들은 걱정 말고 지켜보기만 해. 가자!"

결정을 내린 무광이 거침없이 발걸음을 옮겼다.

*　　　　　*　　　　　*

신검산은 최근 들어 큰 변화를 여러 번 겪었다. 월문의 비약적인 성장으로 과거 작은 산중 장원이던 곳이 십대천문에 속한 무림 문파의 거대한 장원으로 변했다가, 한순간에 월문이 몰락한 이후에는 천하마도의 성지를 꿈꾸는 만계지마의 마정궁이 들어섰었다.

그러던 곳이 이제 다시 한번 큰 변화를 맞고 있었다.

십대천문으로 일컬어지는 의천무맹의 수뇌들은 신검산을 제이의 화록산으로 만들려고 하고 있었다.

마도에 대한 정파의 역사적인 승리를 기념하는 성지로서는 물론, 실질적으로 북방에서 마도의 재침을 감시하고 막아내는 의천무맹의 주요 거점으로 만들겠다는 것이 의천무맹 십대천문의 생각이었다.

적어도 그런 면에서는 신검산이 화록산에 비해 훨씬 유리한 환경을 갖추고 있었다.

애초에 월문과 마정궁이 자리 잡았던 곳인 만큼 따로 준비할 것 없이 바로 의천무맹의 무인들이 거주할 수 있었고, 화록산처럼 인적 드문 깊은 산중이 아니어서 의천부맹 각 문파가 왕래하기도 좋은 곳이었다.

전략적인 면에 있어서는 화록산에 비할 바 없이 좋은 신검산이었다.

그래서 십대천문의 수장들은 마련의 잔당들을 추살하는 일과는 별도로 신검산 마정궁의 건물들을 의천무맹의 무인들이 살아갈 수 있는 곳으로 개조하는 일에도 열중하고 있었다.

덕분에 마정궁은 하루가 다르게 어두운 기운을 벗어내고 정파의 성지로서의 모습을 갖춰가고 있었다.

그런데 그런 신검산에서 오로지 한 곳만은 그 변화의 시간에서 벗어난 듯 과거의 모습 그대로를 간직하고 있었다.

신검산 동쪽에 자리 잡은 작은 별당, 주변을 에워싼 작은 숲 때문에 마치 세상에서 고립된 섬과 같은 느낌을 주는 동별당이었다.

동별당은 과거 설우담을 위해 지었다가, 결국은 설우담에게 감옥 같은 장소가 되었던 곳이다.

그곳에서 설우담은 오랫동안 외부와 단절되고, 월문 백씨 일족이 가하는 모멸을 견디며 지냈었다.

그런데 지금은 그곳에 월문주 백문보가 있었다.

"너희들이 어쩐 일이냐?"

월문의 이장로 마건이 갑자기 동별당을 찾아온 시월 등을 경계 어린 시선으로 바라보며 물었다.

그러자 무광이 담담하게 대답했다.

"우리 사형제들은 오늘 중으로 신검산을 떠날 생각입니다. 그래서 문주께 작별 인사를 드리러 왔습니다. 아무래도 이번에 떠나면 더 이상 뵙지 못할 것 같아서……."

"…그 말은 설마 문주께서 죽기라도 하실 거란 뜻이냐?"

이장로 마건이 노한 음성으로 말했다.

"그런 뜻이 아니라 이번에 칠선문으로 돌아가면 오랫동안 강호에 나오지 않을 생각이란 뜻입니다."

이장로 중산이 화를 냄에도 불구하고 무광은 아무렇지도 않은 듯 담담하게 대답했다.

그러자 이장로 마건이 오히려 뻘쭘한 모양이 되어 어색한 표정을 짓다가 시월을 보며 물었다.

"넌 언제 돌아왔느냐?"

시월이 만계지마를 추격해 흥안령으로 들어갔다는 사실을 알고 있는 마건이었다.

"오늘 아침에 도착했습니다."

"…만계지마는?"

마건이 설마하는 표정으로 물었다.

"죽었습니다."

"뭐?"

마건이 마치 기습을 당한 듯한 표정으로 눈을 크게 뜨며 되물었다.

"부리 사형이 그의 심장에 철시를 꽂았지요. 숨이 끊어진 것을 확인했습니다."

"그런데 어째서……?"

정말 만계지마가 죽었다면 이미 신검산 전체에 소문이 퍼졌어야 한다. 그런데 만계지마를 죽였다는 시월 일행이 돌아왔음에도 신검산 의천무맹 무인들 사이에선 그가 죽었다는 소문이 전혀 돌지 않았다.

"번거로운 것이 싫어서 사형들과 신검산을 떠난 후에 이 사실을 맹에 알려달라고 이가검문에 부탁했습니다."

시월이 만계지마의 죽음이 알려지지 않은 이유를 설명했다.

"…정말 만계지마가 죽었느냐?"

중산이 다시 물었다.

"그렇습니다."

시월이 망설이지 않고 대답했다. 그런 시월의 태도는 마건으로 하여금 더 이상 만계지마 중산의 죽음을 의심할 수 없게 만들었다.

"…일단 알겠다. 잠시 기다려라. 문주께서 너희들을 만나려 하실지 모르겠구나."

마건이 만계지마가 죽었다는 소식에 놀라 황망한 모습을 보이면서도 세 사람의 방문을 알리기 위해 동별당 안으로 들어갔다.

마건이 나온 것은 적지 않은 시간이 흐른 뒤였다.

"만나시겠다고 하셨다. 그런데 그 전에 너희들에게 당부하고 싶은 말이 있다."

백문보를 만나고 나온 마건이 시월 등을 둘러보며 말했다.

"말씀하십시오."

"문주님은 지금 체력과 정신력이 많이 쇠약해지셨다. 그러니 가급적이면 문주님을 자극하는 언행을 삼갔으면 좋겠다. 그저 안부나 묻고 작별 인사만 했으면 좋겠구나. 솔직히 말하자면… 난 지금이라도 너희들이 그냥 돌아갔으면 좋겠다. 문주께서도 꽤 망설이셨다."

아마도 백문보는 시월 등을 만날지를 쉽게 결정할 수 없었던 듯했다. 자신의 비참한 모습을 시월 등에게 보이는 것은 모멸스러운 일이기 때문이었다.

"하지만 이미 만나기로 하셨으니 뵙고 가겠습니다. 물론 이장로님의 당부는 잊지 않겠습니다."

"…후, 알겠다. 따라오너라."

끝내 백문보를 만나기를 고집하는 무광을 원망스럽게 바라본 마건이 한숨을 한 번 내쉬고는 세 사람을 동별당 안으로 데리고 들어갔다.

매캐한 약 향이 방안을 가득 메우고 있었다. 백문보는 낮임에도 방에 달린 창을 모두 닫아 놓고 어둠 속에서 시월 일행을 만났다.

아마도 그는 자신의 초라한 몰골을 있는 그대로 시월 등에게 보이고 싶지 않았을 것이다.

하지만 그렇다고 해서 자신의 모습을 완전히 감출 수 있는 것은 아니었다.

닫힌 창과 문으로도 빛은 들어오고 있었고, 이제는 강호 절대 고수로 성장한 시월 등이 어둡다 해서 백문보의 상태를 몰라볼 리 없기 때문이었다.

하지만 백문보는 약간의 어둠에 힘을 얻었는지 시월 등이 들어오자 제법 위엄을 갖춘 목소리로 입을 열었다.

"왔느냐? 앉거라!"

*　　　*　　　*

애써 위엄을 세워보려 했지만, 노쇠한 몸과 불안한 영혼은 숨길수 없었다.

어둠 속에서 늙고 마른 백문보는 끊임없이 눈동자를 움직였다. 어떤 기회를 얻으려는 것일 수도 있고, 혹은 시월 등이 자신을 죽일지도 모른다는 불안함 때문일 수도 있었다.

"오늘 신검산을 떠날 생각입니다. 그래서 마지막 인사를 드리러 왔습니다."

무광이 자신들이 찾아온 이유를 짧게 말했다.

"마지막 인사? 어디 죽으러 가느냐?"

백문보가 무광의 말을 비꼬았다.

"칠선문으로 돌아가면 한동안 강호에 나오지 않을 생각입니다."

삐뚤어진 백문보의 말에도 무광은 담담하게 그를 대했다.

"왜? 이번 정사대전에서 너희들의 활약이 그야말로 대단해서 이제는 강호의 영웅 대접을 받으며 살 수 있을 텐데? 더군다나 만계지마까지 죽였다면 그 누가 너희들의 공을 넘어설 수 있겠느냐?"

여전히 빈정거림이 섞인 말투다. 자신의 곤궁한 처지에 비해 시월 등 칠선문 사형제들이 얻은 명성은 너무 엄청나서 시기할 수밖에 없는 백문보였다. 이 모든 것은 백문보 그 자신이 가지고 싶었던 영광이었다.

그런데 무광이 백문보의 말에 대답하는 대신 이장로 마건을 바라봤다.

"말씀드렸다. 시월과 부리가 만계지마를 죽였다는 것을."

마건은 묵묵히 무광의 시선에 담긴 질문에 답해주었다.

"후후, 그 빌어먹을 인간이 결국 죽고 말았어. 솔직히 말해 네

놈들을 싫어하지만, 그래도 월문의 밥을 먹은 네놈들이 그를 죽였다니 기분이 나쁘지는 않더군."

시월 등이 한 일을 월문이 해낸 것 같은 느낌이 드는지 백문보가 나직하게 웃음을 흘렸다.

그런 백문보를 동정 어린 시선으로 바라보던 무광이 차분하게 물었다.

"문주께서는 이제 어찌하실 생각이십니까?"

"나? 뭘 말이냐?"

"…이곳에 남아 계실 생각이십니까?"

"당연한 일이 아니냐. 신검산은 월문의 터전이거늘 이곳이 아니면 어디로 간단 말이냐?"

백문보가 고집부리는 아이처럼 말했다. 그라고 지금 돌아가는 상황을 모를 리 없었다. 그 자신부터 동별당에 유폐되듯 갇혀 지내는 상황은 더 이상 신검산이 월문의 것이 아님을 말해주고 있었다.

"맹의 주인들이 신검산을 돌려줄 것 같진 않던데요."

부리가 불쑥 입을 열었다. 백문보를 조롱하려는 말이 아님은 그의 말투에서 느낄 수 있었다. 비록 백문보와 원수와 같은 사이지만, 그래도 의천무맹이 신검산을 차지하려 하는 것은 뻔뻔한 일이라고 생각하는 부리였다.

"그런 것 같더냐?"

그런데 백문보가 부리의 말에 화를 내지 않고 오히려 지금까지와 달리 담담한 표정으로 되물었다.

"뭐 지금 상황이……."

"그렇다면 어쩔 수 없지. 하지만 나도 그냥 물러날 생각은 없다."

"그들이 말을 들어 처먹어야 말이죠. 괜히……."

"조롱만 당할 거란 말이지? 그도 그렇겠지. 그래서 난 다른 생각을 하고 있다. 만약 월문이 신검산을 되찾을 수 없다면 아예 신검산을 팔려고 한다."

"……."

"그게 무슨……?"

아무도 예상하지 못한 말에 시월 등이 당황한 눈으로 백문보를 바라봤다. 이장로 마건조차도 그런 백문보의 생각을 처음 듣는지 눈을 크게 뜨고 그를 바라봤다.

"누구나 알 듯 나와 월문의 처지가 곤궁하기 이를 데 없는 상황이다. 거기에 유검은 병신이 되었지. 살아 있는 것이 기적일 정도로… 후후, 네 덕분에 말이다."

백문보가 시월을 바라보며 말했다. 그의 눈에서 숨길 수 없는 살기가 느껴진다.

그러자 시월이 차분하게 대답했다.

"제 검이 한 일이기는 하지만, 그 일은 소문주 자신이 자초한 일입니다. 소후 사형의 다리를 자르고 잔혹하게 고문을 하려 했으니까요."

"사정이야 어쨌든 네가 한 일임은 분명하지. 아무튼 그래서 지금 나와 월문에 가장 필요한 것은 문도들을 건사할 금자다. 금자라도 있어야 그나마 문도들을 지킬 수 있을 테니. 그렇게 시간을 벌고 준비를 하면 훗날 황이 월문을 다시 천하제일문으로 만들 것이다."

"황이라시면……?"

처음 듣는 이름이라 무광이 의아한 표정을 지었다.

"유검의 아들이다."

"…그렇군요. 그러고 보니 소문을 들은 것 같기도 하군요. 유검이 오가장 사위가 되어 아이를 낳았다는. 이름을 황으로 지으셨군요."

"이젠 그 아이가 월문의 미래지. 유검이 또 다른 자식을 볼 수도 있겠지만……."

노쇠하고 처참한 상황에서도 백문보는 다시금 월문 부활을 꿈꾸고 있었다.

그렇다면 그가 칠랑이 마공을 수련한 것을 세상에 폭로할 일은 없을 거라고 시월은 생각했다.

그 사실을 폭로하는 순간 월문의 부활은 꿈도 꿀 수 없기 때문이었다.

"맹이 금자를 내놓을까요?"

이장로 마건이 조심스레 물었다.

"당연히 내놓을 걸세. 그들도 강제로 월문의 터전을 빼앗았다는 비난은 듣고 싶지 않을 테니까."

백문보가 확신했다.

"신검산을 정리하시면 평원으로 가시겠군요."

"그래야겠지."

"먼 길이군요. 조심해 돌아가십시오."

무광이 더 이상 할 말이 없다는 듯 작별을 고했다. 그런데 그런 무광을 백문보는 쉽게 놓아주지 않았다.

"잠시 기다려라. 아직 내 말이 끝나지 않았으니!"

"…말씀하십시오."

"내가 계획한 대로 일이 되려면 한 가지 전제 조건이 있다. 내가 의천무맹으로부터 금자를 받아낼 때까지 살아 있어야 한다는 거지."

"비록 부상이 깊긴 하시지만 문주께선 충분히 천수를 누리실 수 있을 겁니다."

"내가 걱정하는 것은 병들어 죽는 게 아니다. 날 죽이려는 자들이 문제지."

"이미 마련과의 싸움이 끝났고, 월문이 신검산도 내놓는 마당에 누가 문주님을 죽이려 한단 말입니까?"

무광이 백문보를 이해할 수 없다는 듯 물었다.

그러자 백문보가 고개를 앞으로 숙이며 속삭이듯 말했다.

"운중오문!"

백문보의 말에 무광의 눈이 커졌다. 과묵한 성정을 생각하면 제법 큰 충격을 받았다는 것을 알 수 있었다.

"그들은… 월문과 한배를 탄 사이가 아니던가요?"

무광이 물었다.

백문보가 칠랑을 배신할 때, 그 일의 계기가 된 것이 운중오문이었다. 운중오문의 고수들이 칠랑이 마공을 수련한 사실을 알고 그 일을 빌미로 월문과 거래하게 된다는 건 무광이 누구보다 잘 아는 사실이었다.

이후 그들은 오랜 세월 칠랑의 마공 수련을 고리로 서로 끈끈한 인연의 끈을 이어오고 있었다.

"오월동주라고… 우리가 서로를 이용하기는 했지만 그렇다고 절대 배신하지 않을 정도로 가까운 사이는 아니지."

"그렇다고 해도 굳이 문주님의 목숨을 위협할 이유가 없지 않습니까?"

무광이 여전히 이해가 가지 않는다는 듯 물었다.

"내 입이 두려운 거지. 그들은 우리 월문과 어떤 일을 해왔는지 세상에 알려지는 것을 걱정하는 거다. 내가 쓸모가 있을 때는 그나마 그 위험을 감수할 수 있지만, 월문이 몰락하고 나는 초라한 늙은이로 변했으니 더 이상 위험을 감수할 필요가 없지 않겠느냐."

월문주 백문보가 운중오문이 자신을 죽이려는 것을 원망하기보다는 당연한 일이라는 듯 태연하게 말했다.

"그들이 그 의도를 드러냈습니까? 아니면 문주님의 짐작이십니까?"

무광이 백문보의 말을 반신반의하며 물었다.

"내가 홍안령에서 만계지마에게 패했을 때, 난 운중오문의 고수들에게서 나에 대한 감출 수 없는 살기를 느꼈다."

백문보가 말했다.

"그곳에 운중오문의 고수가 있었습니까?"

"설마 몰랐단 말이냐? 그동안 내 곁에서 날 돕던 자들이 바로 운중오문의 사람이라는 것을? 그들은 호천밀사라 불리며 비밀리에 운중오문의 은밀한 일들을 행하는 자들이지. 운중오문의 이름으로 하기 어려운 일들 말이다."

"아! 그 사람들이!"

무광이 놀란 표정을 감추지 못했다.

"운중오문은 월문이 십대천문의 일원으로 남아 의천무맹에서 자신들의 이익을 위해 움직여 주길 원했다. 그래서 세상에 알려지지 않은 그들로 하여금 날 돕게 한 것이다."

"그런 자들이 이제는 문주님을 죽이려 한다는 겁니까?"

"그렇다. 아마 내가 신검산을 떠나 평원 오가장으로 돌아간다면 도중에 반드시 날 죽일 것이다."

백문보가 단정적으로 말했다. 백문보가 반박을 허락지 않을 정도로 강하게 말하자 무광도 더 이상 백문보의 말에 이의를 달지 않았다.

그러자 백문보가 다시 입을 열었다.

"그래서 말인데 너희들이 날 좀 도와줘야겠구나."

"…그건 또 무슨 말씀이십니까?"

"날 평원 오가장까지 데려가 달란 말이다. 너희들이 운중오문의 손에서 날 지켜줘야겠다."

백문보가 당연한 것을 원한다는 듯 당당하게 말했다.

그러자 부리가 반발했다.

"우리가 왜 그래야 합니까?"

"그래야 너희들도 살 수 있을 테니까."

"문주님이 죽는 것과 우리가 무슨 상관이 있단 말입니까?"

억지 부리지 말라는 듯 부리가 되물었다.

"어차피 죽을 바에야 내가 너희들의 비밀을 굳이 묻어둘 이유가 있겠느냐? 너희들을 원망해서가 아니라 날 죽이겠다는 운중오문이 대가를 치르게 만들기 위해서라도 난 너희들이 마공을 수련한 것과 그 일을 빌미로 운중오문이 월문을 이용해온 사실을 세상에 알릴 것이다. 그렇게 되면… 너희들도 무척 곤란해질 것이다."

백문보가 여유 있는 표정을 지으며 말했다.

그러자 무광이 무겁게 입을 열었다.

"물론 그 사실이 알려지면 우리 사형제들은 제법 곤란한 일을 겪어야 할 것입니다. 하지만 그렇다 해도 우린 충분히 우리 목숨을 지킬 수 있습니다. 우리가 마공을 수련했다고 해도 마인은 아니라는 걸 세상에 이미 증명했고, 그런 우리를 보증해 줄 사람들도 있지요."

"후후후, 물론 그렇겠지. 하지만 아예 그 사실이 세상에 드러나지 않는 편이 더 좋지 않겠느냐? 날 데려가는 게 어려운 일이 아니지 않으냐? 너희들이 동행하면 운중오문의 호천밀사란 자들도 감히 날 죽이려 하지 못할 거다."

백문보가 반드시 이길 패를 던진 도박꾼 같은 표정으로 시월 등을 둘러보며 말했다.

그러자 무광이 잠시 침묵에 빠졌다. 백문보를 만나러 올 때의 예상과는 전혀 다른 상황이 벌어지고 있었다. 설마 백문보가 이런 제안을 할 줄은 상상도 하지 못했던 일이었다.

그런데 그 순간 시월이 입을 열었다.

"문주님의 약속을 어떻게 믿습니까?"

"후후, 보증을 원한다면 딱히 해 줄 방법이 없다. 하지만 적어도 한 번쯤 속아볼 만한 일이지 않으냐?"

백문보가 되물었다.

"속아볼 만하다… 그럴지도 모르지요. 대사형 그렇게 하죠."

시월이 무광에게 말했다.

"아니 네 말대로 어떻게 믿고?"

무광 대신 부리가 퉁명스럽게 되물었다. 그로서는 월문주 백문보와 조금이라도 함께 지내는 것이 불편할 따름이었다. 더군다나 백문보의 약속은 이제 이들 사형제에게 한 푼의 가치도 없는 가벼운 것이었다.

부리가 불평하자 시월이 다시 입을 열었다.

"문주님의 약속은 나도 믿을 수 없습니다. 하지만 제 약속은 한 번 믿어보세요."

"사제의 약속?"

부리가 되물었다.

"예, 제가 약속드릴게요. 만약 문주께서 다시 우리 사형제를 배신하면, 월문 백씨와 한 방울의 피라도 섞인 사람은 그 누구든 모두 죽여서 세상에 월문 백씨가 남아 있지 않게 만들 테니까요. 제 약속, 받으시겠습니까?"

시월이 백문보를 보며 물었다.

순간 백문보의 눈에 분노와 두려움이 동시에 떠올랐다. 시월의 눈을 보고 그는 시월이 정말 그럴 수 있다는 것을 깨달았기 때문이었다.

"네게… 그런 독함이 있을까?"

시월의 눈에서 그의 결심을 읽은 후에도 백문보가 반발하듯 물었다.

그러자 시월이 대답했다.

"믿고 안 믿고는 문주님 마음대로 하십시오. 하지만 난 적어도 사형들에게 한 약속은 반드시 지킬 겁니다. 대사형, 부리 사형, 제 약속 믿으시죠?"

"당연히 믿지. 그리고 사실 우리 중에 가장 독한 사람이 너란 걸 우리 사형제들은 모두 알고 있지."

부리가 얼른 대답했다.

그러자 무광도 고개를 끄떡이며 말했다.

"나도 사제의 말은 무조건 믿는다. 팔 년 동안 군자의에게 잡혀 있을 때도, 사제가 돌아올 거란 약속을 한 번도 의심한 적이 없었거든. 약속대로 사제는 우리를 구하기 위해 돌아왔지! 문주님, 이 거래를 수락하겠습니다! 하지만 겨우 문주님이 우리의 과거를 함구하는 것 정도로는 우리가 너무 손해를 보는 것 같군요."

"그럼 더 뭘 원하느냐?"

자신의 제안을 받아들이겠다는 무광에게 백문보가 눈빛을 반짝이며 물었다.

*   *   *

시월과 부리도 무광이 백문보를 오가장이 있는 평원까지 데려다주는 대가로 무엇을 요구할지 궁금했다.

본래 무광은 어떤 일에 조건을 달거나 흥정을 하는 일에 서툰 사람이기 때문이었다. 그는 하겠다고 결심만 하면 아무런 조건 없이도 백문보를 오가장까지 데려다줄 사람이었다.

그런 그가 대가를 요구한다는 것은 그가 꼭 받고 싶은 것이 있다는 뜻이었다.

"우리를 운중오문에 넘긴 이후 월문은 오랫동안 운중오문과 많은 일들을 함께했을 겁니다. 그중에는 의천무맹의 행보에 반하는 일도 적지 않았겠지요. 그 일들을 정리해 넘겨주십시오. 운중오문은 우리 사형제들에게 문주님만큼 위험한 존재들이니까요."

"후후, 그들의 약점을 쥐고 싶다는 말이지?"

"그렇습니다."

"그야 어렵지 않지."

백문보가 선뜻 대답했다. 그들 사이에 존재하는 가장 큰 비밀. 시월의 사형제들이 마공을 수련했다는 그 비밀을 공유하고 있는데 더 숨길 것이 없다는 태도였다.

"만약 문주께서 넘겨주시는 운중오문과의 거래 내용이 미비할 때는 이 일을 하지 않겠습니다."

무광이 경고했다.

그러자 백문보가 비릿한 미소를 지으며 말했다.

"날 믿지 못하겠다면 내가 운중오문과의 거래 내용보다 더 큰 선물을 주지."

"……?"

"평원으로 날 데려가면 한 사람을 너희들에게 주마. 그러니까 너희들도 어떤 일이 있어도 날 평원까지 데려가야 할 것이다."

"대체 누굴 말하는 겁니까?"

무광이 경계심을 드러내며 물었다.

"군자의 공천보!"

"예?"

"그 빌어먹을 늙은이가 아직 살아 있단 말입니까?"

무광이 놀라는 사이 부리가 욕설을 섞어 물었다.

"흠, 한쪽 팔이 잘리고 척추를 다쳐 곱추가 되었더구나. 듣자하니 그 일은 곽부가 한 일이라고?"

백문보가 되물었다.

"정말이네. 하! 악인(惡人)은 명도 길다더니 그자가 그렇게 당하고도 살아 있을 줄이야."

부리가 탄식했다. 누구도 살아남기 어려운 부상을 입고도 군자의 공천보가 살아남았다는 것에 화가 나는 모양이었다.

"그런데 그를 만나고도 살려두셨습니까?"

어느새 침착함을 회복한 무광이 물었다.

군자의 배신으로 결국 월문은 칠랑을 포기하고 운중오문의 협박을 받아야 했었다. 그런 공천보를 만나고도 살려두었다는 것은 이해할 수 없는 일이었다.

"그자는 쓸모가 많은 자거든. 유검을 살려낼 사람도 필요했고. 알다시피 난 은원보다는 이익을 추구하는 사람이 아니더냐?"

오가장으로 가게 된 이유가 그 때문이라는 말은 숨긴 채 백문보가 대답했다.

"그가 평원 오가장에 있습니까?"

"그 근처에 있지."

"그렇군요. 알겠습니다. 반드시 문주님을 평원으로 데려가지요."

무광이 무거운 목소리로 말했다.

"후후후, 서로 주고받을 것이 확실하니 이 거래는 틀어질 일이 없겠군. 그런데 곧 떠난다고?"

"그 안에 약속한 것을 준비해 주시기 바랍니다. 모시러 왔을 때 준비하신 것을 보면 알 수 있겠지요. 이 거래에 속임수가 있는지 없는지."

"의심이 많아졌구나. 그런 녀석이 아니었는데."

"모두 문주님 덕분입니다. 그럼 저녁에 뵙지요."

무광이 자리를 털고 일어났다.

그러자 시월과 부리도 얼른 일어나 무광과 함께 백문보의 방을 나갔다.

"정말 저 아이들이 원하는 대로 해주실 겁니까?"

시월 등이 나가자 이장로 마건이 급히 물었다.

"그럴 생각이네."

"…하지만 평원으로 돌아간다고 해서 모든 것이 해결되는 것은 아니지 않습니까? 운중오문이 문주께 살심을 품고 있다면 평원에 돌아가도 여전히 위험할 것입니다. 평원으로 돌아가면 저 아이들도 떠날 테고 말입니다. 차라리 이곳이 더 안전할 것 같습니다만……"

"이곳에선 어떤 일도 할 수 없네. 십대천문이 날 살려두기는 하겠지만 동별당 밖으로 나가는 순간 내 움직임을 하나하나 감시할 테니."

"그래도 일단 안전을 보장받는 게 중요한 것 같습니다만……"

"가는 동안 일을 만들어봐야지. 운중오문에서 날 죽이면 저 녀석들이 가만히 있지 않을 거라고 호천밀사들이 믿게 만들어야지.

그럼 녀석들이 떠난 후에도 운중오문에서 날 죽일 생각을 하지 않을 걸세. 굳이 긁어 부스럼을 만들 필요가 없을 테니."

"그게… 가능하겠습니까?"

"그래서 녀석들에게 넘겨줄 운중오문과의 거래 내역이 중요한 것이네. 내가 아주 정성 들여 기억을 되살려 볼 참이야. 나만 알고 있을 때는 나만 죽이면 되지만 칠랑 저놈들도 알고 있으면 나 하나 죽인다고 해결될 일이 아니지 않는가? 후후후, 그런 면에서 무광 놈의 요구는 오히려 내게 큰 도움이 되는 것이지."

백문보가 마치 싸움에서 승리한 사람처럼 득의한 웃음을 흘렸다.

*　　　*　　　*

신검산이 한순간에 들썩이기 시작했다. 갑자기 전해진 한 가지 소식 때문이었다.

만계지마 중산의 죽음, 삼십육마의 난을 시작으로 마련의 발호까지, 수십 년간 이어졌던 정사대전의 원흉인 그가 죽었다는 것은 전 무림을 뒤흔들 소식이었다.

그래서 그 소식을 접한 천무문주 양무강과 지황문주 목용은 처음에는 쉽게 그 소식을 믿지 않았다.

하지만 그 소식을 가져온 사람이 이가검문의 전설적인 검객 검옹 천복이었기 때문에 드러내놓고 의심할 수도 없었다.

그렇게 만계지마의 죽음이라는 충격적인 소식 덕분에 동별당에 머물던 월문 백문보가 조용히 신검산을 떠나고 있다는 사실은 거의 관심을 끌시 않았다.

그래서 천무문주와 지황문주가 월문주 백문보가 떠났다는 소식을 들었을 때는 이미 시월과 그의 사형제들은 백문보를 데리고 신검산 아래쪽 석교를 건넌 이후였다.

두두두!

갑작스럽게 신검산의 중턱의 마정궁, 이제는 의천무맹의 성지 중 하나로 변하고 있는 곳에서 거친 말발굽 소리가 들려왔다.

그 소리에 석교를 건너 본격적으로 속도를 내려던 시월 일행이 잠시 걸음을 멈췄다.

"무슨 일이지?"

부리가 폭풍 같은 속도로 신검산 아래로 달려 내려오는 십여 명의 기마 인물들을 보며 중얼거렸다.

"우리를 만나러 오는 걸까요?"

시월이 물었다.

"아마도 그렇겠지. 천무문주와 지황문주에게 작별 인사도 없이 떠났으니까."

무광이 대답했다.

백문보는 실질적으로 의천무맹을 장악하고 있는 천무문주와 지황문주에게 신검산을 떠나겠다는 사실을 따로 알리지 않았다.

그래서 그들이 그 사실을 들은 것은 시월 일행이 정문을 벗어날 때 경비를 서던 무사가 뒤늦게 보고를 한 뒤에서였다.

시월 등은 굳이 두 사람에게 떠나는 것을 알리지 않을 이유가 없다고 생각했으나, 백문보는 혹시라도 그들이 자신이 떠나는 것을 원하지 않을 수도 있다는 생각에 조용히 동별당을 떠나기를 원했었다.

그런데 뒤늦게 그 사실을 안 천무문주와 지황문주가 시월 일행에게 사람을 보낸 듯싶었다.

두두두!

신검산 아래에 도착한 무인들이 속도를 늦추지 않고 순식간에 석교를 건넜다.

그들은 잠시 걸음을 멈추고 있는 시월 일행 앞에서 급히 말을 멈췄다. 그러고는 그중 한 명이 서둘러 입을 열었다.

"월문주께서는 잠시 기다려 주십시오."

"무슨 일이신가?"

백문보가 말 위에서 물었다.

"천무문주님과 지황문주께서 뒤늦게 문주께서 떠나신 것을 아시고 급히 저희를 보냈습니다."

"음, 번거롭게 해드리고 싶지 않아서 조용히 떠난 것인데, 그래 뭐라 하시던가?"

"월문주님을 이렇게 보내는 것은 너무 서운하다 하시면서 번거로우시더라도 다시 신검산에 오르셔서 오늘 저녁 연회를 즐기시고 떠나심이 어떠하신가 여쭤보라 하셨습니다."

천무문주의 말을 전하는 무인의 말은 정중하기 이를 데 없지만, 그의 말은 백문보의 의사를 묻는 느낌이라기보다는 천무문주의 명을 전하는 것 같았다.

하지만 아무리 노쇠했다고 해도 백문보는 백문보였다.

"말씀은 고마우나 이미 떠난 발걸음을 돌리기는 어려울 것 같네. 신검산에 올라가면 이곳을 떠나려는 내 결심이 흔들릴 수도 있을 것 같아서 말일세."

"하지만 천무문주께서……."

"됐네. 그렇지 않아도 내가 십대천문의 수장들께 드리는 서신을 하나 썼네. 떠나기 전에 그 서신을 전하면 괜히 번거로운 일이 생길까 싶어 신검산을 멀리 벗어난 후 사람을 시켜 서신을 보내려 했는데, 마침 자네들이 왔으니 이 서신이나 전해 주시게."

백문보가 품속에서 비단 주머니에 넣은 서신을 자신을 데리러 온 중년 무인에게 건넸다.

그러자 중년 무인이 얼떨결에 백문보에게서 서신을 받아들었다.

"중요한 내용이 들어 있으니 반드시 전하셔야 하네. 중간에 이 서신이 전달되지 않으면 나중에라도 자네는 큰 곤경에 빠질 수 있네."

백문보가 서신을 전한 후 경고했다.

"그건 걱정 마십시오. 겨우 몇백 장거리로 가져가는 것인데… 그런데 정말 이대로 떠나실 것입니까?"

"그럴 걸세."

"하지만 아무래도……."

중년 무인으로서는 백문보를 데려오라는 천무문주의 명을 지키지 못하는 것이 불안한 모양이었다.

하지만 그는 백문보 곁에 있는 시월과 무광 그리고 부리를 본 이후에는 감히 백문보를 강제로 데려갈 엄두를 내지 못했다.

그 역시 지금 신검산을 뒤흔드는 소문의 주인공, 만계지마 중산을 죽인 사람들이 이들이라는 것을 알고 있기 때문이었다.

"내가 고집했다고 하면 자네가 곤란한 일은 없을 걸세. 자, 우리는 그만 가자!"

백문보가 더 이상 할 말 없다는 듯 일행의 길을 재촉했다.

그러자 이 장로 마건이 이끄는 월문의 문도들이 잠시 멈췄던 길을 다시 가기 시작했다. 시월 등도 그런 월문의 문도들을 따라 천천히 말을 몰아 강변에서 멀어졌다.

그렇게 시월 일행과 월문의 문도들이 떠나자 그들을 데리러 왔던 무인이 망연자실한 표정을 짓다가 어쩔 수 없다는 듯 말을 돌려 다시 신검산으로 되돌아가기 시작했다.

*　　　　*　　　　*

"미리 서신을 준비해 두셨었군요?"

자신들을 데리러 왔던 자들이 신검산을 오르는 것을 본 후에야 마음을 놓은 이장로 마건이 백문보 곁으로 말을 몰아와 물었다.

"인사를 아주 안 하고 떠날 수는 없으니까. 저 아이들에게 줄 것들을 정리하면서 서신 한 장 섰지. 후후후, 좀 놀라게 될 거야. 그자들……"

백문보가 음흉하게 웃으며 말했다.

"뭐라고 쓰셨길래……?"

"신검산을 맹의 성역으로 만들고 싶다면, 월문은 기꺼이 의천무맹에 신검산을 내놓겠다. 다만, 대가로 금 십만 냥을 내라고 했지. 내가 말하지 않았었나 기왕에 신검산을 빼앗길 거라면 금자를 받고 팔겠다고!"

금 십만 냥이라는 말에 놀라는 마건에게 백문보가 태연하게 말했다.

"하지만 금 십만 냥을 그들이 과연……."

"그래서 한 마디 더 남겼네. 살 생각이 없으면 내년 봄에 월문이 신검산을 돌려받겠다고. 그리고 나의 이 결심을 무림 천하에 선언하겠다고 말이야. 하하하! 그러니 그들도 골치들 아플 거야. 금자를 안 내놓으면 무림에 자신들이 남의 영지를 빼앗은 날강도라는 것을 시인하는 것이니! 하하하!"

제 4장
—
오월동주

　부리는 신검산을 떠난 후 내내 투덜거렸다. 무광은 그런 부리를 달랬지만, 그럼에도 부리는 월문의 문도들 앞에서조차 불편한 감정을 숨기지 않았다.

　하지만 월문주 백문보나 이장로 마건, 그리고 얼마 되지 않는 월문의 문도들은 그런 부리의 투덜거림을 무던하게 받아넘겼다.

　그들 역시 지금 시월 일행이 자신들을 호위해 평원으로 가고 있는 일이 얼마나 말이 안 되는 일인지 잘 알고 있기 때문이었다.

　그런데 이런 기이한 상황을 곤혹스럽게 생각하는 또 한 부류의 사람들이 있었다.

　곡천을 비롯한 호천밀사들이 그들이었다. 그들 역시 제법 멀리서 거리를 두고 월문 일행을 따라고 있었는데, 어색한 표정들을 감추지 못했다.

그들이 월문주 일행과 합류한 것은 백문보가 신검산을 떠난 직후였다. 백문보가 동별당에 머무는 동안 그들은 하루에 한 번 백문보를 찾아와 안부를 묻기는 했지만, 동별당에 함께 머물지는 않았다.

그들은 동별당에서 백문보와 함께 기거하면서 의천무맹 십대천문의 감시 아래 놓이는 상황을 부담스러워했다. 자칫 그들이 운중오문의 사람들이라는 것이 드러나는 순간, 운중오문의 수장들이 산을 내려와 의천무맹 십대천문의 수장들에게 사과와 해명을 해야 하는 일이 발생할 수도 있기 때문이었다.

그래서 그들은 신검산 외곽에 머물면서 하루에 한 번 동별당을 방문해 백문보의 안부를 묻는다는 핑계로 그의 동태를 살피기만 했던 것이다.

그러면서도 백문보를 죽여야겠다는 생각이 심중에 있었으므로 아예 신검산을 떠나지는 않았던 그들이었다.

그들은 언젠가는 백문보가 결국 신검산을 떠나 평원의 오가장 근처에 있는 새로운 월문 장원으로 돌아갈 것이라고 생각하고 있었다.

그리고 그 여행길이 시작되면 그때가 백문보를 제거할 가장 좋을 기회가 될 거라 생각하고 있었는데, 예상치 않게 시월 일행이 백문보를 보호하겠다고 나섰으니 당황스러운 일이 아닐 수 없었다.

그렇게 이 이질적인 세 무리의 여행객들은 저마다 마음속에 다른 생각을 품고 신검산을 떠나 평원을 향해 함께 길을 기고 있었다.

　　　　　*　　　　　*　　　　　*

"왜 떠나지 않는 걸까요?"

하루의 이동이 끝나고 아늑한 숲에 야영할 준비를 마친 후 저녁 요기를 하던 부리가 멀리 떨어진 곳에 자리를 잡은 호천밀사들을 보며 불쑥 입을 열었다.

"명분이야 문주를 평원까지 안전하게 데려가려는 것이라지만 사실은 문주를 죽일 기회를 노리고 있는 거겠지."

무광이 대답했다.

백문보는 호천밀사들에게 떠나고 좋다고 선언한 상태였다. 그럼에도 호천밀사들은 여전히 백문보를 따라가고 있었다.

"결국 시도를 할까요?"

시월이 걱정스러운 표정으로 물었다.

그는 가급적 호천밀사들과는 검을 맞대고 싶지 않았다. 운중오문을 존중해서가 아니라 그들과 더 이상 불편한 관계를 맺고 싶지 않기 때문이었다.

운중오문을 적으로 두는 것은 월문을 적으로 두는 것과는 차원이 다른 문제였다.

"글쎄… 신중한 사람들이니 쉽게 문주를 죽이려 하지는 않을 거다."

"그래도 문주를 죽이려 한다면 역시 싸워야겠죠?"

시월이 물었다.

"그게 문주와의 약속이니까."

"그까짓 약속이 뭐가 중요합니까?"

무광의 대답에 부리가 퉁명스럽게 말했다.

"후후, 하긴 우리 사형제와 문주가 약속을 목숨 걸고 지킬 사이는 아니지. 그래도… 그는 한번 만나보고 싶구나."

"…군자의요?"

부리가 얼굴을 굳히며 되물었다.

"음."

"그를 만나면… 제 손으로 죽이고 싶은데요."

부리가 살기를 드러냈다. 그 살기에 억제되어 있던 마기가 묻어나는 것도 같았다.

"나도 죽이고는 싶지만……."

"왜요? 그도 살려주게요? 문주도 살려주고, 그도 살려주고, 우리에게 못된 짓을 한 자들을 모두 살려주려고요?"

부리가 화가 난 듯 묻자 무광은 고개를 가로저으며 말했다.

"그를 데리고 만화도로 갈까 한다."

"아니, 그게 무슨 말도 안 되는……."

부리가 어이없다는 듯 말을 채 잇지 못했다.

"화노 어르신께 처분을 맡기시려고요?"

시월이 무광의 마음을 읽고는 되물었다.

"아무래도 그게 화노 어른에 대한 예의가 아닐까 싶다."

무광이 대답했다.

"그 반대일지도 모르죠."

부리가 퉁명스레 말했다. 못돼 처먹은

"반대?"

"화노께서 공가 늙은이를 죽이실 수 있겠어요? 그런 일은 할 수 없으실 겁니다. 아무리 못돼 처먹어서 파문된 사형이라도 사형은 사형이니까요. 그러니 공가 늙은이를 화노 어른께 데려가는 일은 화노 어른을 곤란하게 만드는 일이란 거죠. 화노께서 공가 늙은이를 살려주면서 우리에게 얼마나 미안해하겠어요. 차라리 만화도 밖에서 깨끗이 죽이는 게 낫죠."

"…그 말도 맞다만 그래도 그럴 수는 없는 일 아니냐. 네 말대로 파문을 당했다 해도 화의일맥의 사람인데."

"에이, 하여간 이럴 때 보면 대사형은 인정이 너무 많아서 탈이야. 문주를 호위하는 일도 그렇고. 젠장 모두 다 죽여 버리면 속 편한데……."

"후후! 막상 그러지도 못할 녀석이……."

무광이 나직하게 실소를 흘렸다.

*　　　　*　　　　*

"언제까지 이들과 동행할 생각이시오?"

호천밀사 구찬서가 곡천에게 물었다.

월문주 백문보를 돕기 위해 왔던 호천밀사 중 살아남은 사람은 여섯이었다. 그래서 남은 호천밀사들은 자신들이 이미 운중오문을 위해 충분한 피를 흘렸으므로 더 이상 월문주 옆에 머물 이유가 없다는 생각이 팽배했다.

물론 구찬서는 다른 호천밀사들과 달리 이들의 우두머리 격인 곡천이 백문보 곁에 머무는 것이 그를 지켜주기 위함이 아니라 그를 죽이기 위한 것이라는 것을 아는 사람이었다.

하지만 그는 그 일도 결코 쉽지 않다는 것을 알고 있었다. 만계지마를 죽였다는 칠선문 사형제들을 꺾고 백문보를 죽이는 일은 거의 불가능했다.

그래서 기왕이 이리된 것 이쯤에서 백문보를 떠나는 것이 좋다고 생각하는 구찬서였다.

"아직 그를 떠나라는 지시가 없지 않소."

곡천이 담담하게 말했다. 그로서는 운중오문 수장들의 지시가 있기 전에는 백문보 곁을 떠날 수 없다는 입장이었다.

"우리 상황을 알고는 계시는 거요?"

구찬서가 물었다.

호천밀사와 운중오문의 관계는 철저하게 비밀이 지켜져 오고 있었다. 그래서 운중오문과 호천밀사들의 연락도 오직 곡천을 통해서만 이뤄지고 있었다.

"운중오문의 노고수분들이 근방에 있을 거요."

구찬서의 질문에 곡천이 대답했다.

"그게 정말이오?"

구찬서가 놀란 표정으로 되물었다.

그로서는 설마 운중오문에서 노고수들이 와 있을 거라고는 생각지 못했던 것이다.

"마련과의 정사대전은 운중오문으로서도 관심을 가질 수밖에 없는 큰일이었소. 더군다나 싸움이 의천무맹의 승리로 끝났으니 더더욱 의천무맹의 행보에 관심을 둘 수밖에 없지 않겠소? 이런 상황에서는 특히 월문주의 행보가 중요하고……."

"하긴 그렇겠구려. 자칫하다가는 의천무맹이 운중오문을 무시하는 일이 생길 수도 있을 테니."

구찬서가 고개를 끄떡였다. 정사대전의 승리가 오히려 운중오문에는 위기가 될 수도 있었던 것이다.

"아쉬운 것은 역시 월문주가 이따위로 심하게 몰락한 것이오. 그가 욕심을 내지 않고 이 싸움에서 어느 정도의 전공만 세웠다면, 그로 인해 신검산을 되찾았을 것이고 운중오문도 월문을 통해 의천무맹의 행보에 영향력을 행사할 수 있었는데 말이오."

곡천이 원망스러운 듯 멀리 있는 백문보의 막사를 주시하며 말했다.

"애초에 그를 협력자로 선택한 것이 실수였던 것 같소. 그는 생각만큼 그리 대단한 인물이 아니었는데……."

구찬서가 아쉬운 듯 말했다.

"그의 능력만 고려했지 성품을 보지 못한 실수 아니겠소. 그의 성품은 결코 의천무맹 십대천문의 주인이 될 수 없는 것이었소. 다만 예전에는 마음을 숨기고 있어 그 사실이 드러나지 않았을 뿐……."

"정말 아쉬운 일이오. 후우… 아무튼 운중오문의 노고수분들이 와 있다니 안심이 되오, 어쨌든 그분들이 이 일의 끝을 맺을 테니 말이오."

구찬서가 걱정을 덜었다는 듯 말했다.

*　　　　*　　　　*

거친 산중에서도 티끌 하나 묻지 않는 고고한 풍모의 오인(五人)이 산봉우리 위에서 산 아래 길을 따라 이동하는 월문주 일행을 바라보고 있었다.

언뜻 보면 그저 지나가는 여행객을 보는 듯한 무관심한 표정이었지만, 짧은 순간 그들의 눈가를 스치고 지나가는 날카로운 빛은 그들이 월문주 일행에 깊은 관심을 가지고 있다는 것을 의미했다.

"결정해야 할 시간인 것 같소."

월문주 일행을 바라보고 있던 다섯 사람 중 백색 무복을 입은 노인이 입을 열었다.

그러자 승복을 입은 노승이 입을 열었다.

"가급적 대화로 해결해 봅시다. 굳이 피를 볼 일이 아닌 것 같소."

"장문인들께서는 화근을 남기는 것을 원치 않는다 하셨지 않습니까?"

오인 중 유일한 여인인 초로의 여인이 차갑게 말했다.

그러자 이번에는 청색 무복을 입은 노검사가 입을 열었다.

"장문인들께서 그리 말씀하셨다 해도 우리 오류대행사는 상황에 맞게 일을 처리할 권한이 있소. 운중오문의 장문인들께서 새롭게 오류대행사라는 직책을 만들어 우리 다섯 사람을 강호에 내려보낸 이유도 시시각각 변하는 강호의 상황에 맞춰 운중오문의 행보를 결정하라는 의미가 아니겠소."

"물론 그렇긴 하지만, 그래도 월문주를 제거하는 일은 이미 결정된 일이니 우리가 번복하는 것이 가능한 일인지 모르겠군요. 또한 그의 말은 신뢰를 잃은 지 이미 오래고……."

초로의 여인이 백문보에 대한 극도의 불신을 드러냈다.

그러자 이번에는 검은색 무복의 노고수가 입을 열었다.

"일이란 언제나 맺고 끊음이 확실한 것이 좋소. 난 백문보가 산중을 벗어나기 전에 제거하는 것이 좋다고 생각하오."

검은 무복 노인이 단호하게 말하자 승복을 입은 노승이 가볍게 한숨을 내쉬었다.

그러자 청색 무복을 입은 노인이 검은색 무복을 입은 노고수에게 말했다.

"칠선문의 사형제를 상대하는 일은 결코 간단한 문제가 아니오."

"허허허! 동풍선께서 그간 저들을 몇 번 만난 적이 있다고 하시더니 그들에 대해 호감을 가지신 모양이구려."

검은 무복의 노인이 가볍게 웃음을 터뜨렸다.

그러자 운중오문의 장문인들이 급변하는 강호의 정세에 발 빠르게 대비하기 위해 새롭게 만든 오류대행사 중 무당의 몫으로 임명된 동풍선 은학이 정색하며 말했다.

"종남대검께서는 날 오해하고 계시는구려. 나는 결코 저들에게 호감을 갖고 있지 않소, 그러니 내가 한 말도 저들에 대한 호감에서 나온 말이 아니오. 솔직히 말해서 난 저들을 무척 경계하는 사람이오. 그 이유는 저들이 마공을 수련했기 때문이 아니라, 그 마공의 마기를 제어할 수 있는 고수들이 되었기 때문이오."

동풍선 은학이 정색을 하며 경고하자 검은 무복의 노인, 종남파를 대표해 오류대법사가 된 종남대검 곽청목의 표정이 일변했다.

종남대검 곽청목은 젊은 시절부터 종남파를 대표하는 검객으로 운중오문 무인들 사이에서 명성이 자자했다.

그의 검은 사십 이전에 이미 일가를 이뤄 육십이 넘은 지금은 그 무위를 짐작하기도 어렵다는 말을 듣고 있었다.

그래서 무공에 대한 그의 자신감은 대단했다. 천하 무림에서 검으로 자신을 꺾을 자가 없을 거란 자부심을 가지고 있었던 것이다.

그런 그에게 동풍선 은학의 말은 자신에 대한 모욕으로 받아들여졌다.

"동풍선께서 저들을 두려워하신다는 사실이 내겐 참 의외구려. 그렇다면 저들을 상대하는 일은 나에게 맡겨 주시오. 사실 만계지마 중산을 비롯해 몇 명의 삼십육마를 꺾었다는 시월이라는 아이의 무공을 시험해 보고 싶었소이다."

자신의 무공을 무시했다고 생각한 종남대검 곽천목의 말은 동풍선 은학에 대한 도발처럼 느껴질 만큼 거칠었다.

그러자 동풍선 은학이 잠시 종남대검 곽천목을 바라보다가 이내 고개를 끄떡였다.

"알겠소. 그럼 뜻대로 하시구려. 칠선문의 사형제들을 상대하는 일은 종남대검께서 맡겠다고 하시니 나도 더 이상 월문주를 베는 일에 반대하지 않겠소."

동풍선 은학이 더 이상 말씨름하기 싫다는 듯 냉정하게 말하고는 한 발 뒤로 물러났다.

그러자 소림의 오류대법사로 지목되어 다시 강호로 나온 소림승 법철이 차분하게 입을 열었다.

"모두의 뜻이 그렇다면 내려가 봅시다. 하지만 일단 설득을 해 봅시다. 우리를 따라 운중오문으로 가 노후를 의탁하겠다면 굳이 그를 죽일 이유는 없으니까."

"그렇게 된다면야 가장 좋은 결과지요."

백색의 무복을 입은 화산파의 노고수 매화신검 유은복이 대답했다.

*　　　*　　　*

산과 산 사이로 멀리 관도가 보인다. 이제 힘든 여정은 거의 끝나가고 있었다, 관도에 닿으면 일행은 마차를 구하고 관도를 따라 이동할 것이다.

그럼 칠 일 안에 오가장과 새로운 월문의 장원이 있는 평원에 도착하게 될 것이다. 그것도 여유 있는 속도로 달렸을 때의 이야기고, 속도를 높이면 오 일 안에도 도착할 수 있는 거리였다.

그런데 산지를 벗어났다는 기쁨도 잠시, 갑자기 산길 끄트머리에 다섯 노인이 나타났다. 노인들이 나타나자 일행 사이에 차가운 긴장감이 흘렀다.

거리가 멀어서 그 모습을 제대로 볼 수 없기에 노인들의 정체를 알 수는 없었지만, 그들이 월문 일행이 가는 길을 막으려 한다는 것은 분명해 보였다.

"그렇지. 일이 너무 쉽게 풀린다 했어. 반드시 방해꾼이 나타나야 정상인데. 참… 사람 편한 꼴을 못 보는구나."

길을 막아선 자들이 자신들의 행보에 방해가 될 것이란 것을 직감한 부리가 투덜거렸다.

"누군지 알아보겠어?"

무광이 부리에게 물었다. 어렴풋이 보이는 노인들의 복장으로 보아 그들의 정체가 어렴풋이 짐작은 가지만, 그래도 부리의 밝은 눈이 좀 더 정확하게 노인들의 정체를 알아볼 것이라 생각했기 때문이었다.

"중과 도사들… 운중오문의 사람들이 분명해 보여요."

"그렇지?"

부리의 말에 무광이 되물었다. 그의 짐작과 다르지 않은 부리의 대답이었다.

"조력자들을 기다리고 있었는지도 모르겠군요."

그동안 월문주 백문보에 대해 어떤 위협도 가하지 않은 호천밀사들을 보며 시월이 말했다.

"그런 것 같구나. 그런데… 이렇게 되면 일이 어려워지겠군, 운중오문의 노고수들을 상대하려면……."

"그래도 싸워요?"

부리가 무광에게 물었다. 호천밀사들도 운중오문의 사람들이라지만, 그들은 운중오문 방계의 인물들이고 그들 스스로도 운중오문을 입에 올리지 않는 사람들이었다.

그래서 그들을 상대로 싸우는 일이야 큰 부담이 없지만 운중오문의 정식 문도들이라면 조금 다른 문제였다.

그들과 싸우는 것은 곧 운중오문 전체와 싸우는 일이기 때문이었다.

하지만 무광은 뒤로 물러날 생각이 없어 보였다.

"약속은 약속이니까."

"…….그렇게까지 문주를 지킬 이유가 있을까요?"

"문주를 지키는 일이기도 하지만 우리 자신을 지키는 일이기도 하다. 그들에게 우리가 결코 과거 그들에게 힘없이 끌려갔던 사람들이 아니라는 걸 알려줄 필요가 있어."

무광이 단호하게 말했다.

그로서는 과거 그들을 월문으로부터 데려가 군자의 공천보 손에 넘겼던 운중오문의 행동을 잊을 수가 없었다. 그 일에 대한 원한도 원한이지만, 언제든 다시 칠선문의 사형제들에게 위협을 가할 수 있는 곳이 운중오문이라고 생각하기 때문이었다.

그래서 이 기회에 운중오문에 강력한 경고를 남기는 것도 나쁘지 않다고 생각하는 무광이었다.

"사람이 죽어도 될까요?"

문득 시월이 물었다.

"…그 정도로 강할까?"

무광이 운중오문의 고수들을 맞서 싸우더라도 가급적이면 살수를 쓰지 않았으면 하는 생각에 되물었다.

"한 사람이라면 몰라도 다섯 이나 되는걸요. 삼십육마에 버금가는 사람들이고요."

"음… 일이 어렵게 되면 어쩔 수 없겠지."

무광이 대답했다. 그는 절대 이 싸움에서 물러날 생각이 없어 보였다.

"그럼 운중오문과 전면전이에요."

부리가 걱정스럽게 말했다.

칠선문 사형제들 무공의 강약과 상관없이 운중오문과의 전면전은 필패의 싸움이 될 것이 확실했다.

"싸우면 싸우는 거지. 우리가 뒤로 물러나고 움츠러들수록 우리 사형제들은 더 어려운 처지에 빠지게 될 거야. 지금 양보하면 그들은 어쩌면 우릴 자신들의 꼭두각시로 만들려 할지도 모르지. 그리고 언젠가는 버릴 것이고. 문주처럼."

"…그렇게까지 생각하고 계시는군요."

부리가 무광의 우려를 듣고는 어두운 표정으로 말했다.

그러자 시월이 입을 열었다.

"너무 걱정 마세요. 정말 운중오문 전체와 싸우게 되면 새외로 나가도 되고… 뭐, 기회를 봐서 아예 그중 한 문파를 기습해서 쑥대밭으로 만들어버리는 방법도 있지요. 그렇게 되면 다른 문파들은 감히 우리를 함부로 위협하지 못할 거예요. 우리 사형제들이 어둠 속에서 그들을 노리는 것이 얼마나 무서운 일인지 알게 될 테니까요."

시월이 오히려 전의가 끓어오르는 모습으로 말했다. 마련과의 정사대전을 치르고, 천마후를 상대한 이후 시월이 이제 무림의 그 누구에게도 핍박을 받을 생각이 없었다.

타인에 대한 두려움이 사라진 시월에게는 운중오문도 껄끄러울지언정 싸우지 못할 상대는 아니었다.

그런 시월은 바라보는 무광과 부리의 시선에는 시월에 대한 감탄과 단단한 믿음이 묻어났다.

"에이, 알았어, 싸우면 싸우는 거지. 못할 건 또 뭐야. 다만, 편히 살 수 없을 뿐이지. 싸워요. 대사형!"

부리가 무광을 보며 말했다.

"그런다니까!"

부광이 이미 결정한 일을 왜 다시 말하냐는 듯 퉁명스럽게 대답했다.

그사이 다섯 노인이 어느새 일행 앞으로 다가왔다. 그러자 호천밀사들이 서둘러 자리를 털고 일어나 다섯 노인에게 다가갔다.

"오류대법사님들을 뵙습니다."

호천밀사 곡천이 다른 호천밀사들을 대표해서 다섯 노인에게 인사를 했다.

"곡천, 자네가 수고가 많았네. 매번 어려운 일을 맡긴다고 장문인들께서 무척 미안해하셨네."

"그간 저희가 받은 은혜가 적지 않습니다."

곡천이 고개를 저었다.

"후후, 그래도 다만 무공을 전수했다는 이유로 이렇게 어둠 속에서 오문을 위해 희생하는 것을 당연하게 생각할 수는 없지. 이번 일이 끝나면 자네들 신분에 대한 문제를 다시 생각해 보겠다고 하셨네."

"……?"

"원하는 사람은 정식 제자로서 각파의 본문에 머물 수 있을 것이네."

"아!"

"정말이십니까?"

듣고 있던 호천밀사들이 감격을 참지 못하고 되물었다.

"그동안 자네들이 한 일에 비하면 아주 작은 보답을 했을 뿐이지. 그나저나 일단 눈앞의 일부터 처리하세."

호천밀사들을 상대하던 화산의 노고수 매화신검 유은복이 말했다.

"알겠습니다. 그렇잖아도 이쯤에서 이 일을 매듭지어야 한다고 생각하고 있었습니다."

곡천이 대답했다.

"음, 이제부터는 우리가 맡지."

매화신검 유은복이 고개를 끄떡인 후 호천밀사들을 지나쳐 월문주 백문보 앞으로 걸어갔다.

"어서들 오시오."

월문주 백문보가 노쇠한 모습임에도 불구하고 당당하게 자리에서 일어나 운중오문의 고수들을 맞았다.

"문주! 오랜만에 뵙는구려. 그래 몸을 좀 어떻소?"

"후후후, 오랜만이라… 난 늘 노사들의 시선을 느끼고 있어서 그런지 마치 어제 본 것 같소이다. 내 몸 상태야 그동안 지켜보고 계셨을 테니 잘 아실 것이고……"

"…참 안타까운 일이오, 삼가 위로의 말씀을 전하오."

"강호의 삶이 다 그런 것 아니겠소. 이젠 모든 것을 털어버리고 새로 터를 잡은 평원으로 가서 죽을 날을 기다릴 생각이오만… 노사들께선 무슨 일로 날 찾아오신 것이오?"

백문보가 질문을 하면서도 그들이 온 이유를 짐작하고 있다는 표정으로 물었다.

"문주께 한 가지 제안을 하려고 왔소."

"제안? 아직도 나와 거래할 것이 남아 있소?"

백문보가 실소를 흘리며 물었다.

"운중오문이 문주를 위해 안전한 거처를 마련했소. 우릴 따라간다면 비록 월문이 쇠락했다고 해도 감히 문주를 해치려는 자들은 없을 것이오. 우리와 함께 갑시다."

"날 운중오문의 그물에 가두겠다는 것이오?"

백문보가 차갑게 물었다.

"모두를 위해 좋은 일 아니겠소? 문주께서 그 몸으로 평원으로 돌아간다 해도 과연 문주의 안전을 장담할 수 있겠소?"

"하지만 내가 평원으로 돌아가지 않으면 우리 월문은 결국 세상에서 잊혀지고 말 것이오. 내 손자 황은 월문이 아닌 오가장의 사람으로 살아갈 것이고… 난 그렇게는 못 하겠소. 내가 하지 못한 일은 내 손자가 이뤄낼 것이오. 그러기 위해서 난 반드시 평원으로 가야겠소."

백문보가 단호하게 말했다.

그러자 유은복이 불편한 표정을 짓더니 자신의 뒤에 서 있는 다른 운중오문의 고수들을 돌아보며 물었다.

"월문주께서 이렇게 뜻이 강고하니 어쩌면 좋겠소?"

매화신검 유은복이 묻자 종남대검 곽청목이 앞으로 나서며 단호한 목소리로 말했다.

"문주! 이는 운중오문 장문인들이 뜻이오. 그래도 거부하시겠소?"

강압적인 종남대검의 말투에 백문보가 곽청목을 바라보며 물었다.

"누구시오?"

순간 곽청목의 눈썹이 꿈틀거렸다. 아무리 강호행을 하지 않았다 해도 그 외모만으로도 자신이 종남대검 곽청목이라는 사실을 모를 수 없다고 생각하는 곽청목이었다.

그럼에도 자신의 정체를 묻는 것은 백문보가 자신을 모욕한 거라고 생각한 것이다.

"난 종남의 곽청목이라 하오. 만난 적은 없지만 들어는 봤을 것이오."

"그대가 종남에서 검을 가장 잘 쓴다는 곽노사구려. 그런데 고고한 종남대검께서 사람을 이렇게 험악하게 협박할 줄은 몰랐구려. 종남에는 검법은 있어도 예법은 없는 것이오?"

백문보의 차가운 힐난에 곽청복의 얼굴이 분노와 수치로 붉게 달아올랐다.

"선의로 온 사람을 악의로 대하니 그렇다면 어쩔 수 없구려. 문주 말대로 무례를 범할 수밖에! 가지 않겠다면 문주에게 남은 것은 하나요. 이곳에서 생을 마감하는 것!, 어쩌겠소? 우리와 함께 가겠소?"

곽청목이 자신의 말대로 난폭하게 물었다.

그러자 백문보가 미소를 짓더니 큰 목소리로 외쳤다.

"이제 너희들이 약속을 지킬 때다! 이 자들이 내 목을 베는 것을 두고 보지는 않겠지?"

백문보가 큰 소리로 외치자 무광이 역시 굵고 무거운 목소리로 대답했다.

"문주께선 비록 우릴 배신했지만. 그렇다고 약속 따위를 어기는 소인배로 우리를 키워내진 않으셨습니다. 우리 사형제는 문주님과 달리 우리 입으로 한 약속은 반드시 지킵니다."

대답을 한 무광이 훌쩍 몸을 날려 백문보 앞에 내려섰다. 그러자 시월과 부리가 뒤를 이어 백문보의 좌우에서 그를 지켜 섰다.

"자네들이 그 유명한 칠선문의 젊은 무인들이군."

시월 등이 백문보를 지키려고 나서자 곽청목이 기다렸다는 듯 입을 열었다.

"그렇습니다. 운중오문의 존귀한 분들을 뵙게 되니 영광이긴 하지만, 상황이 참 곤란하게 되었군요. 그리고… 몇 분은 안면이 있는 분들이시군요. 세 분께 인사드립니다!"

과거 월문에서 운중오문으로 끌려갈 때, 그리고 시월의 요구로 군자의 공천보의 손에서 벗어날 때도 무광과 그 사형제들은 소림승 법철과 무당파의 동풍선 은학 그리고 매화신검 유은복을 만났었다.

그렇게 보면 오류대법사들과 칠선문의 인연은 그리 가볍지 않다고 할 수 있었다. 칠선문 사형제들의 고난이 시작한 것이 그들을 만나면서부터였기 때문이다.

무광이 인사를 하자 동풍선 은학이 입을 열었다.

"자네들이 운중오문을 떠난 후 칠선문이라는 문파에 입문해 마련과 싸움에서 큰 공을 세우는 모습을 지켜보고 있었네. 악연으로 시작되었지만, 오래 보아온 사람으로서 대견한 마음을 가지고 있네. 그런데! 그렇다고 해도 감히 운중오문의 일을 방해하겠다는 것은 용납할 수 없는 일이네. 그러니 이 일에서 물러나게. 그럼 칠선문과 운중오문 사이에는 아무 일도 없을 테니."

동풍선 은학이 냉정하게 경고했다.

그는 진심으로 칠선문의 이 젊은 무인들과 충돌하고 싶지 않았다. 특히 시월의 경우 그가 아끼는 제자, 이제는 무당파의 동량으로 성장해 그 명성을 얻어가고 있는 제자 혹오와의 관계를 생각하면 더더욱 칠선문의 사형제들과 원한을 맺고 싶지 않은 동풍선이었다.

하지만 시월 등은 전혀 물러날 생각이 없었다.

"이미 문주님을 평원까지 모시기로 약속했으니 그 약속을 깰 수는 없습니다. 운중오문이 과거 우리 사형제들에게 가한 악행을 조금이나마 미안하게 생각하신다면 이번 일은 양보해 주십시오."

무광이 정중하게 부탁했다. 그러자 동풍선 은학이 고개를 저었다.

"미안하게도 우리는 문주가 평원까지 가도록 허락할 수가 없네."

"저희 역시 평원에 도착하기 전에는 문주님을 내어드릴 수는 없습니다."

무광도 단호하게 말했다.

그러자 두 사람의 대화를 듣고 있던 종남대검 곽청목이 노한 목소리로 호통을 쳤다.

"너희들이 비록 마련을 상대하며 작은 무명(武名)을 얻었다지만 감히 운중오문의 일을 막을 자격이 있다고 생각하느냐? 그 자격이 있다고 생각한다면 나의 검을 감당해 보거라. 한 사람이라도 백초를 견디면 원하는 대로 물러나 주마!"

턱!

앞으로 나서려는 시월의 어깨를 무광이 잡았다.

"내가 하마!"

"하지만……."

"걱정 말거라. 그리고 넌 문주를 지켜야 하지 않느냐?"

무광이 가볍게 미소를 눈으로 주위를 가리켰다. 시월이 눈길을 돌리자 멀리서 호천밀사들이 살기를 담은 시선으로 백문보 일행을 응시하고 있었다.

이제 더 이상 그들은 월문의 동행자가 아니라는 사실을 숨기지 않고 있었던 것이다.

"알겠습니다. 하지만 조심하세요."

"음, 강한 자라는 건 알고 있다. 하지만 나도 이젠 무척 강해졌지."

무광이 담담하게 말했다. 그의 표정에선 강자의 여유마저 느껴졌다.

"그렇군요. 대사형은 강해지셨지요. 그래도 조심하세요."

"후후후, 요하 하구에서 해룡마궁의 마인들을 바다에 수장시키고 적해검마 임황을 도주하게 만든 사람이 바로 이 사형이다. 그러니 걱정 말거라."

"정말 그렇군요! 제가 괜한 걱정을 했나 봅니다. 그럼 마음 편히 사형의 무공을 구경하겠습니다."

"음, 부리는 주변 상황에 좀 더 신경을 써라. 혹 다른 불청객들이 있을 수도 있으니까."

무광이 부리에게 당부했다.

"예, 대사형! 주변은 걱정 마시고 대결에만 집중하세요."

부리도 운중오문 최고 수준의 고수인 종남대검 곽청목을 상대해야 하는 무광이 걱정스러운지 다른 때와 달리 진지한 표정으로 말했다.

"이거 정말 이번에 제대로 싸워야겠구나. 내가 사제들이 이렇게 걱정해야 하는 나약한 대사형이었다니. 후후……."

"나약하다는 것이 아니라요. 상대가 상대니까."

부리가 변명하듯 말했다.

"알겠다. 오늘 이후로는 날 걱정하지 않게 해주마!"

무광이 다부진 표정으로 말하고는 종남대검 곽청목 앞으로 걸음을 옮겼다.

"칠선문의 무광이라고 합니다."

종남대검 곽청목에게서 오 장여 거리를 두고 걸음을 멈춘 무광이 가볍게 포권을 해보였다.

"칠선문 사형제들의 대사형이라지? 조금 실망이군. 난 삼십육마를 여럿 베었다는 자네의 사제가 나오길 기대했는데."

곽청목은 무광이 아닌 시월이 자신의 상대로 나서길 기다렸던 모양이었다.

칠선문 내에서야 무광의 존재감이 시월 이상이지만, 강호에선 칠선문의 사형제 중 시월이 압도적으로 유명하기 때문이었다.

"어려운 일을 사제에게 맡길 수 있나요. 제가 없다면 모르지만."

"그렇군. 알겠네. 그럼 한 번 겨뤄보세. 그리고… 적당한 때에 물러나도록 하게. 자네들을 죽이고 싶은 생각은 없으니까. 우린 월문주만 데려가면 되네."

"배려에 감사드립니다!"

무광이 가볍게 고개를 숙여 보였다.

"시작하지!"

곽청목이 조금이라도 빨리 자신의 무공을 보여주고 싶은 생각인지 급하게 검을 뽑았다.

웅!

넓은 검신이 공기를 흔들어 파공음을 만들고, 하늘에서 떨어지는 햇살을 반사해 눈부신 광채를 일으켰다.

종남대검 곽청목은 그렇게 강렬한 검광을 뿜어내는 검으로 무광을 겨누었다.

그러자 무광도 검을 뽑았다. 그의 검도 작은 것은 아니었지만 종남대검 곽청목의 대검과 마주하자 마치 소검을 든 것처럼 느껴졌다.

"선공을 허락하지."

종남대검 곽청목이 강자의 여유를 보였다.

"사양치 않겠습니다. 다만, 혹시 오해를 하실까 미리 말씀드리자면 전 검을 씁니다만, 일단 싸움이 시작되면 제가 가진 모든 병기를 이용하는 편입니다. 편법이라 오해하지 마시길 바랍니다."

"후후, 좋도록 하게. 싸움이란 것이 본래 할 수 있는 모든 수단을 동원하는 것이니까. 하물며 보통 비무도 아니고……."

종남대검 곽청목이 무광이 무슨 수를 쓰든 상관없다는 듯 말했다.

그러자 무광이 가볍게 숨을 들이 쉰 후 종남대검을 향해 광풍처럼 달려들었다.

콰아!

무광의 검에서 일어난 검기가 무서운 속도로 곽청목의 심장을 찔러 갔다.

그 쾌속하고 강력한 기세에 곽청목의 표정이 일변했다. 칠선문의 사형제들이 무림 곳곳에서 무위를 떨치고 있었지만, 곽청목은 그들의 무공이 운중오문의 절대고수인 자신에 비해서는 몇 수 아래라고 생각하고 있었다.

하지만 그를 향해 검을 뻗어내는 무광의 단 일초의 검식만으로도 그런 그의 생각은 완전히 변했다.

꿈틀거리며 닥쳐드는 무광의 검기는 검법과 내공의 고수가 아니면 결코 펼쳐낼 수 없는 것이었다.

"음!"

종남대검 곽청목이 나직하게 침음성을 흘리며 거칠게 검을 아래에서 위로 휘둘렀다.

콰릉!

사선으로 뻗어 오르는 곽청목의 대검에 무광의 검기가 막혀 방향이 틀어졌다.

쿵!

방향이 틀어진 무광의 검기가 무겁게 땅을 파고들었다.

순간 종남대검 곽청목이 허공으로 뛰어오르며 우측으로 지나치는 무광의 등을 향해 광폭하게 검을 휘둘렀다.

웅!

그의 검에서 일어난 검기가 초승달처럼 휘어지며 무광의 등을 잘라갔다.

그러자 무광이 재빨리 검을 땅에 꽂아 중심을 잡으며 몸을 바닥에 닿도록 낮춰 팽이가 돌 듯 빙그르 회전시켰다.

웅!

회전하는 무광의 몸 위로 종남대검 곽청목의 강력한 검기가 스치듯 지나갔다.

날렵한 움직임으로 곽청목의 검을 피한 무광이 두 발로 강하게 땅을 차고 솟구치며 곽청목의 옆구리를 향해 검을 뻗었다.

쐐액!

그의 검에서 일어난 검기가 창처럼 뻗어나가 옆구리를 파고들었다.

곽청목은 뒤로 조금 물러나면서 대검을 바람개비처럼 휘둘렀다.

카캉!

무광의 검기가 다시 한번 곽청목의 검에 튕겨 나가며 날카로운 격돌음을 만들어냈다.

그렇게 무광의 공격을 막아낸 곽청목은 한 발로 땅을 찍어 뒤로 밀려나던 몸을 세운 후 반격을 하기 위해 앞으로 몸을 밀어냈다.

그런데 그 순간, 갑자기 날카로운 파공음이 일어나더니 눈부신 광채와 함께 두 자루 비도가 그를 향해 날아들었다.

"음!"

종남대검 곽청목의 입에서 다시 침음성이 흘렀다. 그러면서도 재빨리 몸을 우측으로 눕히며 대검을 아래에서 위로 쳐올렸다.

카캉!

두 자루 비도가 그의 몸 바로 앞에서 대검에 막혀 허공으로 비산했다.

쿵!

순간 곽청목이 몸을 눕힌 채로 한 발로 강하게 땅을 찼다.

그러자 그의 몸이 그대로 허공으로 떠올랐다. 허공에 떠오른 곽청목이 무서운 속도로 몸을 회전하며 검을 뻗어 비도를 날린 무광을 향해 강력한 검기를 뻗어냈다.

그런데 검기를 떨쳐낸 곽청목의 눈에 한순간 당황의 빛이 떠올랐다.

분명 비도를 막아내고 반격을 한 그의 움직임은 찰나의 순간에 이뤄진 것인데, 그의 검기가 향한 곳에 무광이 없었던 것이다.

무광이 자신의 시야에서 사라지자 곽청목은 재빨리 검을 회수하며 주르륵 뒤로 물러났다.

생사를 다투는 싸움에서 가장 위험한 것은 적을 시야에서 놓치는 것이었다. 고수는 감각으로 적의 위치를 파악할 수 있다고 하지만, 사람의 눈만큼 정확한 것은 없어서 아무리 고수라도 적을 시야에서 놓치면 당황할 수밖에 없었다.

그리고 그의 예상대로 위험이 즉시 그를 찾아들었다.

팟!

한 줄기 검기가 곽청목의 사각지대에서 뻗어 나와 그의 등을 파고들었다.

"흡!"

곽청목이 위험을 직감하고 숨을 들이키며 재빨리 몸을 틀었다. 하지만 그의 사각을 파고든 검기는 결국 그의 등을 날카롭게 스치고 지나갔다.

팟!

"음!"

날카로운 절단음과 함께 곽청목의 검은 무복이 베어져 나갔다. 동시에 곽청목이 나직한 신음을 흘리며 거칠게 대검을 휘둘렀다.

우웅!

그의 검에 일어난 강력한 검풍과 함께 눈부신 검기가 허공을 갈랐다. 그러나 그의 검기는 허공만 가른 채 무엇도 베지 못하고 땅속으로 파고 들어갔다.

콰앙!

곽청목의 검기가 땅을 파고든 충격으로 흙먼지들이 구름처럼 일어 허공으로 치솟았다.

그러자 무광을 찾는 그의 시야는 더욱 흐려졌다. 그 흐린 시야 속으로 어느새 다시금 두 자루의 비도가 날아들었다.

"헉!"

급기야 곽청목의 입에서 운중오문의 노고수라 볼 수 없는 다급한 목소리가 터져 나왔다.

곽청목이 날아오는 비도를 검으로 막아낼 엄두를 내지 몸을 날렸다.

쿵!

왼쪽으로 다급하게 몸을 날린 곽청목이 떨어지는 힘을 줄이지도 못하고 큰 소리를 내며 땅에 떨어진 후 급히 몇 바퀴를 더 굴렀다.

운중오문의 강호 행사를 주관한다는 오류대법사의 한 사람으로서 그의 체면은 그의 몸과 마찬가지로 땅에 떨어지고 있었다.

그런데 그것이 전부가 아니었다.

땅을 구른 곽청목이 채 몸을 일으키기도 전에 어느새 독수리처럼 날아오른 무광이 그의 몸 위에서 사냥을 하듯 검기를 뿜어내고 있었다.

"멈춰라!"

무광의 놀라운 공격에 곽청목이 위험에 처하자 갑자기 근처에 있던 호천밀사 중 셋이 무광을 향해 달려들었다.

순간 그 모습을 지켜보던 오류대법사들이 눈살을 찌푸렸다.

그들은 곽청목이 비록 이 싸움에서 패한다 해도 무광이 그에게 치명상을 입히거나 죽이지 않을 거라는 것을 알고 있었다.

백문보를 두고 다투고는 있지만, 이 싸움이 서로의 목숨을 노리는 생사결이 아니기 때문이었다.

하지만 호천밀사들은 달랐다. 그들은 오류대법사들만큼의 판단력과 인내심을 가지고 있지 않았다.

더군다나 그들 중에는 종남파의 무공을 전수받은 사람도 있어서 곽청목의 위기를 보고 인내하기는 힘들었다.

그런데 호천밀사들의 공격에도 곽청목을 향한 무광의 공격은 멈추지 않았다. 그래서 그는 고스란히 호천밀사들의 도검에 노출되었다.

그런 그의 모습은 마치 자신의 목숨을 포기하고 어떻게든 곽청목을 죽이려는 사람처럼 보였다.

그런 그의 모습에 당황한 것은 오히려 그를 공격해 들어가던 호천밀사들이었다. 그들은 자신들이 반격을 하면 무광이 검을 거두고 뒤로 물러날 거라 생각했었던 것이다.

그런데 무광은 호천밀사들의 반격을 아랑곳하지 않고 곽청목을 목표로 계속 전진하고 있었다. 예상과 다른 상황이 벌어지자 무광을 공격하는 호천밀사들의 심기가 흔들릴 수밖에 없었다.

그리고 그들이 잠시 멈칫하는 사이에 또 한 번 놀라운 반전이 일어났다.

번쩍!

갑자기 아무것도 없는 허공에 한 줄기 빛이 생겨났다. 그리고 다음 순간 그 빛이 무광을 공격하는 호천밀사 세 명의 도검을 번개처럼 스치고 지나갔다.

카카캉!

"웃!"

"홉!"

호천밀사들이 다급한 음성을 터뜨리며 황급히 뒤로 물러났다. 그 순간 어느새 다가온 시월이 호천밀사들 앞에 우뚝 몸을 세웠다.

"이 대결은 두 분께 맡기시지요."

시월이 담담하게 호천밀사들을 보며 말했다.

그사이 무광의 검은 이미 곽청목의 이마에 닿아 있었다.

제5장
—
탐욕의 시절

주륵!

곽청목의 이마에서 한 줄기 붉은 핏방울이 이슬처럼 흘러내렸다.

핏방울은 얼굴의 곡선을 따라 내려와 그의 눈가를 지나 입까지 흘렀다.

"검을 거둬도 되겠습니까?"

무광이 무거운 목소리로 곽청목에게 물었다.

그러자 곽청목이 당혹한 표정을 짓다가 갑자기 분노를 폭발시켰다.

"죽여라!"

"이 싸움이 생사결입니까?"

무광이 자신을 죽이라고 소리치는 곽청목에게 다시 물었다.

"이런 수모를 당하느니 차라리 죽겠다."

"운중오문은 무공을 통해 도(道)에 이르기 위한 수련을 하는 문파들인데, 무공 대결에서 패하는 것이 그렇게 수치스러운 겁니까? 아니면 그 상대가 작은 문파의 볼품없는 저라서 수치스러운 겁니까?"

무광이 차갑게 물었다.

그러자 곽청목이 대답하지 못했다. 생사결이 아닌 이상 비무에 패했다고 죽음을 자처하는 행동은 사실 어리석은 짓이자 투정 어린 행동이었다.

하지만 이미 꺼낸 말을 다시 주워 담는 것도 볼품없는 일이라서 그로서는 이러지도 저러지도 못하는 상황에 처하게 된 것이다.

그러자 무광이 다시 입을 열었다.

"결정하기 어려우시다면 한 가지 사실을 더 말씀드리지요. 만약 제가 노사를 죽인다면, 함께 오신 운중오문의 노고수분들께서도 가만히 계시지 않겠지요. 그럼 그분들 모두 죽게 될 겁니다."

"광오하구나! 날 꺾었다고 그따위 말을 지껄이다니!"

"오해하셨군요. 그분들은 제가 아니라 제 사제에게 죽게 될 겁니다. 제 사제의 무공은 감히 제가 넘볼 수조차 없는 경지에 있고, 성정이 온화한 사제이나 우리 사형제들을 위협하는 자들에겐 그 누구보다 독한 검을 아끼지 않을 사람이니까요."

명백한 협박이다. 그러나 운중오문의 노고수를 상대로 한 무광의 협박이 결코 허언처럼 들리지 않았다.

두 사람의 싸움을 보고 있던 사람 중 그 누구도 호천밀사들의 공격을 일검으로 막아버린 시월의 움직임을 보지 못했다.

그가 검을 뽑는 것도, 그가 검을 휘두르는 것도, 그리고 그가 부리의 곁을 떠나 홀연히 호천밀사들 앞을 막아서는 것도 제대로 시야에 담은 사람이 장내에 없었다.

그건 곧 시월이 장내에 있는 그 어떤 사람보다도 고강한 무공 경지에 올라 있다는 것을 의미했다. 그리고 그런 절대고수는 이 싸움의 승패를 자신의 손으로 결정할 수 있었다.

하지만 그렇다고 해도 곽청목은 종남제일의 검객으로서 스스로 자신의 목숨을 구걸하는 말을 하기는 어려웠다.

그래서 결국 싸움을 지켜보던 다른 운중오문 노고수들이 그를 대신할 수밖에 없었다.

"시주! 그만하면 충분하니 이제 그만 검을 거두어 주시오."

무광을 만류한 사람은 소림승 법철이었다. 시월 등 칠선문의 사형제들이 그를 처음 본 것은 십수 년 전이다. 세월이 흐른 만큼 소림승 법철 역시 늙음을 감출 수가 없었다.

하지만 그의 눈빛은 처음 그를 보았을 때보다 더 형형해서 나이만큼이나 깊어진 그의 법력을 짐작게 했다.

"그럼 운중오문은 더 이상 월문과 저희 일에 관여치 않을 것입니까?"

무광이 물었다.

그러자 법철이 담담하게 대답했다.

"내게 약속하라 한다면 나 한 사람의 약속은 할 수 있네. 지난 십수 년간 자네들이 겪은 고난과 고된 삶의 여정을 알고 있으니까. 하지만 운중오문의 이름으로는 약속할 수는 없군. 운중오문에서 난 미미한 존재라서 말일세. 그래서 말인데… 난 여전히 그를 우리에게 넘기라고 권하고 싶네."

소림승 법철이 월문주 백문보를 보며 말했다. 그로서는 월문주 백문보를 자신들이 데려가는 것이 모든 사람을 위해 가장 좋은 방법이라 생각하는 것 같았다.

"운중오문에 비해 보잘것없는 칠선문이지만 그래도 약속은 약속이어서 말입니다. 그리고 문주를 내어준다 한들 운중오문이 우리 칠선문 사형제들을 잊어 줄 거라 생각하기도 어렵지요. 다른 사람들은 몰라도 적어도 우리 사형제들은 운중오문이 어떤 곳인지 누구보다 잘 알고 있으니 말입니다."

"그래서 결국 그를 내어줄 수 없단 말이군."

"그렇습니다."

"그렇다면 아마도 얼마 후 다시 운중오문 사람들이 월문주와 자네들을 찾아갈 걸세. 그리고 그때는 결코 오늘과 같은 결과가 나오지 않을 걸세."

법철은 협박을 하는 것이 아니었다. 그는 무광에게 백문보를 내어주지 않으면 앞으로 벌어질 위험을 충고하고 있는 것이었다.

"저희라고 운중오문의 힘을 모르겠습니까. 그래서 저희도 나름대로 대비를 하려 합니다."

"대비? 운중오문과 전면전이라도 벌이겠다는 말인가?"

"그럴 리가요. 그럴 힘이 저희에게 있을 리 없지요. 다만 운중오문이 저희를 공격해 얻는 이득보다 살려두어 얻는 이득이 더 많다는 것을 알려드리는 겁니다."

"살려두는 이득이 많다라… 설마 운중오문을 위해 일을 하겠다는 뜻인가?"

법철이 의외라는 듯 물었다. 칠선문의 사형제들이 운중오문에 대해 갖고 있는 적대감을 모르지 않기 때문이었다.

그러자 무광이 고개를 저었다.

"제가 말을 잘못했군요. 운중오문이 얻는 이득이 많은 게 아니라, 저희을 공격하면 운중오문이 입을 손해가 훨씬 크다고 말하는 게 옳은 것 같습니다."

무광이 자신의 한 말을 바로잡으며 품속에서 얇은 서책을 꺼내 들었다. 그리고 다시 입을 열었다.

"이 서책에는 그간 운중오문이 월문을 회유해 무림에서 어떤 일들을 했는지 모두 적혀 있습니다. 또 그 기록의 진실을 증명하기 위해 월문주님의 수결이 찍혀 있지요. 의천무맹에는 월문주님이 수결한 문서들이 적지 않게 남아 있을 테니 이 서책의 내용이 진실이라는 것은 증명될 수 있을 겁니다."

"그게 자네들이 월문주를 평원까지 호위해 가는 대가였군."

소림승 법철이 이제야 원수지간인 칠선문의 사형제들이 백문보를 호위하는 이유를 알겠다는 듯 고개를 끄떡였다.

"그렇습니다. 선사께서도 아시듯 저희 사형제들의 일이 강호에 알려지면 저희는 물론 운중오문도, 또 월문에도 큰 피해가 돌아갈 겁니다. 그러니, 이쯤에서 서로의 인연을 끊도록 하시지요. 서로의 일에 관여치 않는 것! 그것이 모두에게 이득이 되는 일일 겁니다."

"…장문인들께서 어찌 생각할지 모르겠군."

법철이 여전히 장담할 수 없다는 듯 중얼거렸다. 법철이 난감해하자 동풍선 은학이 두 사람 곁으로 다가왔다.

"선사! 향후의 일이야 어찌 될지 모르지만 오늘은 이쯤에서 물러나시지요. 더 싸워봐야 해결이 날 것 같지도 않고."

동풍선 은학은 개인적으로 시월과는 특별한 인연이 있는 사람이다, 시월을 추격하기도 했었지만, 이제는 그의 제자 흑오가 시월의 의동생이어서 시월과는 도검을 맞대고 싶지 않은 그였다.

"다들 어찌 생각하시오?"

동풍선 은학이 물러날 것을 제안하자 소림승 법철이 다른 오류대법사들에게 물었다.

"이번 일은 우리 오류대법사들에게 주어진 첫 번째 일이었는데, 이렇게 물러난다면 장문인들 볼 낯이 없을 것 같소."

화산의 매화신검이 유은복이 말했다.

"그럼 어쩌면 좋겠소?"

소림승 법철이 되물었다.

"적어도 그들에게서 월문과 운중오문의 일을 기록한 서책은 받아 갔으면 좋겠소만……."

유은복의 말에 소림승 법철이 무광에게 시선을 돌렸다.

"매화신검의 말대로 할 수 있겠나?"

그러자 무광이 고개를 저었다.

"본래 대가를 치르는 것은 패배한 사람들의 몫입니다. 그런데 전 오늘 이곳에서 누군가에게 패한 기억이 없습니다. 그런 만큼 오히려 제가 승자로서 한 가지 전리품을 받아야겠다는 생각이 들었습니다."

무광의 단호한 말에 법철의 얼굴이 굳었다. 그는 무광의 말을 듣는 순간 자신들이 긁어 부스럼을 만들었다는 것을 깨닫게 된 것이다.

"내놓을 것은 없고 받고 싶은 게 있다? 뭘 받고 싶은가?"

법철이 물었다.

"이 서책에는 월문주님의 수결이 찍혀 있지요. 그것만으로도 충분히 설득력이 있다고 생각했지만, 그에 더해 운중오문의 노사들의 수결까지 더해진다면 그야말로 신뢰할 수 있는 기록이라 할 수 있을 겁니다. 다섯 분께서 이 기록이 사실임을 수결로 증명해 주시면 좋겠군요."

굴욕적이 조건이다. 운중오문의 강호행을 주관하는 오류대법사들이 결코 받아들일 수 없는 조건이었다,

백문보가 기록한 기록물에 수결을 한다는 것은 그들 스스로 두고두고 운중오문의 발목을 잡을 물건을 탄생시키는 일이 되기 때문이었다.

"미안하지만 불가한 일이네."

법철이 단호하게 무광의 말을 거절했다.

그러자 무광이 갑자기 곽청목의 이마에 대고 있던 검을 움직여 검면으로 종남대검의 뒷목을 때렸다.

탁!

쿵!

누구도 예상치 못한 공격에 종남대검 곽청목이 마혈이 제압되어 옆으로 쓰러졌다.

그러자 무광이 쓰러진 곽청목의 한쪽 팔을 들어 올리며 흥미롭게 장내의 상황을 지켜보고 있는 백문보에게 소리쳤다.

"문주, 지필묵을 가지고 계시지요?"

"물론 나 같은 사람은 언제나 지필묵을 가지고 다니지. 무광에게 가져다줘라!"

백문보가 월문의 문도에게 명을 내렸다.

그러자 월문의 문도가 재빨리 말 등에 실은 짐 속에서 백문보

의 지필묵을 꺼내 무광 곁으로 다가왔다.

"수고스럽겠지만 먹을 좀 갈아주시죠."

무광이 지필묵을 가져온 월문도에게 말했다.

"아, 알겠습니다."

월문도는 강호의 기라성같은 고수들 앞이라 그런지 떨리는 목소리로 말했다. 그러고는 서둘러 먹과 벼루를 꺼내 먹을 갈기 시작했다.

"무례하다! 감히 대 운중오문의 오류대법사에게 이런 치욕을 안기다니, 용납할 수 없구나!"

오류대법사 중 유일한 여고수인 아미파의 정인사태가 노성을 터뜨리며 무광을 향해 다가왔다. 그러자 매화신검 유은복 역시 검을 뽑아들며 소리쳤다.

"당장 그 해괴한 짓거리를 멈추지 못할까!"

정인사태와 매화신검 유은복이 노기를 드러내며 무광을 향해 다가오자 무광이 담담한 목소리로 입을 열었다.

"시월, 두 분을 정중히 모셔라. 하나의 수결보다는 두 개, 두 개보다는 세 개의 수결이 나을 테니!"

"예, 사형!"

시원하게 대답한 시월이 호천밀사들을 겨누고 있던 검을 천천히 머리 위로 들어 올리더니 마치 파리를 쫓듯 가볍게 정인사태와 매화신검 유은복을 향해 검을 휘둘렀다.

삭!

시월의 검이 지나간 허공에서 미세한 파공음이 일어났다. 그런데 다음 순간 놀라운 일이 벌어졌다.

콰쾅!

강렬한 충돌음과 함께 매화신검 유은복과 정인사태의 검이 단번에 부러져 나갔다. 그리고 검을 부러뜨린 강력한 기운에 두 사람이 비틀거리며 뒤로 물러났다.

그 순간 어느새 시월이 두 사람 사이로 파고들더니 양손을 교차하면서 놀라운 속도로 두 사람의 마혈을 제압했다.

마혈을 제압당한 두 사람이 고목처럼 땅에 쓰러지려는 순간 시월이 두 팔을 벌려 두 사람의 몸을 휘어 감았다.

그렇게 두 사람을 안아 든 시월이 가볍게 몸을 움직여 무광 옆으로 다가와 두 사람을 곽청목 옆에 내려놓았다.

쿵쿵!

"쯔쯔! 정중히 모시라 했지 않느냐?"

무광이 두 사람을 제압해 데려와 땅에 내려놓은 시월에게 혀를 차며 말했다.

"사형, 제가 할 수 있는 한 가장 정중하게 모신 겁니다. 다리를 잘라 모실 수는 없으니까요. 설마 제가 정중하게 말로 부탁한다고 순순히 사형께 오셨겠습니까? 어느 한 곳 상하지 않고 모셨으니 이보다 더 정중할 수는 없는 거죠."

시월이 억울한 지 변명을 늘어놓았다.

"음, 듣고 보니 그도 그렇구나. 일단 수결부터 받고! 두 분 실례하겠습니다."

무광이 붓으로 두 사람 손바닥에 먹을 칠한 후 백문보가 만들어 준 서책에 두 사람의 수결을 찍었다.

그렇게 세 사람의 수결을 받은 무광이 허리를 펴고 일어나며 시월에게 말했다.

"이제 세 분을 편하게 해 드려라."

"예. 사형!"

대답을 한 시월이 가볍게 손을 움직여 세 사람의 마혈을 풀어주었다.

"큭!"

"으으……!"

곽청목 등 세 사람이 마혈에서 풀려나며 저마다 헛기침을 해댔다.

무광은 그런 세 사람에게 시선도 주지 않고 소림승 법철과 동풍선 은학 앞으로 다가갔다.

"제가 이번 만남에서 얻을 것은 다 얻은 것 같습니다. 그러니 이제 그만 호천밀사들을 데리고 돌아가시지요."

"꼭, 이렇게까지 해야 했나?"

동풍선 은학이 따지듯 물었다.

그러자 무광이 정색하며 말했다.

"사제의 무공을 어르신들께 보여드리고 싶었습니다. 왜냐하면, 운중오문이 혹 위험을 감수하고 우리 사형제들의 과거를 폭로한다면, 우릴 강호 공적으로 만들 수는 있겠지만 그래도 우린 살아남을 거란 걸 알려드리기 위해서 말입니다. 물론, 조금 피곤하긴 하겠지요. 하지만 우리의 피곤함을 대가로 운중오문이 치러야 할 일도 만만치 않을 겁니다. 이 서책이 천무문과 지황문 등 십대천문과 전 무림에 전해질 것이고, 또… 사제와 사형제들이 예고 없이 운중오문 각파를 방문해 열 배 이상의 빚을 받아올 테니까요."

　　　　　*　　　　　*　　　　　*

　시월과 무광은 남쪽 숲으로 사라지는 운중오문의 고수들을 지켜보았다.

　오류대법사를 비롯한 곡천 등 호천밀사들까지 운중오문의 무인들은 월문과의 관계를 끊겠다고 약속하고 떠났다.

　그들 중 가장 마지막까지 남아 있던 동풍선 은학은 떠나기 전 시월에게 조용히 다가와 흑오가 무당에서 잘 지내고 있다고, 후기지수 중 가장 뛰어난 무공 성취를 보이고 있어 향후 무당의 든든한 기둥이 될 거라며 흑오의 안부를 전한 후 떠났다.

　시월은 굳이 그가 흑오의 안부를 전한 이유를 알고 있었다. 동풍선 은학은 그가 예상한 것 이상의 경지에 오른 시월을 두려워하고 있었다.

　그래서 시월과 흑오의 인연을 언급함으로써 무당이 칠선문의 적이 아니고, 친구가 될 수 있을 거란 말을 돌려서 전한 것이었다.

　시월에게도 그런 동풍선 은학의 마음이 나쁠 것은 없었다. 운중오문은 적이 되는 것보단 친구가 되는 것이 훨씬 나은 상대기 때문이었다.

　그리고 그의 말대로 흑오가 무당의 큰 고수가 된다면 기쁜 일이 아닐 수 없었다.

　"흑오라면 그 아이?"

　동풍선 은학을 끝으로 운중오문 고수들이 완전히 모습을 감추자 문득 부리가 시월에게 물었다.

언젠가 시월이 칠랑으로 살던 시기, 초원에서 마적들 손에서 구해줬던 소년이 무당의 제자가 되었다는 이야기를 한 적이 있었다.

물론 흑오를 위해 화노의 신단을 주었다는 사실은 무광에게만 이야기했지만.

"예, 그 아이 이야깁니다."

"제법 무공에 재주가 있는 모양이지?"

"그런 것 같아요. 잘 지낸다니 다행이죠."

시월이 말했다.

"그런 인연이 있으면서 우리를 공격하려 했다니 참……."

부리가 동풍선 은학의 행동이 못마땅한지 인상을 찌푸리며 투덜거렸다.

"그가 선택할 수 있는 일이 아니니까. 운중오문의 장문인들이 내린 명을 그라고 어찌 어기겠느냐?"

무광이 말했다.

"그렇기는 하지만요."

"아무튼 무당에서 그 아이가 중요한 인물이 되는 것은 칠선문을 위해 좋은 일이다."

무광이 시월의 어깨에 손을 올리며 말했다.

"나중에 한 번 찾아가 보죠."

"그 방문이 내가 말한 그 이유가 아니길 바랄 뿐이다."

무광이 가볍게 웃음을 흘렸다. 운중오문이 칠선문 사형제들의 비밀을 강호에 폭로하면 시월이 찾아가 그 대가를 치르게 할 거라 오류대법사들을 협박했기 때문이었다.

"겁이 나서 꼬리를 마는 모습이라니……."

부리가 물러간 운중오문의 고수들을 빈정거렸다.

"아무튼 이제 평원까지는 큰 걱정 없겠죠?"

시월이 무광에게 물었다.

"가장 큰 걱정이 호천밀사들이었는데 그들이 떠났으니 별일 없겠지."

무광이 대답했다.

"그럼 이쯤에서 우린 빠져도 되지 않을까요?"

부리가 백문보와의 동행이 여전히 불편한 표정으로 물었다.

"아마 동의하지 않을 거다. 워낙 걱정이 많은 양반이니까. 그리고… 군자의를 보지 않고 떠날 수는 없다."

무광이 십여 장 뒤쪽에서 물러가는 운중오문의 고수들을 바라보고 있는 백문보에게 슬쩍 눈길을 주며 말했다.

"그만들 가자!"

무광의 예상대로 백문보는 시월 등을 이곳에서 떠나보낼 생각이 없었다.

그로서는 운중오문 고수들을 상대하는 시월 등의 힘을 보았기에 더더욱 평원까지 그들의 동행을 바라고 있었다. 어쩌면 그는 평원에 도착해서도 시월 등을 자신 곁에 잡아둘 계책을 생각하고 있을 수도 있었다.

과거 칠랑으로 키울 때와 완전히 다른 사람들이 되어버린 시월 등은 사실 지금 패망한 월문을 재건하는 데 가장 큰 도움이 될 사람들이기 때문이었다.

하지만 그에게는 이 사형제들을 잡아둘 그 어떤 방법도 없었다.

"알겠습니다. 출발하시죠!"

무광이 대답하자 월문의 문도들이 말들을 끌고 한바탕 소란이 벌어졌던 숲을 벗어나기 시작했다.

＊　　　　＊　　　　＊

　"후욱, 후욱!"

　평원의 오랜 무림명가 오가장의 장주 금검 오인이 거칠게 숨을 몰아쉬었다.

　"대체 갑자기 몸이 왜 이러지?"

　죽음까지 생각해야 했던 오랜 와병 끝에 군자의 공천보라는 명의의 도움으로 간신히 건강을 회복한 것이 삼 년 전이다. 그런데 오늘 갑자기 그의 몸이 다시금 건강을 회복하기 전의 상태를 보이기 시작한 것이다.

　"누구 없느냐?"

　금검 오인이 문밖을 향해 소리쳤다.

　그러자 문이 열리면서 두 명의 중년인이 오인의 처소로 들어왔다.

　"총관들이… 무슨 일인가?"

　두 명의 중년인이 들어오자 오인이 의아한 표정으로 물었다. 본래 그가 부른 것은 그의 시중을 드는 사람들이었다. 그런데 예상치 않게 바쁘게 오가장의 일을 돌봐야 할 두 총관이 들어온 것이다.

　진단문과 진단구, 이 두 명의 총관은 두 살 터울의 형제로서 전대 오가장주가 어릴 때 거둬들인 사람들이었다. 그들은 문주 오인과 함께 자랐기 때문에 피는 섞이지 않았지만 스스로 오가장주의 형제나 다름없다고 자부하는 인물들이었다.

오가장주 역시 그들을 형제처럼 대했다.

다만 그 재주가 부족해 큰일을 맡기지 못했었는데, 자신이 와병 중일 때 전대의 두 총관인 완안수와 적원몽의 반란을 경험한 이후, 그래도 믿을 만한 사람들에게 총관을 맡겨야 한다고 생각해 두 사람을 총관으로 임명했던 오인이었다.

"어디 편찮으십니까?"

예고 없이 나타난 두 총관 중 나이가 많은 진단문이 장주 오인의 안색을 살피며 물었다.

"음… 갑자기 몸이 좋지 않군. 가서 군자의를 데려오게."

"…군자의가 다녀간 지가 삼 일이 되지 않았사온데……."

"그래서 이상하단 말일세. 분명 군자의가 처방한 대로 약을 복용했는데. 갑자기 이렇게 몸이 안 좋아지다니. 그동안 이런 일이 없었는데……."

오인이 걱정스러운 표정으로 말했다.

그러자 진단문과 진단구 두 형제가 서로 시선을 교환하더니 입가에 가벼운 미소가 떠올랐다. 그러고는 오가장주 오인에게 나직하게 말했다.

"그렇다면 군자의를 찾으실 필요가 없을 것 같습니다."

"그게 무슨 소린가?"

"군자의께서 처방을 내린 탕약이 듣지 않는다면 이젠 그 누구도 장주님의 병을 고칠 수 없다는 뜻 아니겠습니까. 하늘이 정한 수명을 억지로 연장하는 데는 한계가 있는 법, 이쯤에서 후사를 정하시고, 편히 가시는 것이 어떠하실지……?"

"…무슨 일이 있군."

오가장주 오인은 노련한 사람이다. 그런 그가 평생 자신을 친형처럼 따랐던 두 사람의 눈빛이 이전과 달라진 것을 알아채지 못할리 없었다.

"장주께서 돌아가셔도 오가장은 계속 이어질 겁니다. 물론 오씨 성의 장주를 통해서 말이지요."

"…대체 무슨 일을 꾸미고 있는 것이냐?"

"장주께선 다시 병이 재발하셨고, 초려는 월문의 며느리가 되었지요. 그럼 장주께서 돌아가시면 이 오가장을 맡을 사람이 누구겠습니까? 우리 형제는 장주님과 한평생 친형제처럼 지냈으니 당연히우리 형제가 오가장을 맡아야겠지요. 다만 우리가 오 씨가 아닌진 씨인 것이 문제이나, 그것 또한 장주께서 유언으로 우리 두 사람의 성씨를 오 씨로 바꾸고, 정식으로 오씨 가문의 일원으로 받아들인다는 유지를 남기시면 아무런 문제가 되지 않을 것입니다."

"…그 일이 가능하다고 생각하느냐? 문도들이 너희들을 인정할것 같으냐?"

오인이 차갑게 물었다. 설혹 이 두 사람이 자신을 죽인다 해도, 남아 있는 오가장의 무인들이 두 사람을 따를 가능성은 거의 없었다.

반란을 일으켰던 두 전대 총관 완안수와 적원몽을 죽이고 그추종자들의 목을 벤 이후 오가장의 무인들은 문주 오인과 그의무남독녀 오초려에게 충성을 다하고 있었다.

그런 그들이 오초려를 놔두고 진단문과 진단구 형제를 따를 리없었다.

어려서부터 오인과 함께 자랐다는 것을 빼면 두 사람은 혈통으로도, 능력으로도 도저히 오가장의 주인이 될 수 없기 때문이었다. 하지만 두 사람에게는 여유가 넘쳐흘렀다.

"물론 약간의 반발은 있을 겁니다. 하지만 장주님의 유지를 앞세우고 반발하는 놈 몇의 목을 자르면 그때는 오가장의 형제들도 우리를 인정할 수밖에 없겠지요."

"…너희들에게 그럴 능력이 있다고 생각하느냐?"

"능력이 없으면 이런 일을 시작도 하지 않았을 겁니다. 그러니 우리 걱정은 마시고 편히 쉬시면 됩니다."

진단문이 검을 뽑아 들면서 말했다.

그러자 오인이 큰 소리로 외쳤다.

"포중검은 어디 있는가!"

그러나 그의 부름에 답을 하는 사람은 아무도 없었다.

"쓸데없는 기대는 버리십시오. 장주의 곁을 지키던 자들은 미리 손을 써서 모두 죽여 버렸으니까요. 포중검 역시 오늘 저녁 일찍 저승으로 갔습니다. 아마도 문주께서 저승에 가시면 반갑게 맞아줄 겁니다. 그러니 유언장 한 장 남겨주시고 조용히 가십시오."

"이놈들! 내가 너희들 뜻대로 움직일 것 같으냐?"

오인이 분노로 몸을 떨며 호통을 쳤다.

"그래야 할 겁니다. 그래야 초려와 황이 살 수 있으니까요."

진단문이 오초려와 그녀의 아들 백황의 목숨을 가지고 협박을 했다.

"비록 월문이 몰락했다고는 해도 월문의 사람인 초려와 황을 죽일 수는 없을 것이다."

"그 대단한 월문신룡·백유검은 팔다리가 잘린 병신이 되었고,

월문주 백문보는 만계지마에게 정혈을 빼앗겨 더 이상 검을 들 수 없는데 과연 누가 초려를 지킨단 말입니까?"

"월문에는 여전히 뛰어난 무인들이 적지 않다. 너희들 실력으로는 도저히 그들을 이길 수 없어."

"후후후, 문주께선 정말 세상에 미련이 많으시군요. 그럼 깨끗하게 미련을 버릴 수 있게 한 가지 사실을 말해드리지요. 사실 저희도 저희 그릇을 압니다. 그러니 어찌 우리 두 사람의 힘만으로 이 일을 도모했겠습니까?"

"역시 조력자가 있구나. 누구냐?"

오인이 눈을 부라리며 물었다.

그러자 진단문이 오인에게 다가와 허리를 숙인 후 속삭이듯 말했다.

"글쎄 얼마 전 천무문주와 지황문주의 사람들이 우리를 은밀히 찾아오지 않았겠습니까."

"천무문과 지황문! 설마 그들이… 도대체 왜?"

"이유는 모르겠는데, 그들은 오가장이 아니라 월문의 멸문을 원했지요. 그들은 폐인이나 다름없는 월문주 부자의 목을 원하더군요. 그 대가로 우리 두 사람이 오가장의 주인이 되는 것을 의천무맹 차원에서 인정해 주고, 도와주기로 약속했습니다. 그러니 거절 할 수가 있어야지요."

"그자들이 왜 그렇게까지……."

오인이 도저히 이해할 수 없다는 듯 중얼거렸다. 그는 백문보가 천무문주와 지황문주에게 신검산의 대가로 십만 냥의 금전을 요구했다는 것을 아직은 전해 듣지 못한 상태였다.

"자, 그러니 이제 그만 미련을 버리시고 유서 한 장 부탁드립니다. 오늘 밤 안으로 월문의 잔당들을 모두 도륙을 내야 해서 시간이 없습니다."

진단문이 오인의 서탁에 놓여 있던 지필묵을 그의 앞으로 끌어다 놓으며 유언장을 쓰길 강요했다.

"이놈!"

오인이 노성을 터뜨리며 진단문을 향해 장력을 처내려 했다.

그런데 다음 순간 오인의 입에서 비명 소리가 터져 나왔다.

"컥! 끄으윽!"

신음과 함께 오인의 입에서 검은 피가 주르륵 흘러나왔다.

"거참… 왜 그렇게 흥분하고 그러십니까? 그렇지 않아도 죽을 양반이. 그런데, 군자의 그 양반도 참 대단하군. 정말 독을 썼을 줄이야."

"독(毒)?"

오인이 힘겹게 고개를 들어 진단문을 바라보며 물었다.

"장주님, 사실 우리도 처음부터 장주님을 배신할 생각은 없었습니다. 그런데 군자의 공천보까지 우릴 설득했지요. 아니 설득이 아니라 거절하면 죽일 기세였습니다. 그러니 어쩝니까? 우리라도 살아야지. 이제 유서를 써 주십시오. 그래야 초려와 황을 살릴 수 있습니다."

"그들의 손에서 초려와 황을 구할 수 있단 말이냐?"

오인이 비참한 표정으로 물었다.

"월문의 모든 문도들을 제거하고 나면 초려와 황을 데려와 장주님의 유서를 보여준 후 정식으로 오가장을 우리 형제에게 넘기라고 할 겁니다. 그래야 우리에게 정통성이 생기지 않겠습니까. 그렇게만 하면 초려와 황은 살 수 있습니다. 물론, 결국에는 오가장을 떠나 평범한 사람으로 살아가야겠지만 그래도 죽는 것보다는 낫지 않겠습니까?"

진담문이 다시 오인을 설득했다.

"정말 초려를 살려줄 수 있겠느냐?"

오인이 재차 물었다.

"장주님, 초려는 우리에게도 친조카와 다름없는 아입니다. 우리가 어려서부터 초려를 얼마나 이뻐했는지 아시지 않습니까. 그리고 지금 이 상황에서 우릴 믿고 안 믿고가 중요한 것은 아니지 않습니까? 방법이 그것뿐인데……."

"좋다. 너희들이 원하는 대로 해주마. 하지만 반드시 초려를 살려야 할 것이다. 그렇지 않다면 저승에서라도 돌아와 너희 두 놈을 반드시 죽을 테니까."

집요한 진담문의 설득에 결국 굴복한 오인이 두 사람을 노려보며 씹어뱉듯 말했다.

*　　　　*　　　　*

한쪽 팔과 한 다리가 없는 백유검을 등에 업은 묵천대호단의 단주 고청신을 따라 일단의 무리들이 어두운 숲길을 헤치며 황급하게 달리고 있었다.

그들의 상태를 보면 격전을 치른 흔적이 역력했다. 성한 옷차림을 한 사람이 없었고, 그나마도 피에 물들어 지옥의 강을 건너온 사람들처럼 보였다.

"헉헉!"

일행 중 한 여인의 가쁜 숨소리가 유독 크게 들려왔다.

그러자 백유검을 업은 고청신이 걸음을 멈추고 한 손을 들었다. 그의 신호에 뒤를 따르던 자들이 일제히 걸음을 멈췄다.

"잠시 쉬어간다."

"쉬어갈 여유가 있소?"

고청신의 등에서 백유검이 물었다.

"쉬지 않으면 오히려 더 늦어질 겁니다. 쫓기는 자들이 결국 잡히고 마는 것은 적절한 휴식 없이 무작정 달리기 때문이지요."

고청신이 대답했다.

"알겠소. 그럼 나 좀 내려주시오."

백유검이 순순히 고청신의 말에 따랐다. 그 역시 그의 목숨을 지켜줄 사람은 고청신밖에 없다는 것을 알고 있었다. 만약 고청신이 아니었다면 그는 지금 장원에서 굴욕적인 죽음을 맞이했을 것이다.

고청신이 백유검을 굵은 나무에 기댈 수 있게 내려놓았다. 그러고는 그를 따라온 사람들을 보며 말했다.

"정확히 일각 후에 출발할 것이오. 그러니 그 안에 기력들을 회복하시오."

고청신은 일행들이 일각 안에 기력을 회복할 수 없다는 것을 누구보다 잘 알고 있었다. 그러나 사막에서 마시는 한 모금 청량수가 하루를 걸을 힘을 주듯, 무공을 가진 무인들에게 일각의 운기는 여러 시진을 버틸 힘을 줄 것이다.

고청신의 말에 이십여 명 정도 되는 일행들이 각자 자리를 잡고 운기를 하거나 건량으로 요기를 하기 시작했다.

그런데 그때 한 사람이 휴식을 취하지 않고 고청신에게로 다가왔다.

한때 월문신룡 백유검과 함께 장성 인근에서 마련 세력을 주살하던 오가장의 중년 고수 범교였다.

"이대로 도주하는 것은 아무래도 어려울 것 같소."

고청신에게 다가온 범교가 말했다.

"나도 같은 생각이기는 하나 달리 방법이 없지 않소?"

고청신이 되물었다.

"소문주님도 그렇고, 아가씨와 도련님도 그렇고… 이렇게 모시고 가다가는 분명히 놈들에게 따라잡힐 것이오."

"그럼 어떻게 하면 좋겠소?"

고청신이 다시 물었다.

"소문주님과 아가씨를 은밀한 장소에 모시고, 나머지 사람들이 사방으로 흩어져 놈들을 유인하도록 합시다. 그리고 발 빠른 사람을 돌아오고 계시는 월문주님께 보내 구원을 청하는 것이 최선인 것 같소. 일정대로라면 월문주님은 적어도 사흘 안쪽 거리에 계실 것 아니오."

"…좋은 방법이기는 한데 당장 소문주님과 소부인을 안전하게 모실 수 있는 은신처가 없지 않소?"

"다행히 내가 알고 있는 제법 안전한 은신처가 있소. 그곳이라면 며칠 동안 놈들의 시선을 피할 수 있을 것이오."

"그런 곳이 있소?"

"몇 년 전 장주께서 편찮으실 때, 궁여지책으로 영약을 찾기 위해 평원 인근의 산을 모두 뒤지고 다닌 적이 있소. 그때 발견한 동굴이 있는데, 지대가 높고 위태로운 절벽 사이에 있어서 짐승들도 오지 않는 곳이었소. 습기가 적고 깨끗해 며칠 머물며 약초를 찾았었는데 그곳이라면 소문주님 내외를 모시기에 적당할 것이오."

오가장의 충성스러운 무인인 범교 만큼 평원 인근 지리에 밝은 사람이 없다. 그가 지목한 장소라면 잠시 몸을 피하기에 적당할 것이다.

"소문주님, 어떻습니까?"

고청신이 나무에 등을 기댄 채 휴식을 취하고 있는 백유검에게 물었다.

그러자 백유검이 범교에게 물었다.

"좋은 계책이기는 한데, 범 대협이 아는 곳이라면 그자들도 알고 있지 않겠소?"

"걱정 마십시오. 그 진가 형제 놈들은 절대 알 수 없는 곳입니다. 그리고 약초를 캐러 다닐 때 동행했던 친구들은 모두 이곳에 있습니다."

범교가 자신을 따라온 오가장의 무인들을 가리키며 말했다.

"음… 그렇다면 좋소. 한 번 모험을 해 봅시다."

월문신룡 백유검이 지푸라기라도 잡는 심정으로 범교의 계책에 동의했다.

그러자 고청신이 고개를 끄떡인 후 범교를 보며 말했다.

"범 대협이 소문주님과 마님을 모시고 은신처로 가주시오. 내가 놈들을 유인하겠소."

"아닙니다. 무공이 가장 강하신 고 대협께서 소문주님을 지키셔야지요. 제가 놈들을 유인하는 것이 맞습니다. 이곳 지리에도 제가 더 밝으니……."

범교가 고개를 저었다.

"아니오. 그래서 더욱 범 대협이 소문주님을 모셔야 하오. 은신처를 정확히 알고 있는 것도 범 대협이고, 또 만약의 경우 은신처가 발견되면 다른 은신처를 찾아 움직여야 하는데 그럴 때는 더더욱 범 대협이 필요할 것이오. 소문주님! 범 대협과 함께 은신처로 가십시오, 저는 어떻게든 문주님을 모시고 오겠습니다."

고청신이 백유검을 보며 말했다.

그러자 백유검이 불안한 기색을 보이며 말했다.

"다른 사람을 보내면 안 되겠소?"

"이런 말을 하기는 싫지만… 다른 사람들은 믿을 수가 없습니다. 문주께 가지 않고 살길을 찾아 떠날 수도 있으니……."

고청신이 괴로운 듯 말했다. 이미 몰락한 월문, 거기에 문주 백문보와 소문주 백유검은 몸이 망가졌을 뿐 아니라 인덕도 없는 사람들이었다. 그런 사람들을 위해 목숨을 걸 사람은 많지 않았다.

"무슨 말인지 알고 있소. 하지만 그래도 난 단주가 내 옆에 있으면 좋겠소. 그러니… 아버님께 가는 일은 범 대협께 맡겨 봅시다. 사실 지리에 밝은 범 대협이 더 빨리 아버님께 갈 수 있지 않겠소?"

백유검은 고청신이 떠나면 곧 자신이 죽을 것 같은 불안감에 사로잡힌 듯 보였다.

그 모습을 본 고청신이 망설이다가 결국 한숨을 쉬며 고개를 끄떡였다.

"알겠습니다. 그럼 제가 끝까지 소문주님을 모시지요. 범 대협, 내게 은신처의 위치를 알려주시오. 소주님은 내가 모실테니 범 대협께서는 조금이라도 빨리 문주님에 가주시기 바라겠소."

"…정 그렇다면 알겠습니다. 아가씨를 잘 부탁드립니다."

범교가 대답한 후 검으로 땅 위에 주변의 지형을 그려 고청신에게 자신이 말한 은신처의 위치를 설명하기 시작했다.

*　　　*　　　*

백문보는 무슨 생각을 하는지 운중오문의 고수들이 떠난 이후 줄곧 말이 없었다.

운중오문 고수들을 물리친 시월 등에게 고맙다는 말도 하지 않았다. 그는 마치 그것이 시월과 무광 등이 당연히 해야 할 일이라고 생각하는 것 같았다.

그의 태도로만 보면 과연 그가 과거 칠랑을 배신한 사람이 맞나 의심스러울 정도였다.

부리는 그런 백문보가 뻔뻔하다고 투덜댔지만 어차피 평원에 도착하면 다시 보지 않을 사람이라는 생각에 백문보에게 직접 불평을 늘어놓지는 않았다.

다른 월문의 문도들 역시 백문보와는 다른 이유로 시월 등과의 대화를 피했다. 그들은 시월과 무광의 압도적인 무공에 질려 그에 대한 두려움으로 쉽게 시월 사형제에게 말을 건네지 못하고 있었다.

시월 등이 과거 월문에서 무공을 배우고 성장한 사람들이라는 것을 알고 있었지만, 그들의 눈에 이들 사형제는 자신들과는 전혀 관계가 없는, 천외천의 고수들처럼 느껴졌던 것이다.

또한 그들 역시 월문이 시월 등을 배신했었다는 사실을 어렴풋이 알고 있었기에 자칫 실수라도 하면 이들 사형제의 검이 자신들을 향할 수도 있다는 생각에 함부로 말을 건네지 못했다.

그래도 그나마 시월 등에게 말을 붙일 수 있는 사람은 이장로 마건이 유일했다.

"곧 평원이다."

어느 날 저녁 무렵, 큰 산을 앞에 두고 노숙을 준비하고 있던 시월 등에 다가온 마건이 말했다.

"얼마나 남았습니까?"

시월이 물었다.

"저 산을 넘으면 멀리서나마 오가장을 볼 수 있을 거다. 물론 그래도 하루는 꼬박 걸어야 할 테지만……."

"그럼 우린 이곳에서 떠나도 되겠네요?"

부리가 한시라도 빨리 백문보와 헤어지고 싶은 마음에 불쑥 물었다.

"그렇게 빨리 헤어지고 싶으냐?"

마건이 아쉬운 듯 되물었다.

"아니 뭐 얼굴 맞대고 웃고 있을 사이는 아니니까요. 더군다나 소문주를 보는 것은……."

부리가 말꼬리를 흐렸다.

그러자 무광이 부리의 말을 거들었다.

"사제의 말처럼 소문주를 보는 것은 쉽지 않은 일인 듯합니다. 아무리 문주를 호위해 왔다고 해도……."

월문신룡 백유검의 팔과 다리를 자른 사람이 시월이다. 무광의 말처럼 시월이 백문보를 운중오문의 손에서 지켜냈다고 해도 백유검을 마주하는 일은 결코 쉬운 일이 아니었다.

"음… 그렇긴 하구나. 문주께 말씀드려보겠다. 하지만 나로서는 그래도 오가장까지는 함께 갔으면 좋겠구나. 평원에 간다고 해서 소문주를 꼭 만나야 하는 것은 아니니까."

"아직도 운중오문이 걱정되십니까?"

"그들에 대해선 더 이상 걱정하지 않는다. 너희들이 가지고 있는 서책도 있고 그들이 이번에 한 일은 자신들의 명성에 너무 치명적인 것들이어서 이젠 감히 문주님을 해하려 하지 못할 거다."

"제 생각도 같습니다. 백주 대낮에 십대천문의 수장 중 한 사람을 죽이려 한 일이 세상에 알려지면 운중오문은 한동안 봉문을 해야 할 수도 있겠지요. 그런데 그럼 어째서 저희가 동행하기를 원하시는 겁니까? 다른 걱정이라도……?"

무광이 물었다.

"염치없지만 한 번 더 너희들의 명성이 필요할 수도 있겠다는 생각이 들어서……."

마건이 말꼬리를 흐렸다.

"…설마 오가장에서 문주님과 월문을 배척할 거라 생각하시는 겁니까?"

"배척이라기보다는, 확실히 이전과는 달리 대접하겠지. 아마 황을 오가장의 후인으로 키우겠다고 선언할지도 모른다."

"소문주의 아이 말이군요."

"음, 예전부터 오가장주 오인에게서 그런 느낌을 받았었다. 그런 그에게 지금은 아주 좋은 기회지. 그래서……."

"월문 뒤에 우리가 있다고 말하고 싶은 거군요."

"…염치없다는 건 안다. 하지만 나로서는 부탁하지 않을 수 없구나."

마건이 차마 무광과 시선을 마주치지 못한 채 말했다. 하지만 무광은 단호하게 그의 부탁을 거절했다.

"아무래도 그 일은 힘들 것 같습니다. 장로님의 마음을 모르는 것은 아니지만 제가 지금 월문의 후원자를 자처하는 것은 사제들에 대한 모독일 테니까요. 그리고, 오가장주의 마음이야 어떻든 그 아이는 결국 유검의 아이 아닙니까? 분명히 나중에라도 월문의 사람임을 자각하게 될 겁니다."

무광의 거절에 마건이 막막한 눈으로 고개를 돌려 백문보와 몇 안 되는 월문의 문도들 그리고 그들이 내일 넘어야 할 높은 산을 응시했다.

그러다가 문득 크게 고개를 끄떡이며 말했다.

"그래, 맞는 말이다. 내가 부끄러움을 모르고 욕심을 부렸다. 사실 이런 부탁은 너희들이 아니라 두 분 노형님들께 해야 하는 거지. 생각해 보면 월문이 해온 과오가 있으니 오랜 시간 고난을 겪는 것은 당연한 일일 것이다. 그 고난이 자양분이 된다면 월문은 다시 힘을 갖게 될 것이고, 견디지 못하면 무림에서 사라지겠지. 그게 당연한 무림의 이치인 것을… 괜한 말을 꺼냈구나. 이곳에서 헤어지는 문제는 문주께 말씀드려보겠다."

마건이 담담하게 말하고는 백문보의 천막을 향해 걸음을 옮겼다.

그런데 그때였다.

갑자기 서쪽 산기슭에서 사람의 기척이 느껴지더니 한 명의 사내가 무서운 속도로 산비탈을 타고 내려오기 시작했다.

순간 시월 등은 물론 월문의 문도들도 적이 나타났는가 싶어 긴장한 채 자리에서 일어나 도검을 빼 들었다.

"누구냐?"

산비탈을 달려 내려와 월문 일행의 노숙지로 달려오는 자를 향해 이장로 마건이 몸을 날려 막으며 소리쳤다.

"마 장로님! 오가장의 범교입니다!"

산비탈을 달려 내려온 사내가 숨을 헐떡이며 겨우 자신의 정체를 밝혔다.

순간 마건이 놀란 눈으로 쓰러질 듯 지쳐 있는 범교를 부축하며 물었다.

"정말 범 대협이구려. 대체 이게 무슨 일이오?"

"오가장에… 오가장에 반란이 일어났습니다!"

범교가 거친 호흡을 채 가누지도 못하고 숨넘어가듯 말했다.

제6장
—
반역의 무리

"부탁한다!"

한때 의천무맹 십대천문에 올라 천문문, 지황문 등과 무림의 패권을 다투던 무림의 거인, 무림에서 가장 뛰어난 지략과, 강한 정신력으로 월문의 부흥을 이끌었던 백문보가 무광 앞에 고개를 숙였다.

자신을 평원 월문의 장원까지 호위해 달라고 할 때조차 그는 부탁이 아니라 거래를 했었다. 그러나 지금 아들과 손자를 구하기 위해 그는 무광에게 고개를 숙였다.

오가장의 무인 범교가 전한 상황대로라면 백유검과 백황의 목숨은 풍전등화의 위기에 처했다고 할 수 있었다.

범교가 알려준 은신처에서 백유검이 얼마나 버틸 수 있을지는 짐작하기 어려웠다.

비록 범교만이 아는 산중 동굴이라지만, 반란을 일으킨 오가장의 진단문과 진단구 형제도 평원 일대의 지리에 밝은 자들이었다.

월문의 문도들이 사방으로 흩어져 추격자들의 시야를 흐트러뜨렸다 해도 결국 오래지 않아 백유검이 숨어 있는 은신처를 찾아내고 말 것이 분명했다.

그 안에 백유검을 구하러 가야 한다.

하지만 백문보와 십여 명 남짓 되는 월문도들이 가봐야 백유검을 구할 수 있다고 장담할 수 없었다. 반란을 일으킨 진씨 형제가 오가장을 장악했다면, 백유검을 추격하는 자들의 숫자는 수십 명에 달할 것이기 때문이었다.

그래서 백문보로서는 시월 등의 도움이 반드시 필요했다.

절박한 백문보의 부탁에 무광이 길게 한숨을 내쉬었다. 그리고 시월과 부리를 보며 말했다.

"어떻게 하면 좋겠느냐?"

"우리야 대사형의 결정에 따를 뿐입니다."

부리가 대답했다.

"…일단 가보도록 하자. 오가장주에게 독을 쓴 자가 군자의 공천보라고 하니 그를 만나지 않을 수 없구나."

"알겠습니다. 대사형! 그 늙은이는 이번에 반드시 잡을 겁니다."

부리가 공천보에 대한 살의를 드러내며 말했다.

그러자 무광이 고개를 끄떡이고는 백문보에게 말했다.

"상황이 급박하니 모든 짐을 놓아두고 가시지요."

"고맙구나!"

이번만큼은 백문보의 표정에서 진심이 느껴졌다.

"지치셨겠지만 지금 당장 길을 안내해 주시지요."

무광이 오가장의 무인 범교에게 말했다.

"알겠소이다. 가장 빠른 길로 안내하겠소이다."

범교가 고개를 끄떡였다.

범교의 대답을 들은 무광이 이장로 마건을 바라보며 고개를 끄떡였다. 그러자 마건이 큰 소리로 명을 내렸다.

"출발이다. 병기만 챙겨라. 쉬지 않고 달릴 것이니!"

이장로 마건의 명에 월문의 문도들이 서둘러 말에 오르기 시작했다.

*   *   *

"나를 이렇게까지 귀찮게 할 줄은 몰랐소."

꼽추 등을 한 노인이 남아 있는 한쪽 팔로 지팡이를 짚고 산비탈을 오르며 투덜거렸다.

그러자 오가장주를 죽이고 반란을 일으킨 진단문이 차갑게 반문했다.

"이 일이 실패하면 우리만 죽을 것 같소?"

"실패할 이유가 없지 않소. 이미 오가장을 장악했고, 월문의 문도들은 뿔뿔이 흩어졌는데. 그냥 사냥개나 몇 마리 데려와 월문 신룡의 옷가지나 던져주면 알아서 찾아갈 것을……."

"월문 장원을 모두 불태워서 남아 있는 옷가지도 없소."

"쯔쯔… 생각들을 좀 하고 일을 하지."

꼽추 노인, 군자의 공천보가 혀를 찼다.

"범교, 그자가 우리의 일을 그렇게 빨리 알게 될 줄 누가 알았겠소. 백유검에게 도주할 여유가 있을 거라고는 애초에 생각하지 않았잖소."

"그것도 그래. 왜 그렇게 시끄럽게 일을 진행한 것이오. 저 사람들을 이용하면 조용히 끝낼 수도 있는데……."

공천보가 멀리서 뒤따라오고 있는 흑의 면사인들을 슬쩍 바라보며 말했다.

검은 무복과 면사로 얼굴을 가린 자들, 머리에는 검은 초립까지 쓰고 있어서 더더욱 그들의 정체를 짐작하기 어려웠다.

"우리가 함부로 부릴 수 있는 사람들이 아니잖소."

진단문이 조심스럽게 말했다.

"어차피 목적이 같은데 꺼릴 것이 뭐가 있다고……."

공천보가 다시 혀를 찼다.

"그래도 보통 사람들이 아니지 않소."

진단문이 두려운 듯 말했다.

"그렇게 배포가 작아서 앞으로 어떻게 오가장을 이끌어 가겠소?"

"오가장이야 뭐 익숙한 곳이니까……."

진단문이 말꼬리를 흐렸다.

"하긴 뭐, 그건 당신들이 알아서 하시오. 그나저나 저런 곳에 숨을 곳이 있단 말인가?"

갑자기 공천보가 시선을 돌려 가파른 절벽과 숲들이 어우러진 산 중턱을 보며 중얼거렸다.

"보기에는 저래도 숨어 지낼 만한 동굴이 제법 많은 곳이오. 이제 보니 범교 그자가 예전에 약초를 캐러 다녔던 곳에 숨었구려."

진단문은 백유검 일행의 행적이 이곳으로 이어진 이유를 이해하겠다는 듯 말했다.

"정말 그렇다면 참 어리석은 자들이군. 이런 곳에 숨어 있다 들키면 달리 달아날 곳도 없는데… 뒤가 절벽이니."

"그들이 있는 곳을 찾아갈 수 있겠소?"

진단문이 물었다.

"걱정 마시오. 내가 월문신룡에게 쓴 약들은 워낙 특별한 것들이라서 다른 사람은 몰라도 나는 열흘이 지나도 그 향을 추격할 수 있으니까. 갑시다!"

공천보가 불편한 몸을 이끌고도 앞장서서 가파른 산길을 오르기 시작했다.

*　　　　*　　　　*

"놈들이 오는군요."

겨우 다섯 명의 수하를 데리고, 백유검을 지키고 있던 묵천대호단의 단주 고청신이 우울한 목소리로 말했다.

적에 대한 두려움보다는 운명의 신이 끝내 자신들을 외면한 것에 대한 쓸쓸함이 묻어나는 목소리다.

"피할 수 없겠소?"

백유검이 물었다.

"이곳에선 달리 도주할 곳이 없군요."

고청신이 고개를 저었다.

"황이라도 피신시킬 수 없을까요?"

뒤쪽에서 오초려가 그녀와 백유검의 아들인 백황을 꼭 끌어안고 물었다.

"…죄송합니다."

고청신이 은신하기는 좋으나 들켰을 경우 퇴로가 없는 곳으로 들어온 것을 뒤늦게 후회하며 대답했다.

"내게도 검을 주시오."

백유검이 고청신에게 말했다.

"어쩌시려고……?"

"기왕에 이렇게 된 것 싸워는 봐야 할 것 아니오."

"하지만……."

"후후! 걱정 마시오. 한 팔과 한 다리가 없어도 난 월문신룡이오. 내공이 예전 같지는 않지만 적어도 몇 놈은 저승으로 함께 데려갈 수는 있소. 두 다리를 움직여서 적을 공격하는 것은 몰라도 달려드는 적을 상대할 능력은 조금 남아 있소."

이곳까지 고청신의 등에 업혀 온 사람답지 않게 백유검이 투지를 드러냈다.

고청신이 머뭇거리다가 백유검에게 검 한 자루를 건넸다.

그러자 백유검이 하나 남은 왼손으로 검을 받아들더니 허공에 대고 몇 차례 검을 휘둘렀다.

파파팟!

백유검이 휘두르는 검을 따라 날카로운 파공음들이 만들어졌다. 그러자 이 와중에도 고청신의 얼굴에 감탄의 표정이 떠올랐다.

"과연 소문주이십니다."

고청신이 진심으로 탄복한 듯 입을 열었다.

"검이란 것이… 내공이 없어도 그 날카로움만으로 사람을 베는 흉기 아니겠소. 예전처럼 수백의 적을 상대할 수는 없어도 몇 놈은 반드시 이 검에 죽을 것이오."

백유검이 그동안 불편한 몸으로 사느라 잊었던 무인으로서의 투지를 새삼스레 뿜어내며 말했다.

"헉헉!"

군자의 공천보가 지팡이에 의지해 위태로운 절벽 길을 올랐다. 그러고는 작은 공터 반대쪽에 있는 동굴을 바라보며 소리쳤다.

"소문주, 나 군자의네. 잠시 이야기 좀 하세!"

군자의가 부르자 백유검이 검을 지팡이 삼아 한 다리를 움직여 모습을 드러냈다.

"후후후, 그 별호를 아직도 쓰고 싶소? 군자의라니. 세상에서 가장 간악한 심성을 지닌 당신이 말이오."

"마음속에 악한 마음이 없는 자가 누가 있겠나. 그걸 잘 숨기느냐 아니냐의 차이일 뿐이지."

"그 악함을 이렇게 여실히 드러낸 것은 이젠 완전히 우리 월문과 등을 지겠다는 뜻이겠구려?"

"이 또한 운명이라 생각하고 날 원망치 말게."

군자의 공천보가 뻔뻔함을 넘어 당당하게 대답했다.

"후… 그때 당신의 제안을 받아들이지 말았어야 했는데. 한 번 배신한 자는 두 번 배신한다는 강호의 격언을 무시한 대가를 치르는군."

백유검이 후회 어린 한숨을 내쉬었다,

"나라고 일이 이렇게 될 줄 알았겠나. 그때만큼은 나도 진심이었네. 자네 부자를 도와 월문을 재건할 수 있을 거라 생각했었지. 하지만 결국 자네와 문주의 욕심이 일을 그르치고 말았지. 너무 성급했어. 무모했고."

군자의 공천보가 월문의 멸망은 자신 탓이 아니라 문주 백문보와 백유검이 자초한 일이라는 듯 말했다.

그러자 백유검이 눈살을 찌푸렸다. 사실 군자의 공천보의 말에 반박할 말이 없었다. 자신의 팔다리가 잘려 나간 것과 아버지 백문보가 만계지마에게 공력을 빼앗기고 평범한 노인이 된 것은 모두 두 사람의 욕심 때문이었다.

"기왕에 이렇게 된 것 서로 힘들게 하지 말고 좋게 좋게 일을 마무리하세나."

대답 없는 백유검에게 공천보가 달래듯 말했다.

"순순히 죽으라는 말이오?"

"그 몸으로 할 수 있는 것도 없지 않나. 그러니 순순히 죽어주면 자네 안사람과 아들은 살려주지."

"하하하! 지금 그 말을 믿으라는 거요? 강호가 어떤 곳인데 후환을 남긴단 말이오."

백유검이 공천보의 제안이 가소롭다는 듯 큰 소리로 웃음을 터뜨렸다.

"물론 일반적인 경우라면 두 사람 모두 죽여야겠지. 하지만 그 두 사람은 지금 우리 쪽에도 필요한 사람들이라서 말이야. 여기 진 대협 형제가 정당한 오가장의 주인이 되기 위해선 그 두 사람이 필요하거든."

군자의 공천보가 어느새 그의 뒤에 서 있는 진단문과 진단구 형제를 가리키며 말했다.

"이 사람을 협박해 오가장을 정식으로 넘기게 하려는 것이구려."

"그렇다네. 그럼 오가장의 식솔들도 진 대협 형제가 오가장의 주인이 되는 것을 인정할 것이고, 또 의천무맹에서도 달리 문제 삼지 않을 테니까."

"나만 죽으면 된다는 거요?"

백유검이 물었다.

"그건 아니고 월문 사람들은 모두 죽어야겠지. 자네 말대로 후환을 남기면 안 되니까."

"아버님이 이 사실을 알면 가만히 있을 것 같소?"

"문주 역시 평원에 도착하는 즉시 죽게 될 걸세."

"후후, 오가장의 힘으로 그게 가능할 것 같소?"

백유검이 비웃으며 되물었다.

"예전이면 모를까. 내공을 잃은 평범한 노인네 한 명 죽이지 못하겠는가. 더군다나… 설혹 문주의 몸이 성하다 해도 문주의 목숨을 거뜬히 거둘 사람들이 우리에게 있네."

군자의 공천보가 자신 있게 말했다.

그즈음 군자의 일행 뒤를 따라 산을 오른 검은 면사의 사내들이 멀찌감치 떨어진 곳에서 걸음을 멈추고 군자의와 백유검을 지켜보고 있었다.

"대체 저들은 누구요? 살수 같지는 않고."

"살수 따위와는 비교도 할 수 없는 사람들이지. 하지만 저들의 정체를 말해줄 수는 없네."

군자의가 고개를 저으며 말했다.

"정체를 밝힐 수 없다는 것은 둘 중 하나구려. 마도의 무리거나 혹은 월문의 패망을 바라는 의천무맹의 어느 문파 사람들이거나. 그런데 마기가 느껴지지 않으니 역시 의천무맹에 속한 문파의 사람들이겠구려."

백유검이 검은 면사 인물들을 노려보며 말했다.

"역시… 그 아버지에 그 아들이군. 명석해! 다만 욕심이 많고 성정이 급한 것이 문제였을뿐!"

군자의 공천보가 아쉽다는 듯 중얼거렸다.

"죽을 때 죽더라도 저들의 정체는 알고 가야겠소."

"그건 어렵다고 했는데 자꾸 묻는군."

"당신에게 말해 달라는 것이 아니오. 저들 말고는 당신들 중 우릴 죽일 수 있는 사람이 없다는 뜻이오. 결국 저들이 나서야 날 죽일 수 있을 것이고, 상대해 보면 그 무공의 정체를 알 수 있을 거요."

"그 몸으로 가능하겠나?"

공천보가 팔다리 하나씩이 없는 백유검을 비웃으며 물었다.

"후후후, 군자의 당신도 그 몸으로 이곳까지 오지 않았소. 몸이 그 지경이면 부끄러운 줄 알고 방안에 틀어박혀 음모나 꾸밀 것이지. 뭐 자랑할 게 있다고 보기 흉한 추한 몸을 이끌고 이곳까지 오셨소?"

백유검이 멸시의 눈으로 공천보를 보며 말했다. 공천보로서는 되로 주고 말로 모욕을 당한 꼴이다.

공천보의 얼굴이 벌겋게 달아올랐다. 자신의 추레한 외모를 이렇게 노골적으로 놀림당한 것은 처음이기 때문이었다.

"놈을 내 앞에 끌고 오시오. 제 마누라와 자식이 보는 앞에서

개처럼 기다 죽게 만들겠소."

공천보가 잔혹한 시선으로 백유검을 노려보며 진단문, 진단구 형제에게 말했다.

*   *   *

진단문과 진단구 두 사람이 조심스럽게 백유검을 향해 다가갔다. 백유검이 비록 팔다리가 하나씩밖에 없다지만, 그래도 한때 천하 십대고수로 꼽히던 절정의 고수였던 자다.

또한 그의 옆을 지키고 있는 묵천대호단주 고청신은 자신들이 감당하기 어려운 고수였다.

그래도 그들이 승산이 있다고 생각할 수 있었던 건 백유검 곁에 남아 있는 월문의 문도가 겨우 다섯 명밖에 되지 않아서였다.

하물며 오면서 걱정했던 오가장의 충성스러운 무인 범교도 보이지 않았다, 범교가 있었다면 그들은 감히 백유검을 잡기 위해 나서지 못했을 것이다.

"너희들이 날 상대할 수 있겠느냐?"

다가온 진단문과 진단구를 보며 백유검이 입가에 싸늘한 미소를 지으며 물었다.

"소문주, 당신이 얼마나 대단한 사람이었는지 모르지 않소. 하지만 지금은 처자식이라도 살릴 방법을 찾아야 하지 않겠소? 순순히 죽어주시오."

진단문이 백유검의 죽음을 설득했다.

순간 백유검 옆에 있던 고청신이 노성을 터뜨리며 진단문을 향해 달려들었다.

"감히 너 따위가 소문주님의 목숨을 입에 올리느냐!"

콰아!

고청신의 검 끝에서 뻗어나간 검기가 진단문의 몸을 파고들었다.

"헉!"

진단문이 갑작스러운 고청신의 공격에 놀라 헛바람을 토해내며 황급히 뒤로 물러났다. 그러면서 들고 있던 검을 휘두르며 다급하게 명을 내렸다.

"놈을 막앗!"

창!

어렵사리 고청신의 첫 공격을 막아낸 진단문이 십여 걸음 뒤로 물러나는 사이 그를 따라온 오가장의 무인들이 진단문을 공격하는 고청신을 좌우에서 공격했다.

그럼에도 불구하고 고청신은 진단문을 향한 공격을 멈추지 않았다.

"죽어랏!"

고청신이 살기 어린 노성을 터뜨리며 진단문의 심장을 향해 더욱 강력한 검기를 뻗어냈다.

그러자 진단문이 재차 뒤로 물러나며 어지럽게 검을 휘둘렀다.

카캉!

"욱!"

진단문이 고청신의 공격을 한 두 차례 막아내다 결국 어깨를 베여 신음을 토하며 비틀거렸다.

그런 진단문의 심장에 검을 꽂으려는데 오가장의 무인들이 사방에서 고청신을 향해 도검을 뻗어냈다.

"이놈들이!"

고청신이 진단문의 마지막 숨통을 끊지 못하고 노성을 터뜨리며 사방에서 밀려드는 오가장의 무인들을 향해 호랑이처럼 검을 휘두르기 시작했다.

카카캉!

대여섯 명의 오가장 무인들에게 에워싸인 고청신은 호랑이처럼 용맹하게 적과 싸웠다. 그 강렬한 기세 때문에 오가장의 무인들은 압도적인 숫자의 우위에도 불구하고 고청신을 제압하지 못했다.

오히려 그중 몇몇은 겁을 먹고 뒤로 물러나기까지 했다.

그래서 생긴 빈틈을 고청신은 놓치지 않았다.

"핫!"

고청신의 입에서 외마디 기합성이 터져 나오는 순간 그의 검이 오가장 무인들 사이로 파고들어 그중 한 명의 옆구리를 베었다.

"컥!"

옆구리를 베인 오가장의 무인이 비명을 지르며 쓰러지자 고청신이 순식간에 포위망을 벗어나더니 강하게 땅을 박차고 허공으로 솟구쳐 다른 한 명의 목덜미에 검을 꽂았다.

푹!

"악!"

목덜미에 검이 꽂힌 오가장의 무인이 단말마의 비명을 지르며 그 자리에 고꾸라졌다.

그러자 감히 더 이상 고청신을 공격하거나 백유검에게 다가가는 오가장의 무인이 없었다.

오히려 그들은 조금씩 뒤로 물러나 고청신과 거리를 두기 시작했다.

순간 진단문의 호통이 터져 나왔다.

"물러나지 말라! 겨우 대여섯 명의 적이다. 대 오가장의 무인이 겨우 저 정도 적에게 겁을 먹고 물러난단 말이냐? 모두 나서서 놈들을 포위해!"

진단문의 명이 떨어지자 뒤로 물러나던 오가장의 무인들이 걸음을 멈췄다. 그러고는 진단문의 말처럼 백유검과 고청신을 반원을 그리며 포위했다.

그러나 포위만 할 뿐, 그 누구도 먼저 나서서 두 사람을 공격하지 않았다.

이미 고청신의 무공을 보았고 그의 손에 동료가 죽었기에 앞에서 나서서 고청신을 공격할 자가 없었던 것이다.

"뭣들 하느냐? 공격하지 않고!"

진단문이 다시 호통을 쳤다. 하지만 그의 명은 오가장의 무인들에게 제대로 먹혀들지 않았다.

비록 진단문, 진단구 형제의 달콤한 설들에 넘어가 반역에 동참하기는 했지만, 두 사람을 위해 목숨을 바칠 만큼 충성스러운 오가장 무인은 없었다.

수하들이 자신의 뜻대로 움직이지 않자 진단문의 얼굴이 벌겋게 상기됐다.

그렇다고 수하들을 몰아붙일 수도 없었다. 자칫하다가는 그를 따라 반란을 일으킨 수하들이 그에게 등을 돌릴 수도 있기 때문이었다.

"제길……."

진단문이 이러지도 저러지도 못하는 처지에 빠지자 나직하게 욕설을 내뱉었다.

그런데 그때 멀리서 오가장의 무인들과 고청신의 싸움을 지켜만 보던 초립을 쓴 흑색 면사인들이 갑자기 장내로 걸어왔다.

흑의인들이 다가오자 오가장의 무인들이 자연스럽게 길을 열었다.

"월문 묵천대호단의 단주가 뛰어난 무공과 충성스러운 심성을 지닌 의협이라더니 오늘 보니 과연 그 말이 과장된 것이 아니구려. 고 대협께 한 수 배움을 청하오!"

흑의 면사인 중 한 명이 앞으로 나서며 정중하게 입을 열었다.

그러자 고청신의 입에서 할 줄기 실소가 흘러나왔다.

"풋! 얼굴을 가리고 다른 문파의 반역이나 부추기는 자가 강호의 예법을 따르는 무도인인 척하고 싶은 건가? 그게 그대들과 어울리는 행동이라 생각하나? 욕심들이 과하군."

고청신의 비웃음에 흑의 면사인의 몸이 살짝 흔들렸다. 고청신이 비난이 그에게 제법 심리적인 타격을 준 듯했다.

그러자 그를 주시하고 있던 고청신이 눈살을 찌푸렸다.

"내 말에 반응을 하는 것을 보니 역시 정파의 사람이 분명하군. 결국 오가장 반역의 배후에 정파의 문파가 관여했다는 건데… 강호에서 이런 대범한 음모를 실행할 수 있는 곳은 그리 많지 않지. 천무문인가? 지황문인가? 아니면 두 곳 모두 사람을 보낸 건가?"

고청신은 노련한 사람이었다. 그는 이 일이 진단문과 진단구 혹은 군자의 공천보 정도의 인물들만으로는 일어나기 어려운 일이라는 것을 알고 있었다.

그리고 배후가 있다면 적어도 십대천문에 속한 문파여야 했다. 쇠락했다고는 해도 월문은 십대천문, 오가장도 정식 삼십육방문이기 때문이었다.

만약의 경우 배후가 드러나도 그 일을 감당할 만한 문파가 아니면 일을 도모하기 불가능했다.

현 강호에서 그런 문파는 오직 두 곳, 천무문과 지황문 밖에 없었다.

"후… 역시 월문의 사람들은 간단치가 않구려……."

흑의 면사인이 가볍게 한숨을 내쉬며 중얼거렸다.

"역시 그렇군. 천무문과 지황문이라… 이해할 수 없는 일이군. 어차피 월문은 쇠락해서 두 문파의 상대가 될 수 없는데 이렇게까지 잔혹하게 월문을 멸살하려 하다니……."

고청신이 도저히 이해할 수 없다는 듯 당혹스러운 표정을 지었다.

"월문주의 욕심이 과했소."

고청신의 의문에 대한 대답을 흑의 면사인이 즉시 풀어주었다.

"문주께서 어떤 욕심을 내셨단 말인가?"

"신검산을 의천무맹에 내어놓는 대가로 금 십만 냥을 원하셨소. 십만 냥을 내놓지 않으면 내년 봄에 월문이 신검산으로 돌아올 거라는 선언도 했소."

"겨우 그 이유로……."

금 십만 냥은 엄청난 재물이다. 하지만 그렇다고 월문을 멸족

시킬 정도의 이유는 되지 않는다. 흥정을 해서 값을 줄일 수도 있고, 설혹 대가를 치르지 않고도 의천무맹의 이름으로 신검산을 장악할 수 있었다. 어차피 만계지마의 손에서 신검산을 되찾은 것은 의천무맹이기 때문이었다.

"나도 단지 월문주께서 요구하신 금자 때문에 이 일이 일어났다고는 생각지는 않소. 금자가 문제가 아니라 월문주의 태도가 문제가 아니었나 싶소."

흑의 면사인이 담담하게 자신의 생각을 말했다.

"…몰락한 문파 주제에 감히 흥정을 하려 했다는 거군."

"그것뿐이겠소. 사실 마련과 싸우는 중에도 월문주는 개인적인 욕심 때문에 여러 가지 문제를 일으켰소. 그간 월문주의 행적을 생각하면 역시 그냥 두면 훗날 문제가 생길 거라 생각들 하신 것 같소."

흑의 면사인이 처지에 어울리지 않게 자신의 생각을 솔직하게 말해주었다.

그리고 그 설명을 들은 고청신의 표정은 점점 어두워졌다.

"당신들의 정체를 밝히고, 세상에 알려지면 안 되는 월문을 이야기를 해 준 것은 결국 오늘 여기 있는 모든 사람을 죽이겠다는 뜻이군."

"…어쩔 수 없는 일이오. 아! 여전히 그 제안은 유효하오. 다른 사람들이 모두 스스로 목숨을 끊는다면 오부인과 아이는 살려드리겠소. 물론… 오가장을 되찾을 수는 없겠지만."

"그렇다해도 저 두 사람 역시 평생 감시를 받아야 하겠지. 또한 언젠가는… 죽일 수도 있고. 황 도련님은 월문과 오가장의 피를 모두 이었으니.”

“…그건 그래도 훗날의 일 아니겠소?”

“그럴 바에는 지금 우리가 목숨을 버려서라도 두 분이 살 기회를 한 번 만들어 보는 편이 좋을 것 같군.”

고청신이 검을 움켜쥐며 단호하게 말했다.

“후… 어려운 선택을 하는구려.”

“아마 당신이 내 입장이었어도 같은 선택을 했을 것이다!”

고청신이 걸음을 옮겨 월문도 앞을 막아서며 말했다.

그러자 흑의 면사인이 고개를 끄떡였다.

“그렇구려. 나라도 고 대협과 같은 선택을 했을 듯싶구려. 반면 고 대협도 내 입장이었다면 나와 같은 결정을 했을 것이오. 모두 나섭시다. 모두를 위해 짧고 빨리 끝낼 일이오. 이런 일은!”

흑의 면사인의 말에 다른 흑의인들이 서늘한 기운을 드러내며 도검을 빼 들었다.

그러고는 고청신과 백유검을 향해 달려들었다.

*   *   *

번쩍!

눈부신 검광이 번뜩이는 순간 한 자루 검이 백유검의 머리 위에 떨어졌다.

순간 백유검이 몸을 틀며 검을 휘둘렀다.

캉!

백유검의 검이 자신의 이마에 떨어지는 적의 검을 비껴냈다.

순간 백유검이 바람에 휘날리는 버드나무처럼 흔들렸다. 내공이 약화된 몸이 적의 검을 막아낸 충격을 이겨내지 못하는 것 같았다.

하지만 다음 순간 쓰러질 듯하던 백유검이 한 다리로 살짝 몸을 튕겨 올리더니 번개 같은 속도로 자신을 지나치는 적을 향해 검을 뻗어냈다.

파파팟!

그의 검에서 미세하나마 세 줄기의 검기가 일어나 상대의 급소를 파고들었다.

"흡!"

예상치 못한 백유검의 놀라운 반격에 흑의 면사인이 다급성을 토하며 몸을 옆으로 날렸다.

하지만 그는 백유검의 공격을 모두 피하지 못했다. 세 줄기의 검기 중 하나가 그의 옆구리를 깊게 베고 지나갔다.

"욱!"

옆구리를 베인 흑의 면사인이 신음을 토하더니 비틀거리며 뒤로 물러났다.

그러고는 재빨리 자신의 손으로 옆구리를 눌렀다. 그의 손가락 사이로 붉은 피가 주르륵 흘러내렸다.

순간 면사 위쪽에 드러난 그의 눈에서 살기가 폭사했다.

"불쌍히 여겨 고통 없이 보내주려 했건만 감히 내 몸에 상처를 내다니. 그 대가를 치러주겠다!"

"후후, 역시 내가 쇠약해지긴 했군. 예전이었다면 이런 버러지 같은 것들은 백 명이 몰려와도 능히 상대할 수 있었는데… 영광인

줄 알아라! 나 월문신룡 백유검과 겨룰 수 있다는 사실을!"

백유검이 부상당한 적을 향해 검을 겨누며 도도하게 말했다.

"오냐! 월문신룡 백유검을 벤 것을 내 평생의 자랑으로 삼겠다."

"조심해야 할 것이다. 그 명예를 차지하려면!"

"흥! 그래봐야 이제 넌 이제 팔다리 없는 병신에 지나지 않을 뿐이야!"

흑의 면사인이 한쪽 다리가 없는 백유검이 도저히 따라 움직일 수 없는 속도로 움직이며 다시 백유검을 향해 달려들었다.

스스슥!

흑의 면사인이 좌우로 크게 몸을 움직이며 백유검을 향해 다가섰다. 백유검은 장승처럼 제자리에 선 채 최소한의 움직임으로 면사인의 빠른 움직임을 상대하기 위해 모든 신경을 집중했다.

번쩍!

한순간 그림자도 남지 않을 정도로 빠르게 움직이던 면사인이 백유검을 향해 검을 뻗었다.

파파!

면사인의 검에서 세 줄기의 검기가 일어나 백유검의 전신 사혈을 향해 날아들었다.

면사인은 백유검이 몸이 불편한 것을 이용하고자 세 줄기의 검기를 백유검의 머리와 가슴 그리고 발끝으로 크게 나눠어 뻗어냈다.

백유검이 검을 들어 상하좌우로 크게 휘둘렀다.

카카캉!

백유검은 놀랍게도 어렵지 않게 상대의 검기를 걷어냈다.

하지만 그 검기를 막기 위해 움직임이 커지자 몸의 중심이 흔들렸고, 자연스럽게 백유검이 한 발을 뛰듯 움직여 흔들리는 중심을 바로 잡으려고 했다.

그 순간 어쩔 수 없는 허점이 드러났다.

"그만 가시오!"

여전히 빠른 속도로 백유검의 주위를 돌고 있던 면사인이 백유검의 허점이 드러나는 순간 벼락처럼 검을 휘둘렀다.

순간 강력한 파공음이 일어나며 지금까지와 차원이 다른 강력한 검기가 백유검의 옆구리를 파고들었다.

"흡!"

미처 몸의 중심을 바로잡지 못한 백유검이 광폭한 검기가 파고들자 다급하게 호흡하며 본능적으로 검을 휘둘렀다.

캉!

백유검의 검과 면사인의 검이 그의 옆구리 바로 앞에서 충돌했다.

"욱!"

강력한 면사인의 공력에 공력이 예전과 같지 않은 백유검이 신음성을 토하며 껑충 뒤로 물러났다.

그러나 한 발로 움직이는 그의 속도로는 면사인을 벗어날 수 없었다.

콰악!

어느새 백유검을 따라잡은 면사인이 백유검의 하나 남은 팔을 향해 검을 내리찍었다.

"핫!"

순간 백유검이 들고 있던 검을 거꾸로 잡으며 자신의 팔을 자르려는 면사인의 검을 팔 바로 앞에서 막았다.

캉!

다시 한번 두 개의 검이 충돌하면서 백유검의 몸이 쓰러질 듯 뒤로 밀려났다.

순간 면사인이 자세를 낮추더니 뒤로 물러나는 백유검의 발뒤꿈치를 가볍게 건드렸다.

툭!

"헉!"

발뒤꿈치가 상대의 발에 걸린 백유검의 몸이 뒤로 넘어지며 허공으로 떠올랐다. 순간 면사인의 검이 백유검의 남은 팔 하나를 벼락처럼 베어냈다.

"큭!"

백유검의 입에서 신음 소리가 터져 나왔다. 동시에 힘을 잃은 그의 손이 결국 검을 떨어뜨렸다.

쾅!

면사인이 미처 땅에 닿지도 않은 백유검의 몸에 강한 장력을 때려댔다.

"악!"

명치에 상대의 장력을 정통으로 맞은 백유검이 단말마의 비명을 지르며 허공으로 붕 떠오르더니 이삼 장 뒤로 날아가 땅 위에 나뒹굴었다.

"여보!"

뒤쪽에서 백황을 안고 있던 오초려가 땅에 나뒹구는 백유검을 보고는 백황을 놓아두고 백유검을 향해 달려왔다.

"모두 소문주를 지켜라!"

다른 면사인들을 상대하던 고청신이 다급하게 외쳤다. 그리고 그 자신이 먼저 백유검에게로 달려가려 했다.

하지만 그는 그 즉시 자신이 상대하던 면사인들에게 길이 막혔다.

"갈 수 없소!"

좌우에서 두 명의 면사인이 동시에 고청신의 다리와 목을 베어 왔다.

"비켜라!"

고청신이 노성을 터뜨리며 허공으로 솟구쳐 올라 적의 공격을 피한 후 검을 좌우로 휘둘렀다.

콰아!

그의 검에서 일어난 검기가 활처럼 휘어지면서 두 명의 적을 동시에 공격했다.

"과연 월문의 묵천대호단주답구려! 하지만 이쯤에서 끝을 봅시다!"

고청신이 만들어낸 검기를 피하며 면사인이 고청신의 등 뒤로 이동하며 그의 등을 찔렀다.

고청신이 재빨리 몸을 돌려 적의 공격을 막으려는 순간, 다른 면사인이 그의 옆을 바람처럼 스쳐가며 가볍게 그의 허벅지를 검으로 그었다.

팟!

"흡!"

깊지 않은 검상이지만 고청신이 움직임을 불편하게 만들기에는 충분한 부상이었다.

고청신이 비틀거리자 그의 배후를 공격하던 자의 검기가 그의 등을 깊게 베고 지나갔다.

서걱!

자신의 등이 베이는 소리가 고청신의 귀에 소름 끼치게 들려왔다. 그리고 그는 온몸의 힘이 사라지는 것을 느꼈다.

"익!"

고청신이 마지막 힘을 모아 검을 휘둘렀지만, 그의 검은 더 이상 그의 힘을 담지 못했다.

마른 갈대처럼 맥없이 허공을 흐른 고청신의 검이 한순간 그의 손에서 떨어졌다.

쿵!

뒤를 이어 고청신도 땅바닥에 무릎을 꿇었다. 그의 눈에서 급격하게 생기가 사라져갔다. 그렇게 죽어가면서도 고청신은 백유검을 걱정했다.

"소문주를… 지… 켜……"

고청신이 누구에게도 들리지 않는 소리로 중얼거리며 무릎을 꿇은 채 고개를 떨궜다.

"후……"

고청신을 벤 면사인이 길게 한숨을 내쉬었다. 면사 위로 보이는 그의 눈에 깊은 자괴감이 떠올랐다.

"끝난 것 같소."

함께 고청신을 공격했던 동료 면사인이 한숨을 쉬는 사내 옆으로 다가서며 말했다.

"백유검은 어떻소?"

"죽어가고 있소."

동료 면사인의 말처럼 백유검은 오초려 품에 안겨 죽어가고 있었다.

다른 월문의 문도들도 이미 진단문과 진단구가 지휘하는 오가장 무사들에 의해 목숨을 잃고 사방에 널브러져 있었다.

"제길… 내가 지금 뭘 하고 있는지 모르겠소."

면사인이 월문도들의 시신이 널브러진 동굴 입구를 훑어보며 씁쓸하게 중얼거렸다.

"어쩌겠소. 문주님께 명을 받았는데."

"그렇긴 해도 이미 몰락한 가문을 이렇게까지 해야 하는 건지 모르겠소."

"백문보는 목숨이 붙어 있는 것만으로도 위험한 사람이오. 음모에 능한 자고, 강호의 인심을 움직일 수 있는 자이니 말이오."

"그럼 그 하나만 제거하면 되는 일 아니겠소? 정작 백문보는 아직 만나지도 못했는데……."

"그가 칠선문의 사형제들과 함께 있을 때는 쉽지 않은 일이오. 칠선문의 사형제들이 떠나면 그때… 음, 누구지?"

말을 하던 자가 한순간 눈빛을 번쩍였다.

"무슨 일이오?"

"누군가 오고 있는 것 같소!"

사내의 말에 대화를 나누던 자도 동굴이 있는 절벽지대로 이어지는 위태로운 산길로 시선을 돌렸다.

그러자 십여 명의 사람들이 무서운 속도로 동굴을 향해 올라오는 것이 보였다.

그리고 잠시 후 오가장 무인들 사이에서 두려운 듯한 목소리가 흘러나왔다.

"월문주다!"

"월문의 사람들이 왔어!"

＊　　　＊　　　＊

시월은 무광, 부리와 함께 월문 무인들과 조금 거리를 두고 산을 오르고 있었다.

비록 함께 오기는 했지만, 이 싸움에 직접적으로 관여하고 싶은 생각은 없었다. 다만 그래도 일이 어찌 마무리되나 그 결말은 보고 싶은 마음에 천천히 산을 오르고 있는 시월 일행이었다.

반면 백문보는 노쇠한 몸으로 죽을힘을 다해 산길을 오르고 있었다. 지금 그에게 중요한 것은 그 자신의 목숨보다 백씨의 혈통을 이은 백유검과 백황이었다.

두 사람이 죽는다는 것은 그의 혈통이 세상에서 완전히 사라진다는 것을 의미한다. 월문이 몰락한 상황에서 자신의 혈통까지 단절되는 것은 인간 백문보의 완벽한 파멸을 의미하는 것이었다.

그래서 그는 쇠약한 몸에도 불구하고 백유검과 백황을 지키기 위해 가파른 산길을 몸소 달리고 있었다.

"이놈들! 멈춰라!"

월문의 문도 중 가장 앞서 달리던 이장로 마건이 산을 뒤흔드는 사자후를 토해냈다.

이장로 마건이 장내에 도착하는 순간 동굴 앞에서 백유검 일행을 몰살시킨 오가장의 무인들과 흑의 면사인들이 산을 올라온 월문도들을 향해 공격을 시작했다.

"죽을 자리를 찾아온 자들이다. 원하는 대로 지옥으로 보내 줘라!"

진단문과 진단구가 오가장의 무인들을 독려했다.

앞서 백유검, 고청신과 싸울 때는 그들의 명이 제대로 먹히지 않았지만, 지금은 그때와 상황이 달랐다.

산에 올라온 월문의 무인들은 오가장을 배신하고 월문 장원을 불태워버린 자신들을 결코 용서하지 않을 거란 걸 알기 때문이었다.

둘 중 한쪽은 반드시 죽어야 하는 싸움, 그래서 진단문과 진단구를 따라 반란을 일으킨 오가장의 무인들이 목숨을 걸고 월문의 무인들과 싸우기 시작한 것이다.

"이놈들! 내가 월문의 이장로 마건이다! 당장 검을 버리고 항복하라!"

마건의 검이 노성과 함께 허공을 가르자 달려들던 오가장의 무인 한 명이 그대로 가슴이 갈라진 채 땅에 고꾸라졌다.

쿵!

오가장의 무인이 쓰러지자 마건이 그 시신을 밟고 날아올라 동굴 앞 공터에 내려섰다.

순간 세 명의 흑의 면사인이 동시에 마건을 향해 달려들었다. 천무문과 지황문의 고수들인 그들 역시 이 싸움에서 월문의 문도들을 이끄는 자가 백문보가 아니라 이장로 마건 임을 알고 있었다. 그래서 마건을 베면 이 싸움이 끝난단 생각에 그에게 공격을 집중한 것이다.

콰쾅!

세 명의 면사인과 마건이 충돌하는 순간 절벽이 무너져 내릴 듯한 굉음이 터져 나왔다.

"욱!"

마건이 신음을 흘리며 주르륵 뒤로 물러났다.

"미안하지만 여기서 죽어야겠소!"

세 명의 면사인이 마건이 숨 돌릴 여유를 주지 않고 재차 공격에 나섰다.

그들은 천무문주와 지황문주가 월문 멸살을 위해 골라 보낸 고수들이어서 월문의 이장로 마건이라 해도 홀로 그 셋을 상대하기는 벅찼다.

그렇다고 그를 도와줄 사람들도 없었다.

그와 함께 동굴까지 달려온 월문의 문도들은 호기롭게 산을 오를 때와 달리 오가장 무인들과 격돌하자 전력의 열세를 실감하며 한 명씩 쓰러져가고 있었던 것이다.

그중에서 가장 비참한 지경에 빠진 사람은 백문보였다. 그는 또다른 흑의 면사인을 상대하고 있었는데, 만계지마에게 공력을 빼앗긴 몸으로는 도저히 흑의 면사인의 공격을 감당할 수 없어 순식간에 위기에 몰리고 있었다.

"문주! 그만합시다!"

쾅!

차가운 음성과 함께 흑의 면사인의 장력이 백문보의 가슴을 강타했다.

"억!"

백문보가 비명을 지르며 바람에 날리는 낙엽처럼 허공으로 떠올랐다가 이 삼장 뒤로 밀려나 땅에 떨어졌다.

쿵!

"욱!"

백문보가 붉은 피를 토해냈다.

순간 그를 향해 흑의 면사인의 검이 날아들었다.

"고통 없이 보내드리겠소. 그러니 반항치 마시오!"

그런데 흑의 면사인이 날카로운 검으로 백문보의 목을 가르려는 순간, 갑자기 한 줄기 강렬한 파공음과 함께 날아온 검은 화살이 그대로 흑의 면사인의 가슴을 파고들었다.

퍽!

"컥!"

벼락처럼 닥쳐든 화살을 막지 못한 흑의 면사인이 외마디 비명과 함께 허공에 붕 떠오르더니 그대로 땅에 나뒹굴었다.

제 7장

—

파국(破局)

"웬 놈들이냐?"

동료가 가슴에 화살을 맞고 쓰러지자 흑의 면사인 중 한 명이 화살이 날아온 방향을 노려보며 소리쳤다.

순간 그를 향해 또 다른 화살이 날아들었다.

"얼굴 가린 놈이 알고 싶은 것도 많다!"

면사인을 파고드는 화살과 함께 멀시 어린 목소리가 들려왔다.

"흡!"

화살을 날린 자의 정체를 물었던 면사인이 상대의 말에 대꾸할 여유도 없이 숨을 들이켜며 검을 휘둘렀다.

지잉!

그의 심장을 향해 날아오던 화살이 검에 미끄러지며 방향이 틀어져 아슬아슬하게 흑의 면사인의 어깨를 스치고 지나갔다.

팟!

화살이 스친 어깨에서 옷이 칼날에 잘려 나가는 듯한 소리가
흘러나왔다.

"음!"

깊지는 않지만 옷과 함께 피부가 베어진 흑의 면사인이 침음성
을 흘리며 뒤로 물러났다.

그리고 그 순간 부리를 앞세우고 시월과 무광이 장내에 뛰어들
었다.

무광은 마건과 싸우고 있는 세 명의 흑의인을 향해 달려갔고,
시월은 재빨리 쓰러진 백문보를 부축했다.

그리고 부리는 오가장의 반역자들을 향해 화살을 쏟아내기 시
작했다.

"악!"

"컥!"

부리의 화살은 잔혹했다. 그의 화살은 절대 목표를 벗어나는
경우가 없었다.

앞서 월문의 문도들을 거의 전멸시켰던 진단문과 진단구가 이
끄는 오가장의 반역자들 중 십여 명이 순식간에 땅에 널브러졌다.

"대, 대체 네놈들은……?"

진단문과 진단구가 겁에 질린 표정으로 자신을 향해 활을 겨누
며 다가서는 부리의 정체를 물었다.

"이야기 못 들었어? 칠선문의 사형제들이 월문의 문주를 호위
해서 오고 있다는……."

"칠선문이 왜?"

진단문이 이해할 수 없다는 듯 중얼거렸다.

칠선문의 젊은 영웅들과 월문주가 석연찮은 과거의 악연으로 사이가 좋지 않다는 것은 강호인들에게 널리 알려진 사실이었다. 그런 그들이 백문보를 돕는 것을 이해할 수가 없는 진단문이었다.

"사람 일이야 상황에 따라 변하는 거지. 더군다나 네놈들은 저 자와 한 배를 탔으니까 죽어 마땅한 거야!"

부리가 갑자기 화살의 방향을 공터 깊은 곳에서 당혹한 표정으로 싸움을 지켜보고 있던 군자의 공천보에게로 돌렸다. 그러고는 망설이지 않고 공천보를 향해 화살을 날렸다.

"빌어먹을 놈!"

공천보가 자신에게 날아드는 화살을 피해 옆으로 몸을 날리며 욕설을 내뱉었다.

쐐액!

시위를 떠난 화살이 크게 휘어지면서 날카로운 파공음을 만들어냈다. 그리고 결국에는 몸을 날린 공천보의 허벅지에 정확하게 박혔다.

퍽!

"억!"

공천보는 입에서 비명을 터뜨리면서 그대로 땅을 굴렀다.

"당신은 아무 데도 갈 수 없어."

화살에 맞아 땅 위에 쓰러진 공천보를 향해 부리가 소리쳤다.

그런데 그 순간 진단문과 진단구 두 형제가 눈빛을 교환하더니 부리를 향해 달려들며 검을 휘둘렀다.

쐐액!

두 사람이 휘두른 검이 부리의 등에 아무런 방해 없이 내리꽂혔다. 그런데 그 순간 부리가 갑자기 몸을 회전하며 땅에 눕듯 몸을 낮췄다.

"엇!"

한 번의 움직임으로 자신들의 검을 피해내는 부리의 움직에 놀란 진단문과 진단구 형제 입에서 당황한 음성이 흘러나왔다.

순간 부리가 들고 있던 활을 내던지고 전통에서 두 개의 화살을 양손으로 잡아 빼냈다. 그러고는 자신의 몸 위로 지나가는 진단문, 진단구 두 형제를 향해 번개처럼 화살을 꽂았다.

"악!"

"컥!"

부리의 화살이 진단문의 옆구리와 진단구의 등을 깊게 파고들었다.

모두 급소 깊숙이 박힌 터라 두 사람은 순식간에 몸에 힘을 잃고 그대로 땅에 고꾸라졌다.

"사… 살려주시오!"

땅에 떨어진 진단문이 자신을 향해 다가오는 부리를 보며 애원했다. 그러자 부리가 걸음을 멈추고 눈살을 찌푸리더니 차갑게 대답했다.

"생각해 보니 당신들을 벌할 사람은 따로 있는 것 같군."

부리의 시선이 백유검을 부축하고 있는 오초려에게로 향했다. 그녀야말로 이곳에서 진단문과 진단구 두 형제를 처벌할 권리를 가진 사람이었다.

그런데 그렇게 오초려에게 시선을 돌리던 부리의 입에서 다급성이 터져 나왔다.

"이런!"

오초려는 시월 일행이 나타나 장내의 전세가 유리하게 변하자 더 이상 장내의 싸움에는 관심을 두지 않고 오직 중상을 입은 백유검을 살리기 위해 애쓰고 있었다.

그런데 장내가 어수선한 틈을 타서 흑의 면사인 중 한 명이 갑자기 백유검을 향해 검을 들고 뛰어들었다. 마침 그 모습을 발견한 부리가 큰 소리로 외쳤다.

"위험해!"

부리의 외침에 백유검을 치료하던 오초려가 놀라서 시선을 돌렸다. 검을 뻗어내는 흑의 면사인은 이미 백유검의 일 장 안쪽에 들어와 있었다.

"안돼!"

흑의 면사인의 검이 백유검의 숨을 끊으려 한다는 것을 깨달은 오초려가 외마디 음성을 터뜨리며 그대로 자신의 몸을 던져 면사인의 검을 막았다.

푹!

흑의 면사인의 검이 여지없이 오초려의 몸을 관통했다. 그리고 그녀를 관통한 검은 백유검의 가슴까지 파고들었다.

"악!"

"욱!"

오초려와 백유검의 입에서 동시에 비명이 터져나왔다.

순간 부리의 경고에 백문보를 놓아두고 백유검과 오초려를 구하기 위해 달려온 시월이 노성을 터뜨렸다.

"악독하구나!"

시월이 분노를 참지 못하고 벼락처럼 검을 휘둘렀다.

"헉!"

시월의 노성에 놀라 뒤를 돌아보던 흑의 면사인 입에서 당혹스러운 음성이 흘러나왔다. 그를 향해 날아드는 수십 갈래의 검기를 도저히 막을 수가 없었던 것이다.

그럼에도 흑의 면사인은 검을 휘둘러 시월이 뿜어내는 검기를 막으려 했다.

하지만 그의 검은 시월의 검기에 닿자 무참하게 부러져 나갔다.

콰지직!

부러지기보다는 부서지는 듯한 파열음이 일어나면서 흑의 면사인의 검이 산산조각 갈라졌다. 뒤를 이어 여러 줄기의 검기가 그대로 그의 몸을 관통했다.

퍼퍼퍽!

"악!"

흑의 면사인 입에서 단말마의 비명이 터져 나왔다. 검기에 격중된 상처에서 피를 뿜어내며 흑의 면사인이 그대로 땅바닥에 나뒹굴었다.

순간 시월이 쓰러진 자를 그대로 두고 다른 흑의 면사인을 향해 허공으로 치솟았다.

번쩍!

허공으로 떠오른 시월의 검이 눈부신 검광을 토해냈다.

순간 다시 한번 억눌린 신음 소리가 터져 나왔다.

"컥!"

신음과 함께 무광을 협공하던 두 명의 흑의 면사인 중 한 명이 베어진 짚단처럼 땅에 쓰러졌다.

살기를 품은 시월의 검은 감히 맞서 싸울 상대가 없을 만큼 강력했다.

장내의 소란이 한순간에 그치고 조용해졌다. 오가장의 무인들은 물론, 살아남은 흑의 면사인 다섯 명조차도 더 이상 검을 들어 싸울 엄두를 내지 못했다.

무광과 마건을 상대하던 흑의 면사인들도 두려움에 휩싸여 주춤거리며 뒤로 물러났다.

시월이 그런 그들을 향해 다가가며 말했다.

"지아비와 아이를 지키는 아녀자를 무참하게 베는 자들이라면 당연히 악인이라 부를 수 있을 것이다. 칠선문은 그런 악인을 살려두지 않는다!"

살기를 품은 시월의 음성에 흑의 면사인들이 부르르 몸을 떨었다. 그리고 그중 한 명이 면사를 벗어던지며 다급하게 소리쳤다.

"잠깐 기다리시오! 우린 천무문과 지황문의 사람들이오!"

이들이 면사로 얼굴을 가린 것은 자신들의 출신을 감추기 위함이었다. 천무문과 지황문이 모의해 오가장의 반란을 부추긴 것이 세상에 드러나면 두 문파의 명예가 땅에 떨어질 것이기 때문이었다.

아니, 어쩌면 이 일로 그들은 의천무맹의 양대 거두 자리에서 물러나야 할 수도 있었다.

하지만 당장 눈앞에 죽음이 찾아오자 흑의 면사인들은 본능적으로 문파의 명예보다 자신들의 목숨을 더 앞세웠다.

그들은 천무문과 지황문의 이름이라면 이 위기에서 자신들이 살아날 수 있을 거라 생각하는 듯했다.

"천무문과 지황문… 그 말이 정말이라면 당신들이 왜 여기에 있는가?"

시월이 차갑게 물었다.

"우린……."

입을 열려던 천무문의 고수가 문득 입을 닫았다. 그리고 그는 그제야 자신들이 스스로 빠져나올 수 없는 함정에 빠졌다는 것을 깨달았다.

"대답하라. 천무문과 지황문의 무인이 왜 이곳에서 얼굴을 가리고 월문과 오가장의 혈육을 공격하고 있는가?"

시월이 다시 물었다. 물론 그 이유를 몰라서 묻는 것은 아니었다. 그들의 정체를 아는 순간 이 일이 천무문주와 지황문주가 월문을 멸족시키기 위해 벌인 일이란 건 단번에 알 수 있었다.

그럼에도 상대를 추궁하는 것은 마음속의 분노를 어디에든 토해내기 위함이었다.

월문이나 백문보 부자에 대해선 미운 정조차 없었다. 하지만 강호의 정의를 지킨다는 의천무맹의 두 우두머리 문파가 한 가문을 몰살시키기 위해 꾸민 음모는 역겨울 정도로 더러운 것이었다.

특히 오초려를 죽인 흑의 면사인의 행동은 그들이 자랑스러워하는 정파의 정의라는 것을 찾아볼 수 없는 행동이었다. 그런 행동은 강호의 혈마조차 쉽게 할 수 없는 행동이었던 것이다.

"우린… 다만 명을 받고 온 것이오. 칠선문이 우릴 죽이려면 천무문과 지황문을 적으로 삼을 각오를 해야 할 것이오."

시월의 기세에 기가 질려 있던 천무문의 고수가 어차피 이렇게 된 것 천무문과 지황문의 위세로 목숨이나 살리고 보자는 생각으로 협박 아닌 협박을 했다.

순간 시월이 번개처럼 검을 휘둘렀다.

삭!

시월이 검이 지나간 허공에 미세한 파공음이 일어났다.

그리고 다음 순간 신음 소리가 흘러나왔다.

"컥!"

천무문과 지황문의 이름을 들어 시월을 협박하던 천무문의 고수가 가슴을 움켜쥐면서 땅에 쓰러져 즉사했다.

"이, 이게 무슨 짓이오? 사람을 이렇게 쉽게 죽이다니!"

여전히 얼굴을 면사로 가리고 있던 자가 분노해 소리쳤다.

그러자 시월이 검을 들어 주변을 가리키며 말했다.

"당신들이 한 짓이 눈에 보이지 않는가? 더군다나 이곳뿐이겠는가. 오가장과 월문에서는 또 얼마나 많은 사람을 죽였을까. 그럼에도 살기를 바라는가?"

시월이 차갑게 추궁했다.

그러자 면사인이 할 말을 잃은 듯 잠시 침묵을 지키다가 맥없는 소리로 물었다.

"정말 천무문과 지황문의 적이 될 생각이오? 앞일을 생각해 신중하게 행동하시기 바라오."

"어리석군. 천무문주와 지황문주가 당신들 목숨값을 받아내려 할 것 같은가? 아마 그들은 당신들이 차라리 이곳에서 내 손에 죽기를 바랄 것이다."

"그게 무슨……"

"정체가 드러나지 않았다면 모를까. 정체가 드러난 이상 천무문과 지황문에서는 이 일을 당신들이 독단적으로 일으킨 일이라고 할 것이다. 아니, 어쩌면 이미 파문된 문도들이 오가장의 재물을 욕심내 일으킨 일이라고 할지도 모르지. 당신들도 그쯤은 짐작할 텐데?"

"그건……."

면사인이 대답을 하려다 말고 입을 다물었다. 깊이 생각할 것도 없이 시월의 말대로 될 거란 걸 알기 때문이었다.

천무문주와 지황문주가 오가장에서 일어난 이 무도한 일이 자신들에 의해 일어난 일이라는 것을 인정할 리 없었다. 그렇다면 두 문파에 있어 자신들은 살아 있는 것보다 죽는 것이 나은 사람들이었다.

"…그래서 끝내 우릴 죽이겠다는 것이오?"

면사인이 검을 고쳐 잡으며 물었다. 이렇게 된 것 죽을 각오로 싸울 수밖에 없다고 생각한 듯싶었다.

"검을 버린다면 당신들에 대한 처분은 그나마 살아남은 오가장과 월문 사람들의 몫이겠지. 하지만 싸우겠다면 당장 내 손에 죽을 것이고!"

시월의 냉정한 말에 면사인이 잠시 망설이다 끝내 손에서 검을 떨어뜨렸다.

*　　　　*　　　　*

시월의 분노가 장내의 싸움을 단번에 끝냈다. 살아남은 흑의 면사인이 셋 그리고 진단문과 진단구 형제가 끌고 온 오가장의 반란자들은 십여 명이 남아 있었다.

월문의 피해도 막심했다.

월문주 백문보와 소문주 백유검 모두 살 가능성이 없었다.

흑의 면사인의 장력을 가슴에 정통으로 맞은 백문보는 갈비뼈가 으스러지고 내장이 파열되어 입으로 피를 토하고 겨우 숨을 쉬고 있었고, 오초려의 희생에도 불구하고 그녀와 함께 흑의 면사인의 검에 찔린 백유검 역시 겨우 숨만 붙어 있을 뿐 전혀 움직이지 못하고 있었다.

"미친놈들!"

부리가 함께 검에 찔린 백유검 부부의 상태를 살피다가 욕설을 내뱉었다. 부부를 이렇게 만든 천무문과 지황문의 고수들에 대한 분노가 새삼스레 끓어올랐던 것이다.

"검을 빼면 안 될 것 같다."

부리의 등 뒤로 다가온 무광이 말했다.

"하지만 방법이 없잖아요?"

부리가 무광을 돌아보며 물었다.

그러자 무광이 잠시 생각에 잠겼다가 시월에게 말했다.

"사제. 저자를 데려와 봐!"

무광이 가리킨 사람은 화살에 다리를 관통당해 더 이상 스스로 걸을 수 없는 군자의 공천보였다.

무광의 말을 들은 시월이 얼른 공천보에게 다가가더니 그의 옷자락을 끌었다.

"억! 아프다. 이놈아!"

공천보가 비명을 지르며 욕설을 내뱉었다.

"사형들은 팔 년이나 당신에게 이런 일을 당했어!"

시월이 화를 참지 못하고 공천보를 무광이 있는 방향으로 내던 졌다.

쿵!

"악!"

땅에 떨어진 공천보의 입에서 다시금 비명이 터져나왔다.

"진정하고, 문주도 데려와."

무광이 화가 난 시월을 진정시키며 다시 말했다.

"예, 대사형!"

시월이 애써 화를 누르며 백문보에게 다가가 두 손으로 그를 안 아 든 후 백유검 부부가 있는 곳까지 데려와 그 옆에 조심스럽게 내려놓았다.

백문보를 옮기자 땅에 널브러져 꿈틀거리고 있는 군자의 공천보 에게 무광이 말했다.

"살려보시오."

"뭐라는 거냐?"

"두 사람을 살려보라는 거요. 보아하니 당신이 이번 반란에서 주 도적인 역할을 한 것 같은데 이들을 살린다면 당신을 살려주겠소."

무광의 말에 모든 것을 포기한 듯하던 군자의 공천보 눈에 생 기가 돌았다.

"정말이냐?"

"내가 허튼 소리하는 것 봤소?"

"아니, 아니다. 다른 놈들은 몰라도 무광 넌 절대 허튼소리를 할 사람이 아니지. 젠장, 그런데 그 전에 이 화살부터 빼야겠다."

군자의 공천보가 자신의 다리에 박힌 화살의 꼬리 부분을 잘라 낸 다음, 반대쪽으로 뚫고 나온 화살촉 아래를 잡고 단번에 화살을 빼냈다.

"윽! 젠장할!"

공천보가 화살이 빠져나오면서 일어난 고통에 신음을 토하면서도 품속에서 금창약을 꺼내 다리 앞뒤에 듬뿍 뿌렸다.

"엄살 그만 부리고 빨리 이들 부자를 살펴보쇼!"

고통으로 얼굴이 일그러진 공천보를 보며 부리가 퉁명스럽게 말했다.

"빌어먹을 놈! 네놈이 쏜 화살 아니냐?"

"빌어먹을 노인네야. 생각 같아서는 나무에 매달아 놓고 매일 하나씩 화살을 꽂아주고 싶다고! 그것도 팔 년 동안. 그러니까 험한 꼴 당하기 전에 얼른 저들이나 살려봐."

부리는 무광과 다르다. 그러면 충분히 그런 일을 할 수 있을 거란 생각에 공천보가 아무런 반발도 하지 못하고 절뚝거리면서 백문보 부자에게로 다가갔다.

"봅시다!"

"필요 없다. 이 간악한 늙은이!"

죽어가면서도 백문보가 군자의 공천보의 치료를 거부했다.

"문주가 싫다고 해도 어쩔 수 없소. 내가 살려면 당신을 살려야 한다니까."

군자의 공천보가 백문보의 생각 따위는 관심 없다는 듯 그의 몸을 살피기 시작했다.

"우욱!"

공천보의 손이 가슴에 닿자 백문보가 고통을 참지 못하고 신음을 토해냈다.

하지만 백문보의 고통 따위는 아랑곳하지 않고 공천보가 신중하게 백문보의 상태를 살폈다.

그러다가 갑자기 한숨을 내쉬고는 백문보를 놓아두고 이번에는 부부가 함께 검에 찔려 있는 백유검에게로 움직였다.

"끄윽!"

공천보의 손이 닿자 백유검 역시 고통스러운 신음을 토해냈다. 반면 오초력는 이를 악문 채 고통을 이겨냈다.

공천보는 그런 두 사람을 한참 동안 살피다가 이내 한숨을 쉬며 입을 열었다.

"힘들겠는데?"

"아무도 못 살린단 말이오?"

무광이 차갑게 물었다.

"문주는 내장이 완전히 파열돼서 화타가 살아와도 살릴 수 없고, 오부인 역시 검에 관통당해 살릴 수 없네. 다만 소문주는 어찌 시도는 해볼 수 있겠지만, 살 수 있는 확률은 일 할도 되지 않군. 사제가 있다면 모르겠지만……."

"당신 의술은 역시 화노님을 따라가지 못하는군."

부리가 빈정거렸다.

"그러니까 사제가 화의일맥의 주인이 된 것 아니겠느냐. 예전에는 그 사실을 인정할 수 없었지만, 지금은 나도 그 사실을 인정한다. 아니 이미 어려서부터 알고 있었지. 내가 사제를 결코 뛰어넘을 수 없다는 걸. 그럼에도 그 사실을 인정하기 싫어서 지금 내가 이 모양 이 꼴이 된 거다. 그러니 조롱 따위는 그만둬라. 충분히 비참하니까."

공천보가 투덜거리듯 말했다.

그러자 무광이 다시 입을 열었다.

"소문주는 치료해 볼 수 있다는 거 아니오?"

"뭐, 시도는 해볼 수 있다는 말이지. 하지만 그러려면 검을 빼야 하는데 그렇게 되면 오부인이 즉사하게 될 거야."

공천보가 오초려와 백유검이 들으라는 듯 말했다. 그리고 두 사람이 어떤 선택을 할지 호기심을 담은 표정으로 그들을 바라봤다.

그때 죽음을 기다리던 오초려가 힘겹게 입을 열었다.

"검을 빼……요. 이 이를 살려줘요."

그 말도 힘겨운 듯 오초려가 말을 하고는 백유검의 품에 고개를 떨궜다.

그러자 그런 오초려에게 백유검이 무슨 말인가를 나직하게 속삭였다. 순간 죽어가던 오초려의 눈이 번쩍 떠졌다.

그러고는 백유검에게 물었다.

"정말요?"

"당신이 동의한다면… 황이를 위해서는 그게 낫지 않을까?"

백유검이 미소를 지으며 물었다.

순간 조금 떨어진 곳에서 그 미소를 본 시월 등은 마치 십수 년 전의 백유검을 보는 듯한 착각에 빠졌다.

잠룡동에서 형제처럼 정을 나누며 무공을 수련하던 그 시절의 백유검이 돌아온 것 같았다.

"난… 좋아요."

오초려가 미소를 지으며 대답했다.

그러자 백유검이 고개를 끄떡이며 한 팔을 겨우 들어 오초려를 끌어안고는 군자의 공천보를 보며 말했다.

"늙은이는 더 이상 필요 없어……."

"죽겠다는 거냐?"

공천보가 당황한 듯 물었다. 그를 살려야 자신도 살 수 있다고 생각하기 때문이었다.

"더 이상 늙은이 손이 내 몸에 닿는 걸 바라지 않아. 무광 형… 나 좀 봐요."

공천보를 벌레 보듯 한 번 본 후 백유검이 갑자기 무광을 불렀다.

그러자 무광이 훌쩍 걸음을 옮겨 백유검과 오초려에게 다가가 고개를 숙였다.

그러자 백유검이 무광에게 뭔가를 나직하게 속삭였다.

순간 무광이 놀란 눈으로 백유검을 바라봤다.

"정말 그렇게 하고 싶은 거냐?"

무광이 확인하듯 물었다.

"그 사람이 허락한다면 그렇게 하고 싶어요."

"오부인도 동의하신 겁니까?"

무광이 오초려에게 물었다.

그러자 오초려가 미소를 지으며 대답했다.

"그렇게 되면 정말 기쁠 것 같아요. 듣기만 했지만 그분이라면 믿을 수 있을 것 같아요."

"무광 형! 부탁드립니다."

"…알겠다. 하지만 치료를 해보는 게 낫지 않을까?"

무광의 말에 백유검이 고개를 저었다.

"아뇨. 이런 몸으로 살아나 봐야 황을 위해 뭘 할 수 있겠습니까? 그리고… 이 사람을 혼자 보낼 수는 없습니다. 아내를 버리는 것은… 우담 한 명으로 족합니다. 또다시 그런 죄악을 범할 수는 없지요."

"고마워요……."

듣고 있던 오초려가 사력을 다해 백유검을 끌어안았다.

그 모습을 보고 무광이 고개를 끄떡였다.

"알겠다. 원하는 대로 해주마."

"…고맙습니다. 그리고… 염치 없지만 사제들에게 미안하다고 전해줘요. 특히 소후에게는……."

"알겠으니까 무리하지 마. 힘들잖아."

"아닙니다. 그래도 할 일은 해야죠. 이제 범 대협을 불러주세요."

"알았다! 범 대협 이리로 와 보시지요."

무광이 오가장의 중년 무인 범교를 불렀다. 그러자 범교가 바람처럼 다가왔다.

"부탁하고 싶은 게 있소."

"말하십시오."

백유검의 말에 범교가 고개를 숙이며 대답했다.

그러자 백유검이 범교의 귀에 대고 뭔가를 속삭였다. 그러자 범교가 놀란 눈으로 백유검에게 되물었다.

"진심이십니까?"

"우리… 두 사람이… 모두 원하는 일이에요."

백유검이 아닌 오초려가 힘겹게 대답했다. 그러자 범교가 잠시 두 사람을 바라보다 이내 고개를 끄떡였다.

"명에 따르겠습니다!"

대답한 범교가 벌떡 일어나더니 동굴 안으로 들어가 백유검의 아들 백황을 안아 들었다. 그러고는 백황을 품에 안고는 바람처럼 장내를 벗어났다.

순간 그 모습을 보고 있던 백문보가 누운 채로 물었다.

"황이를 어디로 데려가는 것이냐?"

"황이는… 월문이나 오가장과 아무 상관 없는 아이로 자랄 겁니다."

백유검이 단호하게 대답했다.

"뭐? 그게 무슨 소리냐?"

월문 명맥을 이어갈 유일한 희망인 백황을 월문과 아무 상관 없는 아이로 살게 할 거란 백유검의 말에 백문보가 당황한 표정으로 되물었다.

"아버지. 황이를 나처럼 살게 할 수는 없어요. 이게 뭡니까? 형제와 같은 사람들을 배신하고, 팔다리는 잘리고… 믿었던 자들에게 배신당하는. 이런 삶을 황에게 물려줄 수는 없어요."

"안 된다. 황이는 월문의……."

"그만 하세요."

죽어가던 백유검이 어디서 힘을 얻었는데 노성을 터뜨렸다.

그러고는 잠시 숨을 고른 후 다시 입을 열었다.

"이 모든 일이 아버지의 야심 때문이라고는 하지 않겠습니다. 나 역시… 욕망에 물든 한 마리 늑대였으니까요. 하지만 죽으면서까지 그 욕망의 노예가 되고 싶진 않아요. 그래서 더욱 황이를 나와 같은 사람으로 만들 수는 없습니다."

"절대… 허락할 수 없다!"

백문보가 백유검을 노려보며 말했다.

그러자 백유검이 미소를 지으며 말했다.

"아버지의 허락은 필요 없습니다. 왜냐하면 황이는 내 아들이니까요. 아버지의 아들이 아니라……."

*   *   *

"모두… 죽여요!"

죽음의 문턱을 넘으려는 오초려가 마건에게 속삭이듯 남긴 말이었다. 마건이 놀라서 백유검을 바라봤다.

그러자 백유검이 고개를 끄떡였다.

"오가장과 월문 식구들의 원혼을 달래줘야지 않겠습니까. 다만, 아쉬운 것은 천무문주와 지황문주를 내 손으로 죽일 수 없다는 것이지요."

백유검의 서늘한 살기에 마건이 천천히 어쩔 수 없다는 듯 고개를 끄떡였다.

"두 사람이 원하는 대로 하겠네."

"제가… 죽기 전에… 내 앞에서요."

오초려가 마건을 재촉했다. 그러자 마건이 당황한 표정을 짓다가 이내 독한 눈빛을 흘리며 대답했다.

"어차피 할 일! 그것도 나쁘지 않겠지. 두 사람의 한(恨)이 조금이라도 풀린다면!"

마건이 속삭이듯 말하고는 허리를 폈다. 그리고 자신을 지켜보고 있던 시월과 무광에게 물었다.

"이 일은 너희들에게 부탁할 수 없는 일이겠지?"

"들어드릴 수 없는 일이지요."

무광이 대답했다.

"알겠다. 어차피 한평생 손에 피를 묻혀 왔으니 몇 사람 더 죽인들 무슨 상관이랴!"

스릉!

말을 하면서 이장로 마건을 검을 뽑아 들었다.

그러고는 바람처럼 움직여 살아남은 세 명의 흑의 면사인의 급소를 순식간에 베어버렸다.

쿵! 쿵! 쿵!

혈도를 제압당해 움직일 수 없었던 천황문과 지황문의 무인들이 고통과 당혹감에 눈도 감지 못한 채 피를 뿌리며 땅에 쓰러졌다.

장내의 인물들은 단호하고 잔혹한 마건의 행동에 놀라 아무 말도 없이 마건을 바라볼 뿐이었다.

그런데 그것이 끝이 아니었다. 천무문과 지황문의 고수들을 베어버린 마건이 무겁게 걸음을 옮겨 진단문과 진단구에게 다가갔다.

"사, 살려주시오!"

"우리가 잘못했소. 제발 살려주시오!"

천무문과 지황문의 고수들을 가차 없이 베어버리는 마건의 행동에 놀란 두 사람이 이마를 땅에 박으며 살려줄 것을 간청했다.

"네놈들이 죽인 사람들을 생각해라. 그럼 감히 살려달라는 말을 입 밖에 내지 못할 것이다!"

마건이 냉정하게 말하며 부리의 화살에 당해 움직이지 못하는 두 사람의 목덜미를 양손으로 잡아끌었다.

마건에게 목덜미를 잡힌 두 사람이 마치 사냥당한 사냥감처럼 바닥에 질질 끌려 오초려와 백유검 앞까지 끌려갔다.

"꿇어라!"

두 사람을 백유검과 오초려 앞에 데려온 마건이 강제로 두 사람을 무릎 꿇렸다. 그러고는 쓰러질 듯 비틀거리는 두 사람을 등 뒤에서 한순간에 베어 버렸다.

쿠쿵!

진단문과 진단구 두 형제가 비명도 지르지 못하고 땅바닥에 허물어졌다. 그렇게 두 사람을 베어버린 마건이 뒤도 돌아보지 않고 명을 내렸다.

"반역자들은 모두 베라!"

"옛!"

마건의 명에 월문의 무인들이 진단문 형제를 따라 반란을 일으킨 오가장의 무인 중 살아 있는 자들을 즉시 베어 버렸다.

그렇게 짧은 순간 다시 한번 장내에 혈풍이 소나기처럼 스치고 지나갔다.

"모두 베었네."

마건이 백유검과 오초려를 보며 말했다.

"저자는……."

백유검이 한쪽에 짐승처럼 쓰러져 있는 군자의 공천보를 눈으로 가리키며 물었다.

그러자 무광이 입을 열었다.

"그는 내가 데려가야겠다. 그를 벌할 사람은 따로 있으니까."

무광의 말에 백유검이 잠시 군자의를 노려보다 고개를 끄떡였다.

"맞습니다. 그에 대한 권리는 저보다는 형님께 있지요. 팔 년이나… 저자의 손에 고통을 당하셨으니까. 후우……."

백유검이 길게 숨을 내쉬며 중얼거렸다.

그러자 오초려가 힘겹게 시선을 들어 무광을 바라봤다. 그러자 무광이 가볍게 고개를 끄떡이며 말했다.

"걱정 말고 편히 쉬십시오."

"고마… 워… 요……."

오초려가 희미한 웃음을 보이며 뜻 모를 말을 남기고 그대로 숨을 거뒀다.

"초려……!"

오초려가 죽은 것을 알아챈 백유검이 자기 마음대로 움직이지 않는 팔로 마지막 힘을 내 오초려를 끌어안았다.

하지만 오초려는 이미 싸늘하게 식어가고 있었다.

"크흑!……."

백유검의 입에서 격한 울음이 흘러나왔다. 그러다가 다시 무광을 보며 말했다.

"형님, 마지막 부탁이 있소."

"말해라."

"나 죽거든 이 사람과 함께 묻어주시오. 세상에서 이 사람만이 내게 진심을 준 사람이었소. 우담조차도 마음은… 아무튼 이 사람과 꼭 같이 묻어주시오, 그리고… 절대 아버지 곁에는 묻지 말아요. 죽어서까지 아버지 옆에 있는 것은 너무 피곤한 일이니까."

백유검이 이제는 말할 기운도 없어 그저 숨만 쉬며 괴로운 시선으로 자신을 바라보고 있는 백문보를 보며 말했다.

"…알겠다."

무광이 무겁게 대답했다.

"고맙습니다. 그리고 정말 미안했고요……."

백유검이 무광에게 사과를 하고는 입을 다물더니 뚝 고개를 떨궜다.

"뭐예요?"

갑자기 고개를 떨군 백유검을 보고 놀란 부리가 달려들며 물었다.

"자기 목숨을 고통 없이 끊을 마지막 진기는 남겨 놓았었나 보다."

"그런데 왜……?"

그런 진기가 있다면 살 수도 있지 않았냐는 듯 부리가 물었다.

그러자 무광이 무겁게 대답했다.

"더… 살고 싶지 않았던 거지."

*   *   *

백유검이 죽은 후에도 시월 일행은 한동안 동굴을 앞을 떠나지 않았다. 백문보가 여전히 숨이 붙어 있기 때문이었다.

하지만 그가 살아날 가능성은 없었다. 내장이 모두 파열되는 부상을 입었기에 그를 살릴 수 있는 사람은 세상에 존재하지 않았다.

하지만 그럼에도 불구하고 백문보는 삶에 대한 끈질긴 미련을 보였다.

그는 혀도 움직일 힘이 없어 말을 하지 못하면서 끝까지 신음소리 같은 소리를 뱉어내며 손으로 군자의 공천보를 가리키며 죽어갔다.

아마도 그는 공천보라면 자신을 살릴 수 있을 거라 생각하는 모양이었다. 하지만 공천보, 아니, 화노가 있어도 그는 살아날 수 없었다.

그렇게 그는 삶에 대한 미련을 떨쳐버리지 못하고 고통 속에서 죽어갔다.

살아남은 월문의 문도는 마건을 비롯해 열 명이 채 되지 않았다. 그들은 백문보의 숨이 완전히 멎은 후에야 죽은 사람들의 봉분을 만들기 시작했다.

백유검의 유언대로 그는 오초려와 양지바른 아늑한 산기슭에 함께 묻혔다.

백문보의 무덤은 북동쪽을 향해 만들었는데, 그 방향이 홍안령 초입의 신검산이 있는 방향이기 때문이었다.

당연히 백유검의 무덤과는 거리를 두고 울창한 숲이 막고 있어서 서로 마주 볼 수 없는 위치였다.

반역자들의 시신 역시 모두 한곳에 모아 큰 무덤을 만들어 주었다. 장소가 워낙 외진 곳이라 그대로 두면 산짐승들의 먹이가 될 수도 있었기에 취한 조치였다. 비록 적이지만 그렇게 둘 수는 없다는 게 모두의 생각이었다.

죽은 사람들의 무덤을 만들고 나자 어느새 산 중에 밤이 찾아왔다.

시월 일행과 마건이 이끄는 월문의 문도들은 밤중임에도 야영하지 않고 산에서 내려왔다.

처절하고 비참한 혈풍이 불었던 곳에 조금이라도 더 있고 싶지 않았기 때문이었다. 마침 달빛도 밝아서 산을 내려오는 것이 그리 어렵지는 않았다.

그렇게 길이 있는 곳까지 내려오자 마건이 무광에게 말을 건넸다.

"이쯤에서 오늘 밤은 노숙을 하는 것이 어떻겠느냐?"

"…저희들은 이대로 떠나겠습니다."

무광이 조금 망설이다가 말했다.

"…하긴 나와 함께 있는 것조차 불편하겠지."

마건이 우울한 표정으로 말했다. 그 역시 칠랑을 배신한 사람 중 한 명이기 때문이었다.

"그래서가 아니라… 조금이라도 빨리 이곳을 떠나고 싶군요."

"음. 무슨 말인지 알겠다."

마건이 이해한다는 듯 고개를 끄떡였다.

그러자 이번에는 무광이 물었다.

"어디로 가십니까?"

"…아무래도 홍안령으로 가야겠지."

"그렇군요. 두 분 장로님들이 반겨주실 겁니다."

마건이 일장로 고태와 삼장로 천중한을 찾아갈 거란 생각에 무광이 말했다.

"달리 갈 곳도 없고… 늘그막에 이게 무슨 팔자인지 모르겠구나."

"오히려 편히 지내실 수 있을 겁니다. 더 이상 무림의 일에 관여치 않으실 테니."

"그런가? 그도 그렇군. 그런데 한 가지 걱정되는 일이 있구나."

"천무문과 지황문의 일이겠지요?"

무광이 되물었다.

"음, 그자들이 과연 이 일을 묻어둘지……."

"그래야 할 겁니다. 자신들을 위해서라도."

무광이 말했다.

"물론 이 일이 세상에 알려지면 그들의 명예에 큰 타격을 입겠지. 하지만 그렇다고 해서 천무문과 지황문의 고수들을 죽인 일을 그냥 넘어갈까? 그들의 성정이……."

"제가 그들 자신을 위해서 이 일을 묻어둬야 한다고 한 것은 그들의 명예 때문이 아닙니다. 만약 그들이 이 일을 문제 삼겠다면 우리가 그들을 찾아갈 테니까요."

무광이 단호하게 말했다.

"…설마 그들을 죽이기라도 하겠다는 거냐?"

마건이 믿을 수 없다는 듯 되물었다.

"그들이 조금이라도 칠선문의 평온을 깨뜨린다면 오늘 이곳에서 벌인 일에 대한 대가를 반드시 물을 겁니다."

"위험한 일이다."

"위험하지만 못 할 일도 아니지요. 그렇지, 사제들?"

무광이 시월과 부리에게 물었다.

그러자 부리가 얼른 대답했다.

"물론이죠. 그리고 그중 한 명은 반드시 제 화살에 당할 겁니다."

부리가 활을 들어 보이며 대답했다.

시월이 대답 대신 가만히 미소를 지으며 고개를 끄떡였다.

순간 마건은 그런 시월에게서 무광과 부리가 보여주는 단호함에 경외를 넘어 그 이상의 전율을 느꼈다.

시월은 마치 천무문주와 지황문주의 목을 베는 일이 주머니 속에서 물건을 꺼내는 것처럼 간단한 일이라고 말하는 것 같았다.

그리고 신기하게도 그런 시월의 자신감이 전혀 어색하지 않았다. 시월이 마음먹으면 정말 언제든 그 일을 간단하게 해낼 것 같았다.

"하! 문주가 정말 큰 실수를 했구나. 너희들 같은 사람들을 버렸으니……."

만약 백문보 곁에 칠랑이 남아 있었다면 오늘 같은 불행이 월문을 찾아오지 않았을 거란 듯 마건이 탄식했다.

그러자 무광이 고개를 저었다.

"우리가 있었다고 해도 월문의 몰락은 막을 수 없었을 겁니다. 그 누구도 아닌 문주 자신이 문제였으니까요."

"…그렇구나. 아무리 좋은 검이 손에 있다 해도 그 검을 제대로 쓸 줄 모르면 결국 자신의 몸을 베이는 법이지. 애초에 문주의 인품이 그 정도였던 것을… 그리고 보면 어리석은 것은 우리였던 것 같아. 그런 문주의 성품을 애써 외면하면서 함께 대업을 이룰 것이라 믿었으니까."

마건이 한탄하듯 말했다.

"운명이겠지요."

무광이 말했다.

"운명이라……."

마건이 말꼬리를 흐리며 휘영청 떠 있는 달을 향해 시선을 돌렸다.

그러자 무광이 차분하게 작별을 고했다.

"그럼 저희는 이만 가보겠습니다. 부디… 평안히 지내십시오!"

"건강하십시오!"

"두 분 장로님께도 안부 전해주십시오!"

부리와 시월도 무광의 뒤를 이어 마건에게 고개를 숙여 보이며 작별 인사를 했다.

"그래. 너희들도 잘 지내거라. 인연이 닿으면 어느 땐가 얼굴 한 번쯤은 더 볼 수 있겠지. 가거라!"

마건이 세 사람에게 손짓했다.

그러자 세 사람이 다시 한번 가볍게 고개를 숙여 보인 후 달빛 드리운 산길을 따라 총총히 걸음을 옮겼다.

그렇게 떠나는 시월의 어깨 위에는 마혈이 제압된 군자의 공천보가 매달려 있었다.

제 8장

—

유언(遺言)

　시월 일행은 달이 진 후에도 길을 걸었다. 부리는 어디라도 자리를 잡고 잠시 눈을 붙이자고 했지만, 무광은 그런 부리의 말을 듣지 않고 계속 길을 걸었다.

　그것도 마치 무슨 중요한 일을 하러 가는 사람처럼 서두는 발걸음이었다. 결국 새벽빛이 어스름이 찾아들기 시작하자 부리가 참지 못하고 물었다.

　"대사형 이제 그만 말해주세요."

　"뭘?"

　"무슨 일을 하러 가는 건지 말입니다. 할 일이 없다면 이렇게 급하게 길을 갈 이유가 없잖아요. 누가 쫓아오는 것도 아니고, 더군다나 이렇게 사람 하나를 들쳐메고 가고 있는 상황에서 말이죠."

　부리가 시월과 교대로 어깨에 메고 가고 있는 군자의 공천보를 턱으로 가리키며 말했다.

"힘드냐? 그럼 내게 넘겨라."

무광이 손을 내밀었다.

"그런 말이 아니잖아요."

부리가 자신의 질문에 시원하게 대답하지 않는 무광에게 짜증을 냈다.

"이 길 끝에 누가 기다리고 있을 거야."

무광이 뒤늦게 부리의 질문에 대답했다.

"누가요? 아니 우리가 이 길을 가는 줄 어떻게 알고요?"

부리가 의아한 표정으로 되물었다.

"녀석, 우리 중에 오감이 가장 발달했다는 놈이 그의 유언을 듣지 못했느냐?"

무광이 빙그레 미소를 지으며 물었다.

"유언이요? 누구의 유언이요?"

부리가 궁금함을 참을 수 없다는 듯 다그쳤다.

그러자 옆에서 시월이 말했다.

"소문주와 오부인이 죽으면서 대사형께 부탁한 일이 있어요. 그 일 때문에 대사형이 이렇게 서두르시는 거예요."

"어? 사제는 알고 있었어?"

"난 들었는데 사형은 듣지 못했나 보군요."

"귀는 부리가 더 밝은데 시월은 듣고 부리 사제는 듣지 못했다는 것은 그때 부리 사제가 딴생각을 했거나 다른 곳에 정신이 팔려있었다는 뜻이겠지."

"…그렇게까지 말하실 필요는 없잖아요. 그런데 그 두 사람이 무슨 유언을 했고, 우릴 기다리는 사람은 그 유언과 무슨 상관이에요?"

부리가 계속해서 질문을 쏟아냈다.

그러자 무광이 손을 들어 새벽안개 속을 가리키며 말했다.

"저기 있는 것 같구나. 만나보면 알 거다."

무광이 말을 하고는 달리듯 앞으로 나아갔다.

"정말 왔구려!"

"어? 당신은……!"

오가장의 충성스러운 무인 범교가 아이를 품에 안은 채 세 사람을 맞이하자, 부리가 놀란 눈으로 그를 바라봤다.

"오래 기다리셨습니까?"

무광이 범교에게 물었다.

"아니오. 아이가 울어서 잠시 자리를 피해 있었소. 다행히 지금은 잠들었소이다."

범교가 품에 안고 있는 아이를 보며 말했다. 백유검과 오초려의 아들인 백황이다.

"시월, 범교 대협께 아이를 받아라."

"알겠습니다."

시월이 예상하고 있었다는 듯 범교에게 다가갔다. 그러자 무인 범교가 한참 동안 백황을 바라보다가 한숨을 쉬며 시월에게 아이를 건넸다.

시월이 조심스럽게 아이를 받아들었다.

"이 아이는 다시는 백황이라는 이름을 쓰지 못하겠구려."

범교가 시월의 품속에 안긴 백황을 보며 말했다.

"아이가 크면 알려줄 겁니다."

무광이 담담하게 말했다.

"하지만 그건……."

"물론 유검은 이름과 성을 완전히 바꾸고, 월문과 아무 관계가 없는 아이로 키우길 바랐지만, 그래도 언젠가는 자신의 뿌리에 대해 알아야겠지요."

무광이 아이의 볼에 가만히 손가락을 대며 말했다.

"내 생각에는 소문주가 원하는 대로 해 주는 게 나을 것 같소이다만……."

범교가 말꼬리를 흐렸다.

"평생 뿌리를 모르고 산다면 아이에게 죄를 짓는 일이 아니겠습니까?"

"그래도 나중에 월문이 행한 일들을 알게 된다면 아이가 괴로워할 수도 있을 것이오. 또 한편으로는 다시 백문보 같은 사람이 될 수도 있고……."

범교가 걱정했다. 그러자 무광이 고개를 끄떡였다.

"물론 그런 위험은 있지요. 하지만 이 아이의 부모가 될 사람들은 절대 이 아이를 그렇게 키우지 않을 겁니다."

"…혹 칠선문 밖에서 아이를 키울 생각이신지?"

범교가 조금 놀란 표정으로 물었다.

"아닙니다. 칠선문에서 키울 겁니다. 하지만 제가 키우지는 않을 생각입니다."

"그럼……?"

"이 아이를 나보다 잘 키울 사람이 칠선문에 있습니다."

"…그렇구려. 뭐 어쨌든 칠선문에서 자란다면 나로서는 안심이오. 덕분에 편히 떠날 수 있을 것 같소."

"어디로 가실 생각이십니까?"

무광이 물었다.

"생각 같아서는 살아남은 오가장 식솔들을 모아 보고 싶지만, 이 아이가 과거를 지우고 살아가려면 나도 세상에서 사라져야 하니 그럴 수는 없고……."

"비밀이야 함구하면 그만 아닙니까?"

무광의 말에 범교가 씁쓸한 표정으로 고개를 저었다.

"그렇지 않소. 내가 세상에서 사라지지 않으면 분명히 이 아이의 행방을 찾으려는 사람이 있을 것이오."

"…천무문과 지황문을 걱정하시는군요."

"그들은 아이의 행방을 추적하고도 남을 사람들이니까."

"그렇군요. 이제 보니 대협의 희생이 필요한 일이었군요."

"하하하, 희생은 무슨! 새로운 인생을 사는 것 역시 즐거운 일 아니겠소."

범교가 호탕한 웃음을 터뜨렸다.

"무운을 빌겠습니다."

"글쎄… 검으로 먹고살 것 같지는 않고, 장사를 할 테니 재운을 바라주시오."

"그렇군요. 알겠습니다. 큰 재물을 모으시기를 바랍니다. 그리고… 언제라도 이 아이가 궁금하시면 칠선문을 찾아오시면 됩니다."

"…시간이 많이 흐르면. 그때는 한 번 들려보겠소이다. 그럼, 먼 길 편히 가시기 바라오! 칠선문 대협들을 만날 수 있어서 정말 영광이었소."

범교가 무광등 세 사람에게 정중하게 포권을 해 보인 후 새벽안 개 가득한 숲으로 빠르게 사라졌다.

"소문주와 오부인의 유언이란 것이 이거였군요."

부리가 시월의 품에 안긴 백황을 보며 말했다. 그런데 그의 표정이 그리 밝지 않았다.

"음, 이 아이를 칠선문으로 데려가서 월문이나 오가장과 아예 인연이 없는 사람으로 키워달라고 하더라."

"…그 부탁을 왜 들어주셨어요?"

부리가 무광을 보며 물었다.

"내키지 않느냐?"

"예."

부리가 망설이지 않고 대답했다. 보통 무광의 결정에 이렇게 단호하게 반대하는 경우는 거의 없는 부리였다. 그런 그가 이렇게까지 말하는 것은 정말 백황을 칠선문으로 데려가기 싫다는 의미였다.

"그래도… 한 때는 형제였으니까."

무광이 대답했다.

"그런 형제는 없는 게 낫죠."

부리가 퉁명스럽게 대답했다.

"태어난 아이가 무슨 잘못이 있느냐? 그리고 오부인은 우리와 원한이 있는 사람도 아니고. 어찌 보면 우리와 같은 피해자지."

무광이 어떻게든 부리의 마음을 돌리려고 그답지 않게 많은 말을 했다.

"우리가 오가장에 빚을 진 것은 아니잖아요."

"그야… 그렇지만……."

"사형! 이 아이 좀 보세요. 얼마나 귀여운지."

시월이 문득 부리의 옷소매를 끌었다.

그러자 부리가 흘깃 백황을 바라봤다. 그러자 어느새 잠에서 깨어나 가벼운 하품을 하고는 동그랗게 뜬 눈으로 부리를 바라보는 백황이 보였다.

"……."

순간 부리가 말을 하지 못하고 멋쩍은 표정을 지었다. 갑자기 자기가 백황을 데려가는 것을 반대한 것이 죄스럽게 느껴졌던 것이다.

"귀엽죠?"

시월이 다시 물었다.

"백씨 혈손이 맞나 싶다."

"예?"

"그 집안에서 이렇게 귀여운 녀석이 나올 리가 없는데……."

"사형도 참, 무슨 그런 말을… 엄마를 닮았나 보죠."

"그런가? 아무튼 대사형 이렇게 무턱대고 아이를 데려가려면 형수님이 참 좋아하시겠습니다. 아마 며칠 말씀도 안 하실지도 몰라요."

부리가 금송이 당연히 화를 낼 거라 생각했는지 지레 몸을 사렸다.

"나와 그 사람이 키우지 않을 거라니까."

"…그럼 누가 키워요?"

부리가 퉁명스럽게 물었다.

"우담에게 맡길 생각이다."

"대사형!"

시월이 놀란 눈으로 무광을 바라봤다.

"그게 무슨 말도 안 되는 소리에요? 우담에게 맡기다니. 이 아이가 누구 아인지 몰라서 그래요? 설마 우담을 속일 생각이세요?"

부리가 정말 화가 난 듯 소리쳤다.

"걱정 마. 모든 걸 숨김없이 다 말할 테니까. 그리고 우담의 결정에 맡길 거야. 우담이 싫어한다면 아예 칠선문 밖으로 데리고 나가서 좋은 부모를 찾을 거다."

무광이 담담하게 말했다.

"우담이 아이를 맡을 일을 절대 없을 겁니다."

부리가 단언했다.

"그야 모르지."

"설마 우담에게 소문주에 대한 정이 남아 있다고 생각하시는 거예요?"

부리가 이해할 수 없다는 듯 물었다.

"유검을 선택하는 그 순간에도 어쩌면 애정 같은 것은 없었을 거야."

"그런데요?"

"그래서 이 아이를 맡을지도 모른다고 생각했다. 결과적으로 보면 유검에게 배신당했지만, 사실 우담은 처음부터 진심으로 유검을 사랑했던 것은 아니니까. 한편으로는……."

"미안한 마음이 있을 거란 거군요. 자신을 배신한 소문주임에도 불구하고……."

"그냥 내 생각이다. 그리고 그 녀석들도 아이 하나는 필요하지 않겠어?"

"그야 낳으면 되죠!"

"……."

부리의 말에 무광이 대답을 하는 대신 시선을 돌려 백황을 바라봤다.

그런 무광의 행동을 이상하게 바라보던 부리가 무언가 눈치채고는 당황한 목소리로 조심스럽게 물었다.

"설마… 후가 아이를 못 가져요?"

"어려울 거라고 화노께서 그러시더구나."

"아, 뭐 이런 빌어먹을! 그리고 후를 그렇게 만든 사람이 백유검이잖아요? 그런데 어떻게 백유검의 아들을 키워요? 더 말이 안 되지!"

"그러니까 두 사람 생각을 물어보겠다는 것 아니냐. 일단 아이를 맡았으니 데리고는 가야지. 가서 후와 우담의 생각을 들어보자."

"…에이, 난 모르겠어요. 잘하는 일인지! 상처를 후벼 파는 일이 될 수도 있는데……."

"어쩌면 마음의 은원을 푸는 일이 될지도 모른다. 유검이 두 사람에게 아이를 맡겼으면 한다고 말한 것은 진심으로 두 사람에게 사죄하는 마음에서 나온 행동일 테니까."

"두 사람을 골탕 먹이려는 걸 수도 있죠."

"그런 의도가 보였다면 나도 이 아이를 칠선문으로 데려가지 않았을 거야. 내가 그 정도 마음도 읽지 못하겠느냐?"

"…알았어요. 하여간 대사형이 결정하셨으니 따르긴 하겠습니다만 걱정이 되긴 해요."

"음… 나도 아주 걱정이 안 되는 것은 아니다. 네 말대로 두 사람의 상처를 헤집는 일이 될 수도 있으니까. 하지만 이 아이를 통해 과거의 상처를 치유할 수 있는 기회를 아예 포기하고 싶진 않아."

무광이 담담하게 말했다.

그러자 부리가 고개를 끄떡이다가 백황에게 시선을 돌리며 말했다.

"그 녀석, 귀엽긴 하네. 일단 마차를 구해야겠어요. 이렇게 아이를 데려갈 수는 없으니까. 더군다나 이 노인네는 어휴……!"

부리가 여전히 마혈을 제압당해 정신을 잃은 채 자신의 어깨에 널브러져 있는 군자의 공천보를 고쳐 들며 한숨을 내쉬었다.

"그러자꾸나. 시월 너는 일단 이가검문으로 가거라. 이번에는 나도 이가검문에 들러 검문주님께 인사드리려 했는데, 아이와 군자의가 있으니 바로 만화도로 가야겠다."

"알겠습니다. 대사형!"

시월이 얼른 대답했다.

"그만 가자. 새벽공기가 차서 아이가 고뿔이라도 걸릴까 두렵구나."

무광의 말에 아이를 안은 시월이 먼저 걸음을 옮겼다.

"그런데 아이에게 뭘 먹이지? 젖을 먹일 엄마가 없는데……."

문득 걸음을 옮기며 부리가 물었다.

"돌이 지났다고 했으니 미음은 먹을 수 있을 겁니다."

앞서가던 시월이 대답했다.

"아이가 벌써 미음을?"

"무종이는 돌 전에 먹었는걸요."

"어, 그래? 그럼 뭐 걱정할 거 없겠네."

부리가 시월에게 바싹 붙은 채 백황에게서 시선을 떼지 않고 말했다.

＊　　　　＊　　　　＊

시월은 무광과 부리가 튼튼한 마차를 구해 군자의 공천보와 백황을 데리고 떠나는 것을 배웅한 후, 말 한 필을 구해 타고 북동쪽으로 길을 떠났다.

평원에서의 일을 끝으로 칠랑이 무림과 맺고 있던 은원은 거의 마무리되었다고 볼 수 있었다.

그들의 인생에 가장 큰 영향을 주던 월문과의 악연도 끝이 났고, 군자의 공천보는 사로잡았으며, 운중오문과도 불편하지만 어느 정도 서로의 관계를 봉합한 것이나 다름없었다.

그래서 이제 시월에게 남아 있는 무거운 짐은 더 이상 남아 있지 않았다.

그런데 그렇게 강호의 은원에서 벗어나자 이화검에 대한 그리움이 이전보다 훨씬 강하게 일어났다. 그래서 그는 급할 게 아무것도 없는 길을 마치 중요한 일이 있는 것처럼 급하게 말을 몰아댔다.

그렇게 서둘러 길을 달려 평원을 떠난 지 겨우 닷새 만에 연경 인근에 이르렀다.

연경에 도착한 시월은 성 밖 작은 객잔에서 하룻밤 쉬어갈 생각으로 여장을 풀었다. 특히 연경에서는 잠시 둘러볼 곳도 있었다.

시월은 객잔에 여장을 푼 후, 밤이 깊어지자 조용히 객방을 벗어났다.

"서둘러!"

"어서, 어서!"

밤이 깊었지만 만설장은 대낮처럼 불을 밝히고 있었다. 그 환한 불빛 아래서 짐을 정리하는 인부들이 분주하게 움직이고 있었다.

"장사가 잘되나 보군."

시월은 만설장이 내려다보이는 아름드리나무 위에 올라앉아 만설장을 바라보고 있었다.

설우담이 떠난 이후 만설장은 낭인 무사였던 궁천이 맡았는데, 대외적으로는 기산장의 장주이자 대상인인 한철산이 인수한 것으로 되어 있었다.

시월은 연경에 들린 김에 만설장에 남은 과거 설우담의 사람들이 어떻게 지내는지 살펴보기 위해 밤늦게 만설장을 찾은 것이었다.

그들의 안부를 전해주면 설우담이 안심하고 만화도에서 살아갈 수 있지 않을까 생각했기 때문이었다.

"만나는 게 좋은 건지 모르겠네……."

시월이 중얼거렸다.

만설장의 상황을 정확하게 알기 위해서는 궁천을 찾아가거나 혹은 당시 설우담을 따라가지 못해 울면서 작별했던 설우담의 시녀 항이를 만나보는 것이 가장 확실할 것이지만, 괜히 그들 앞에 나타나는 것이 그들을 불편하게 만드는 게 아닌가 망설여지는 시월이었다.

하지만 기왕이 이곳까지 온 이상 그들을 만나고 가지 않을 수는 없었다.

"일단 큰 문제는 없는 것 같으니까 정문으로 걸어 들어가도 되겠어."

시월이 훌쩍 나무에서 뛰어 내려 만설장을 향해 걸어갔다.

＊　　　　＊　　　　＊

"대협!"

이제는 성숙한 여인의 풍모가 물씬 풍기는 여인 항이가 신발도 제대로 신지 않고 만설장 정문으로 달려왔다.

시월은 깊은 밤 만설장을 찾은 자신을 막아서는 경비 무사에게 궁천이 아니라 항이에게 자신이 온 것을 전해달라고 부탁했었다.

궁천도 시월의 존재를 알고는 있지만, 항이만큼 시월에 대해 잘 알지는 못했다.

궁천이 시월을 본 것은 과거 백유검이 만설장을 욕심낼 때 소후와 설우담을 백유검의 손에서 구했던 때 잠깐이기 때문이었다.

반면 여인 항이는 신검산 월문에서부터 연경까지 한동안 함께 여행을 했기에 훨씬 친밀해져 있었다.

"잘 지냈어요?"

시월이 숨을 헐떡이며 달려오는 항이를 보며 미소를 지어 보였다.

"대협! 여긴 어떻게… 마님은요?"

"저 혼자 왔습니다. 혼자 여행 중인데 연경을 지나다가 만설장의 사정이 궁금해서 들러봤습니다."

"아! 그러시구나… 마님은 잘 지내시죠?"

항이가 설우담이 함께 오지 않은 것이 서운한지 시무룩한 표정으로 설우담의 안부를 물었다.

"누님 말로는 일생 중 가장 편하다고 하더군요."

"아! 그럼 다행이에요!"

항이가 설우담이 잘 지낸다는 말에 마음이 놓이는지 활짝 미소를 지었다.

"궁 대협을 만나고 싶은데……."

"물론 그러셔야죠. 따라오세요!"

항이가 얼른 시월을 장원 안으로 안내했다.

"의부님, 항이에요!"

궁천의 처소에 이른 항이가 불 켜진 궁천의 방문을 보며 급하게 입을 열었다.

"항이라고? 밤이 깊었는데 무슨 일이 있느냐?"

밤늦은 항이의 방문에 걱정이 들었는지 궁천이 급하게 문을 열었다.

그러다 항이 옆에 서 있는 시월을 발견하고는 흠칫하며 본능적으로 검에 손을 가져댔다가 곧 어둠 속의 시월을 알아보고는 서둘러 방문을 열어젖히고 밖으로 달려 나왔다.

"이제 보니 귀한 분께서 오셨군요."

"그간 잘 지내셨습니까? 밤늦게 찾아와 죄송합니다!"

시월이 신발도 신지 않고 마당에 내려선 궁천에게 포권을 하며 인사를 했다.

"무슨 말씀을! 대협이라면 언제라도 환영입니다. 그런데 장주께서는……?"

궁천 역시 설우담을 찾았다.

"저 혼자 왔습니다. 혼자 여행 중인데 마침 연경을 지날 일이 있어서 어찌 지내시나 궁금해서 들렸습니다."

"아, 그렇군요. 장주님은 잘 계십니까?"

"편히 잘 지내고 있습니다."

"다행이군요. 자, 안으로 드시지요. 항이야, 차를 좀 내오라고
해라."

"예. 의부님!"

여인 항이가 대답을 하고는 조심스럽게 자리를 떠났다.

"들어가시지요."

궁천이 시월을 자신의 거처로 인도했다.

"그런데 항이 소저와는……?"

궁천을 따라 그의 처소에 들어온 시월이 물었다.

"아! 항이를 제 양녀로 들였습니다. 둘 다 고립무원 처지인 외
로운 사람들이고, 장주께서 떠나시면서 항이를 특별히 부탁하기
도 해서. 그런데 부녀의 연을 맺고 보니 외려 제가 큰 행운을 잡았
다는 것을 알겠더군요. 하하하!"

궁천이 기분이 좋은지 너털웃음을 터뜨렸다.

"그렇겠군요. 항이 소저는 참 좋은 사람이지요."

시월이 미소를 지으며 말했다.

여인 항이가 그 혹독한 월문에서의 생활 중에도 끝까지 설우담
곁을 지켰던 것을 알고 있는 시월로서는 항이의 사람됨에 대한 신
뢰가 강했다.

"내가 무슨 복이 있어서 항이 같은 딸을 갖게 되었는지 모르겠
습니다. 평생 낭인으로 살아온 나인데……."

"궁 대협님도 항이 소저에게 좋은 아버님이 되실 거라는 걸 압

니다. 항이 소저는 사실 누님 말고는 의지할 사람이 없었거든요."

"그렇긴 하지요. 그래서 앞으로 이 궁천이 목숨을 걸고 항이를 지킬 겁니다. 사실 벌써 걱정이 되긴 합니다."

"무슨 문제가 있습니까?"

"문제는 아니고, 항이의 나이가 적지 않으니 이제 혼사를 생각 해야 하는데, 어떤 놈도 내 눈에 차지 않을 것 같아서 말이지요. 하하!"

궁천이 겸연쩍은 표정을 지으며 웃음을 흘렸다.

그때 문이 열리면서 여인 항이가 찻소반을 들고 들어오며 퉁명 스럽게 말했다.

"의부님은 또 그 말씀을 하세요. 전 절대 혼인 같은 것은 안 한 다니까요."

"그런 소리 말거라. 사람이 나이가 차면 혼인을 하고 아이를 낳 고 그렇게 사는 거지……."

"전 싫어요. 그냥 이대로 만설장에서 의부님과 함께 살아갈 거 예요. 또 다른 어딘가로 가서 다른 사람들과 사는 건 너무 피곤한 일이에요."

"음, 장주님 때문이냐?"

"뭐… 마님이 고생하시는 걸 봐서 그럴 수도 있죠."

항이가 굳이 부인을 하지 않았다.

그러자 시월이 웃으며 말했다.

"하지만 지금은 소후 사형과 행복하게 지내고 있어요. 어떤 사 람을 만나냐가 중요한 거지, 혼인 자체가 문제는 아니죠."

"알지만 그런 사람을 어디 쉽게 만나겠어요?"

"글쎄, 내가 알아본다니까!"

궁천이 다그치듯 말했다.

"아아, 그만하세요. 나중에 혹시 우연히라도 그런 사람이 나타나면 그때 생각해 볼게요."

항이가 더 이상 혼인 이야기는 하기 싫다는 듯 손을 젓고는 찻주전자를 들어 찻잔을 채웠다.

"연경의 사정은 어떻습니까?"

차를 한 모금 마시며 시월이 물었다.

"지금이야 의천무맹 세상이지요. 마련을 물리쳤으니… 사실 연경의 상인 중 의천무맹에 속한 문파들의 등살에 힘들어 하는 상인들이 적지 않습니다. 우리 만설장이야 관부와 연결된 기산장주님 덕에 그런 압박에서 자유로운 편이지만……."

"마련을 물리친 전리품을 마련이 아니라 다른 곳에서 얻으려하는 모양이군요."

시월이 씁쓸하게 말했다.

"그러게 말입니다. 사실 그 모든 것은 칠선문의 대협들이 이뤄낸 성과인데 말입니다. 만계지마를 벤 것도 칠선문의 대협들이 아닙니까?"

"후후, 그래도 의천무맹이 싸움에서 이긴 것은 부인할 수 없는 일이지요."

"하지만 무림에선 칠선문 대협들의 승리라고 말하고 있습니다. 그래서 그런지 천무문주와 지황문주가 아직 싸움을 끝내고 싶은 생각이 없는 것 같더군요."

"그게 무슨……?"

시월이 의아한 표정으로 물었다. 만계지마가 죽고 마련이 흩어졌는데 더 싸울 상대가 남아 있을 리 없었다.

"만계지마를 제거한 것 이상의 공을 세우고 싶은지 천산으로 갈 준비를 한다는 소문이 들려오더군요."

"그게 정말입니까?"

시월이 놀란 표정으로 물었다.

"은밀하게 그런 준비를 하는 모양이더군요. 장성 이북의 상인들에게 들으니 천산으로 가려고 대막을 횡단할 준비를 하는 중이라하더군요."

궁천이 북방의 상인들에게 들은 소식을 시월에게 전했다.

그러자 시월이 굳은 표정으로 고개를 저었다.

"어리석군요."

"불가능하다고 보십니까? 마련 세력이 완전히 몰락한 지금이 천산 정벌의 적기라는 말들이 있던데……."

"천산은 먼 곳이지요. 대막을 지나야 하고 변수가 너무 많은 길입니다. 하지만 문제는 가는 길이 멀고 험하기 때문이 아니라 천마궁에 대해 무림이 너무 모른다는 것입니다."

"천마궁의 저력이 대단하기는 하지만 그래도 의천무맹의 최정에 고수들이 몰려가면 천마궁 혼자의 힘으로 막아낼 수는 없지 않겠습니까?"

궁천이 되물었다.

그는 시월이 천마궁을 지나치게 두려워한다고 생각하는 듯했다.

"무림의 역사에서 정파의 힘이 천산에 닿았던 적이 있던가요?"

시월이 되물었다.

"그건……."

"없었습니다. 그 이유가 단지 거리가 멀어서겠습니까?"

"생각해 보니 정말 무림 역사상 단 한 번도 천산의 마도 세력을 꺾은 적은 없었던 것 같군요. 천산 인근까지 진출한 적은 있어도……."

"삼십육마의 난 때 화록산에서 도주하는 삼십육마 생존자들을 더 이상 추격하지 않고 멈춘 것 역시 천마궁에 대한 두려움 때문이었습니다. 그때나 지금이나 천마궁의 힘은 변한 게 없지요."

"천마 석제라는 자가 그렇게 대단한 고수일까요? 사실 그의 존재는 말로만 전해질뿐 직접 그를 상대한 사람은 없지 않습니까?"

궁천이 되물었다.

"아마 무림이 평가하는 그 이상일 겁니다."

시월이 확신하듯 말했다.

"…혹, 그를 만나보셨습니까?"

궁천이 천마 석제의 무공을 경험한 것처럼 말하는 시월을 보며 물었다.

"그를 만나지는 않았지만 그의 제자는 만나보았지요."

"아! 그 천마후라는. 그 이야기도 들었습니다. 대협과 검옹께서 그녀를 물리쳤다는!"

"만난 것은 맞지만 물리쳤다는 말을 과장된 것입니다."

시월이 정색하며 말했다.

"하지만 어쨌든 그녀는 이번 정사대전에서 물러나지 않았습니까?"

"그건 그녀가 약해서가 아니라 이 싸움을 천마궁의 싸움이 아니라고 생각해서 그런 것입니다. 만계지마가 천마 석제의 동의 없이 일으킨 싸움이니까요."

"…그녀의 무공이 그렇게 대단하던가요?"

궁천이 두려움과 호기심이 뒤섞인 표정으로 물었다.

그러자 시월이 무거운 목소리로 대답했다.

"장담컨대, 의천무맹의 십대천문 수장 중 그녀의 마종삼검을 받아낼 인물은 존재하지 않을 겁니다. 그러니 의천무맹이 정말 천산으로 고수들을 파견한다면, 그들은 반드시 천마 석제에게 전멸에 가까운 패배를 하게 될 겁니다."

*   *   *

궁천은 시월이 차 한 잔만 마시고 떠나는 것을 몹시 서운해했다.

항이는 궁천보다 더 간절하게 시월이 만설장에서 며칠 묵어가라고 간청했다. 그녀에게 시월은 설우담과 자신을 이어주는 끈과 같은 사람이었다.

항이도 설우담이 쉽사리 강호에 나오지 않을 것이란 걸 알고 있었다. 설우담으로서는 월문과 연경에서 겪었던 세상살이에 진절머리가 날 것이기 때문이었다.

그래서 그나마 설우담의 소식을 들으려면 이렇게 시월이 종종 만설장을 찾아주어 그에게 전해 듣는 수밖에 없었다. 그런데 시월이 이렇게 빨리 떠난다고 하자 앞으로 영영 만설장에 들리지 않을지도 모른다는 불안감이 드는 모양이었다.

"종종 들리지요."

시월이 설우담과의 인연이 끊어질 것을 걱정하는 항이에게 다시 들리겠다는 약속을 하고 나서야 항이는 겨우 시월을 떠나보냈다.

만설장을 나온 시월의 마음은 한결 가벼웠다.

의천무맹이 천마궁을 공격하기 위해 천산으로 가는 일은 섶을 지고 불에 뛰어드는 것처럼 어리석은 일이지만, 그로선 의천무맹의 십대천문이 무슨 일을 하든 상관할 바가 아니었다.

그에게 중요한 것은 만설장의 궁천과 항이가 안전하게 지내는 것이었기에 그들의 평온한 삶을 눈으로 본 이상 걱정할 일은 없었다.

그래서 객잔으로 돌아와 오랜만에 깊은 잠을 잔 시월은 다음 날 아침 가벼운 마음으로 요동을 향해 다시 길을 떠났다.

*   *   *

"정말 이상한 일이 아니오?"

지황문주 도제 목용이 천무문주 천무객 양무강을 보며 말했다. 그의 이마에 패인 주름이 깊다.

모든 것이 자신들의 뜻대로 되어가는 요즘이었다. 마련을 무너뜨린 후 천하 무림의 패권은 다시금 십대천문, 아니 정확히는 천무문과 지황문 두 문파에게 들어왔다.

이제 같은 십대천문이라 해도 감히 두 문파에 도전할 문파는 강호에 보이지 않았다

그래서 그들은 그렇게 모인 힘을 바탕으로 천마궁 토벌이라는, 그동안은 감히 꿈조차 꾸지 못했던 대업을 계획하고 있었다.

무림사에서 천산의 마류는 이름은 바뀌었을지언정 단 한 번도

그 맥이 외부에 의해 끊어진 적이 없었다.

지금은 천마궁이 그 맥을 잇고 있는데, 그 천마궁을 토벌할 수만 있다면 두 사람은 무림 역사에서 가장 위대한 무인으로 기록될 것이 분명했다.

그렇게 되면 마련과의 정사대전에서 그들 이상의 명성을 얻은 이가검문의 검옹 천복이나 칠선문의 젊은 고수 연시월의 이름 따위를 더 이상 부러워할 필요도 없었다.

그런데 그 위대한 천산 정복의 준비를 하던 두 사람에게 갑자기 이해할 수 없는 일이 벌어진 것이다.

"살아남은 사람이 아무도 없다는 것을 나도 이해할 수가 없소이다."

천무문주 천무객 양무강이 고개를 저으며 대답했다.

"귀신이 곡할 노릇이란 이런 일을 두고 하는 말인 것 같소. 월문주 부자도 죽었고, 오가장주와 그 딸도 죽었는데 그들을 죽이러 갔던 사람들도 모두 죽었으니……."

"무덤을 만든 자가 있으니 그들 중 살아남은 자가 분명히 있을 것이오."

양무강이 눈을 가늘게 뜨며 말했다.

"하지만 누구도 그 일에 대해 말하는 자가 없지 않소? 그런 일을 겪었다면 누구라도 강호에 소문을 내지 않을 수 없는데……."

"세상의 이치를 아는 자라면 감히 함부로 말을 꺼내지 못할 것이오. 더군다나 그 배후에 우리가 있다는 것을 아는 자라면 더더욱 그럴 것이오. 아마도 입을 닫고 철저하게 숨어 사는 쪽을 택할 것이오. 문주나 나나 그 일을 알고 있는 자를 살려둘 수는 없는 일 아니오."

천무객 양무강이 지황문주 목용을 보며 말했다.

"하긴 그렇긴 하구려. 감히 우리를 흉수로 지목할 배포 있는 인간은 없을 테니까."

도제 목용이 고개를 끄떡였다.

"다만 하나 걸리는 것은……."

양무강이 말꼬리를 흐렸다.

"무엇이 걱정이 되시오?"

목용이 물었다.

"월문주와 평원 인근까지 동행한 칠선문 사형제들의 행보를 알 수 없다는 것이오. 무덤 안을 확인해 본 결과 죽은 자 중에는 없었고, 만약 봉분을 만들어 죽은 자들을 묻어준 자들이 그들이라면… 그리고 그들이 우리가 그 일의 배후라는 것을 알고 있다면 제법 큰 후환이 될 것이오."

"정말 그들이겠소?"

"가능성은 충분하오. 어쨌든 백문보를 평원까지 호위해갔으니까."

"흠… 그럼 문제가 될 수도 있겠구려. 이 일이 이가검문이나 금가장에 알려질 수도 있으니까."

목용이 눈살을 찌푸리며 말했다.

"그렇다고 칠선문을 멸절시킬 수도 없소. 그들은 지금 무림 문파 중 가장 관심을 받는 곳이고, 또 애초에 그들의 본거지가 어디 있는지조차 모르니……."

양무강도 난감한 듯 고개를 저었다.

"그들을 신검산으로 초대해 보는 것은 어떻겠소?"

목용이 안광을 번뜩이며 물었다.

"초대라면……?"

"천산 정벌에 그들을 초대하자는 것이오. 그들이 초대에 응해 이곳에 온다면 이 일에 대해 얼마나 알고 있는지, 혹은 아예 이 일을 모르고 있는지 확인할 수 있지 않겠소?"

"그들이 초대에 응하겠소?"

"오지 않는다 해도 한 번 시도해 볼 수는 있지 않소. 금가장을 통해 서신을 전하면 그 답 역시 금가장을 통해 들을 텐데. 그때 금가장의 반응을 살피는 것도 나쁘지 않을 것 같고 말이오."

목용의 말에 양무강이 잠시 생각에 잠겼다가 고개를 끄떡였다.

"그렇게 합시다. 생각해 보니 손해날 것은 없는 일인 것 같소. 그런데 그들을 천산으로 데려가면 사람들의 이목이 다시 그들에게 쏠리지 않겠소?"

애초에 자신들의 명예욕을 채우기 위해 준비하는 천산 정벌이었다. 그런데 칠선문의 고수들이 동행한다면 다시 그들이 이 정벌의 주인공이 될 수도 있었다.

양무강의 걱정에 도제 목용이 깊은 눈에서 한 줄기 살기를 드러내며 대답했다.

"천산은 먼 길이지요. 대막과 초원을 건너야 하고 이름 모를 산과 협곡도 지나야 하는 길입니다. 그 길고 먼 여정에서 무슨 사건인들 생기지 않겠습니까?"

"…허허허! 그렇구려. 더군다나 천마궁과의 싸움, 사람 죽어나는 것이 전혀 이상하지 않은 원정일 것이오. 허허허!"

양무강이 도제 목용의 의도를 알아채고는 그 생각이 만족스러운지 너털웃음을 터뜨렸다.

*　　　　*　　　　*

시월은 쉬지 않고 말을 달렸다.

장성을 넘은 이후에는 더욱 빨리 말을 몰았다. 요하를 넘고, 광활한 요동 벌판을 홀로 질주할 때는 이화검과 무종이 그리워져 하루 종일 외로움에 빠지기도 했다.

홀로 여행하는 것은 그에게 무한한 자유로움을 느끼게 했지만, 또한 극도의 고독감을 안겨주기도 했다.

그 고독감은 이가검문이 있는 환무산에 가까워졌을 때야 서서히 걷히기 시작했다.

환무산 자락에 도착한 시월은 이가검문의 장원으로 가지 않고 환무산 동쪽 산길을 따라 말을 달렸다.

이화검이 머무는 곳이 동죽헌일 것이기 때문이었다. 이가검문주 이장춘을 먼저 찾지 않는 것이 무례한 일일 수도 있으나, 그런 무례함에 대한 걱정보다는 이화검에 대한 그리움이 더 강렬한 시월이었다.

두두두!

환무산에서 가장 조용한 곳으로 알려진 동죽헌에 때아닌 말발굽 소리가 들려왔다.

그러자 동죽헌 마당에서 무종과 놀고 있던 검웅 천복이 문득 고개를 들어 말발굽 소리가 들리는 방향을 바라봤다. 그러다가 반가운 기색을 하며 입을 열었다.

"돌아왔구나!"

검옹 천복이 노구를 일으키며 무종을 힘껏 안아 들었다. 그러면서 무종과 눈을 맞추며 말했다.

"아버지가 왔구나. 기쁘지? 하지만 그건 또 이 할애비와 함께 있을 날이 많지 않다는 말이니까 서운한 일이기도 하구나."

검옹 천복이 자신의 손에 허공 높이 들리자 까르르 웃음을 터뜨리는 무종을 품에 안으며 말했다.

그때 동죽헌 마루로 이화검이 나오며 물었다.

"무슨 일이에요? 누가 왔나요? 왜 이렇게 시끄럽죠?"

"너와 내가 있는 이 동죽헌을 이렇게 소란스럽게 만들 사람이 누가 있겠느냐. 네 낭군이 오신 거지!"

검옹 천복이 덤덤하게 말했다.

"그 사람이요?"

이화검이 화들짝 놀라 얼른 마당으로 내려섰다.

그러고는 검옹 천복이 말릴 사이도 없이 정문을 벗어나 말발굽 소리가 들려오는 동쪽 길로 달려 나갔다.

"화검!"

시월이 동죽헌을 벗어나 자신을 향해 달려오는 이화검을 발견하고는 말 위에서 손을 흔들었다.

"아! 정말 왔네!"

이화검 손으로 입을 가리며 탄성을 자아냈다. 그러자 시월이 말 위에서 날아올라 순식간에 그녀 앞에 내려섰다.

"왜 이렇게 늦었어요!"

시월이 눈앞에 다가서자 이화검이 시월을 끌어안으며 화를 냈다. 그녀의 눈에 얼핏 물기가 내비쳤다.

"미안해요. 갑자기 일이 생겨서……."

"나 혼자 지내기가 얼마나 힘들었는지 알아요?"

이화검이 시월을 안은 팔에 힘을 주며 말했다.

"후후, 아버님과 검옹 어르신이 계시는데 뭐가 힘들었다고 그래요."

"이것 봐! 혼자서 아이 돌보는 일이 얼마나 힘들다고요! 오늘부터 무종이는 당신이 키워요!"

이화검이 화가 난 눈으로 시월을 흘려보며 소리쳤다.

"아! 그 이야기였어요? 알았어요. 그동안 고생했어요. 이제부터는 정말 내가 무종을 돌볼게요. 그간 무종이가 너무 보고 싶었거든요."

"흥, 이제 보니 난 보고 싶지도 않았나 보네. 괜히 나만 반가운 거였군요?"

"설마 그럴 리가요. 그래도 가장 보고 싶었던 사람은 화검 당신이죠!"

시월이 화검을 안아 번쩍 들어 올리며 말했다.

"에이, 뭐 하는 거예요. 내가 어린앤가. 이런 달콤한 거짓말에 속을 거 같아요? 그만 내려놔요!"

시월의 머리 위로 올라간 이화검이 투정을 부리듯 말했다. 그러자 시월이 이화검을 내려놓고는 그녀와 시선을 맞대며 말했다.

"오는 동안 그런 생각을 했어요. 화검, 당신이 없다면 난 정말 아무것도 아니라는……."

갑자기 진지해진 시월의 말에 이화검이 시월의 눈을 빤히 바라보다가 갑자기 입을 열었다.

"무척 심심했나 보군요. 혼자 여행을 하려니까. 하긴 좀 먼 거리여야지."

"…들켰네."

"이런 거짓말쟁이 같으니라구!"

쿵!

이화검이 주먹으로 시월의 가슴을 시원하게 쳤다.

"하하! 얼마든지 때려요. 그래도 거짓말이 아니라는 건 알아줘요."

시월이 가볍게 이화검을 안으며 말했다.

"알았어요. 사실 혼자 돌아오는 길이 힘들겠다 싶기는 했어요. 그런데 다른 분들은 바로 만화도로 가신 거예요?"

"예. 대사형과 부리 사형은 만화도로 갔어요."

"에이, 이곳으로 와서 아버님께 인사도 드리고 함께 만화도로 가시지……."

"본래 그럴 생각이었는데 생각지 않은 일이 벌어져서……."

시월이 말꼬리를 흐렸다.

"왜요? 만화도에 무슨 일이라도 생겼어요?"

"그건 아니고… 문주와 소문주가 죽었어요."

순간 이화검이 얼어붙듯 굳어 멍하니 시월을 바라봤다. 그러다가 확인하듯 물었다.

"설마 지금 말하는 그 문주와 소문주라는 사람들이 월문의 그 백씨 부자 맞아요?"

이화검의 물음에 시월이 고개를 끄떡였다.

"아니 어쩌다가……?"

"이야기하자면 길어요. 일단 들어가요."

시월이 말고삐를 잡고는 동죽헌을 향해 걸음을 옮기기 시작했다.

그러자 이화검이 궁금함을 참지 못하겠다는 듯 급히 시월의 곁으로 따라붙으며 물었다.

"그 사람들이 어떻게 죽었는데요? 당신과 아주버님들이 지키고 있었는데!"

제9장
—
귀향

"인과응보인가……."

시월의 이야기를 모두 들은 검옹 천복이 깊은 눈으로 동죽헌을 에워싼 대나무 숲 위 하늘을 보며 허탈한 표정으로 중얼거렸다.

"그들이 살아온 방식대로 죽음을 당했군요. 배신을 밥 먹듯 하는 자들이었는데, 결국 오가장의 배신자들에게 죽었으니까."

이화검도 씁쓸한 표정으로 말했다.

백문보와 백유검을 멸시했던 그녀였지만, 그래도 백황을 홀로 남기고 온 가족이 몰살당했다는 말에는 처연한 느낌이 드는 모양이었다.

"정확하게 말하면 그들을 죽인 것은 오가장의 배신자들이 아니라 천무문과 지황문주라고 할 수 있죠."

시월이 차분하게 말했다.

"신검산을 차지한 값을 달라고 했다고 그렇게 사람을 죽이기까지 하다니 참 냉혹한 사람들이에요."

이화검이 분노를 드러냈다.

"단순히 금자를 주지 않기 위해서는 아닐 거다. 어쩌면 그들은 월문주가 두려웠던 것일 수도 있어."

검옹 천복이 말했다.

"월문은 몰락하고, 두 부자는 무공을 잃고 불구가 되었는데 뭐가 두려워요?"

이화검이 반문했다.

"월문주의 지모를 이미 한 번 경험했으니까. 월문은 수십 년간 은인자중하며 힘을 키워 단번에 의천무맹 십대천문이 되었고, 신검산을 만계지마에게 빼앗기기 전에는 천무문과 지황문을 능가한다는 평을 듣지 않았느냐. 그리고 사람들은 그 일을 백문보의 무공이 아니라 그의 두뇌가 해낸 것이라고 생각했지. 그러니 머리가 남아 있는 백문보는 언제나 두려운 존재였을 거다. 그런 자에게 금자 십만 냥을 안겨주는 것은 더더욱 위험한 일이고."

"월문이 십대천문이 되었을 때 천무문주와 지황문주가 내심 무척 초조했었나 봅니다."

시월이 말했다.

"그랬겠지. 운중오문의 지원을 받고 있다는 것도 어느 정도는 눈치채고 있었을 테니. 어쩌면 운중오문이 의천무맹의 일에 다시 관여하는 것을 막기 위해서였을 수도 있겠고……."

"운중오문이야 먼저 월문주를 죽이려했는데 왜 운중오문을 걱정해요?"

이화검이 물었다.

"그들은 그 일을 모르지 않느냐."

"아, 그러고 보니 그렇구나."

"그나저나 걱정이구나. 천산 정벌이라……."

검옹 천복이 어두운 표정으로 말했다.

"아마 지금껏 경험해 보지 못한 최악의 패배를 경험하게 될 겁니다. 그러니 이가검문은 절대 천산행에 동행해서는 안 되지요. 길을 서둘러 달려온 것은 아버님께 천산행에 참여하지 말라는 말씀을 드리기 위해서이기도 했습니다."

시월이 단호하게 말했다.

"나도 만류하고 있었다. 다만 의천무맹 차원의 토벌대가 꾸려질 경우 완전히 거리를 두기는 힘들 것 같아서 걱정이다."

"만약 어쩔 수 없이 가야 한다면 후방에서 지원하는 역할을 맡아야 할 겁니다."

시월이 경계하며 말했다.

"천마 석제가 그렇게 엄청난 사람인가요?"

시월과 검옹 천복은 무림 천하에서 손에 꼽히는 고수들이다. 그런 그들이 이토록 천마 석제를 두려워하는 것이 의아한 이화검이었다.

"청출어람이라는 말도 있지만, 그래도 천마 석제는 그 제자인 천마후보다 강할 것이다. 그런데 천마후와의 대결에서 우린 우위를 점하지 못했다."

"하지만 패한 것도 아니죠."

이화검도 시월과 검옹 천복이 천마후와 조우했던 일을 들어 알고 있었다.

"물론 패하지는 않았지만 패할 뻔했죠. 그녀가 방심하지 않았다면."

시월이 스스로 천마후와의 대결에서 자신이 부족했음을 인정했다.

"…그럼 지금은요?"

이화검이 여전히 시월이 천마후에게 미치지 못한다는 사실을 인정할 수 없다는 듯 다시 물었다.

"지금은 모르죠. 그때와는 나도 변했고, 그녀도 변했을 테니까요. 하지만 절대 쉬운 승부는 아닐 거예요."

"하… 어떤 여자기에 그렇게 세지? 괜히 성질이 나네. 결국 나보다 훨씬 강하다는 뜻이니까."

이화검이 입술을 삐죽이며 말했다.

"무공만 그래요. 다른 모든 것은 화검 당신이 그녀보다 훨씬 나아요."

시월이 이화검의 손을 잡으며 말했다. 위로하려는 말이 아니라 시월의 진심이 담긴 말이었다.

"흥, 그거야 내가 당신 부인이니까 팔이 안으로 굽어서 그렇게 보이는 거죠."

"그게 아니라 정말 그렇다니까요. 한 아이의 어머니로서, 한 남자의 부인으로서, 그리고 한 문파의 수장으로서도 당신이 그녀보다 나을 거예요. 그녀는… 자신의 모든 진력을 무공 하나에 쏟아부어서 다른 것들은 좀 부족해 보였어요."

"…이상하게 이 칭찬 믿음이 가네."

이화검이 시월을 빤히 바라보며 말했다.

"시월의 말은 믿어도 된다. 나도 그리 생각하니까. 사실 그녀는 한 무리의 우두머리로서는 자질이 조금 부족해 보였다. 지나치게 날카로웠고 도도했지. 뭐, 그만큼 자부심도 강해 보여서 천마궁이 천산을 벗어나지 않을 거란 믿음이 생기더군. 그녀에겐 무공에 대한 강렬한 자부심은 있을지언정 세상을 지배하겠다는 탐욕은 없는 듯했으니까. 그녀뿐 아니라 천마궁 전체가 그런 풍조인 것 같았다. 그런데……"

검옹 천복이 말꼬리를 흐렸다.

"그런 천마궁을 천무문주와 지황문주가 들쑤시고 있는 거군요."

"놔두면 먼 곳의 두려움이지만, 싸움을 걸면 눈앞의 죽음의 사자가 될 사람들을 왜 건드리는지 이해할 수 없구나."

"그들이 얼마나 두려운 존재인지 모르기 때문이겠지요."

시월이 담담하게 말했다.

시월의 말을 끝으로 장내에 잠시 침묵이 흘렀다.

의천무맹이 구상하는 천산 정벌이 무림에 어떤 변화를 불러올지. 그리고 그 후에 무림은 어떤 모습이 될지 쉽게 가늠할 수 없었다.

하지만 적어도 지금과는 완전히 다른 무림이 될 것이란 건 확실했다.

"어쨌거나 칠선문으로 돌아갈 거지?"

검옹 천복이 서운한 표정으로 물었다.

"같이 가시죠?"

이전에도 한 번 정사대전이 끝난 후 만화도로 동행하자 권했던 시월이었다. 그리고 그때는 검옹 천복도 만화도로 가는 것에 큰 흥미를 가졌었다.

하지만 지금은 사정이 달라진 검옹 천복이었다.

"천산 정벌 같은 어리석은 짓을 하지 않는다면 한동안 검문을 떠나 있을 수 있지만, 지금은 검문을 떠날 수 없구나."

"하루 이틀에 끝날 일이 아닌데요. 잠시 다녀오시는 것은 괜찮지 않을까요?"

이화검이 되물었다.

그러자 검옹 천복이 고개를 저었다.

"늙으면 걱정이 많아진단다. 그래서 그 시간조차도 이곳을 떠나기 어렵게 만드는구나."

*　　　　*　　　　*

시월이 돌아왔다는 소식이 검문의 문도들에게 알려진 것은 동천 오룡이 검옹과 이화검에게 저녁 인사를 하기 위해 들린 이후였다.

그들은 시월이 이가검문에 돌아온 것을 확인하고는 그 즉시 이가검문의 장원에 시월의 귀환을 알렸다.

그 소식이 전해지자 이가검문은 때늦은 오후에 전쟁이라도 난 것처럼 소란스러워졌다.

그 소란 속에서 시월은 이가검문의 문주 이장춘을 비롯해, 문파의 어른들에게 뒤늦은 귀환 인사를 했다.

그리고 이장춘의 명에 의해 급하게 대연회가 벌어졌다. 급하게 시작된 연회지만 요동의 명문 이가검문의 성세를 증명하듯 순식간에 산해진미가 가득 준비되었다.

마련과의 정사대전이 끝난 후, 의천무맹의 권력은 천무문과 지황문에게 돌아갔지만, 강호에서 가장 큰 명성을 얻은 문파는 칠선문과 이가검문이었다.

두 문파의 절대고수인 시월과 검옹 천복이 만계지마 중산을 무너뜨리는 데 결정적인 역할을 한 것을 부인할 사람은 무림에 없었다.

그래서 이가검문 문도들의 자부심은 하늘을 찌를 듯했다. 그런 자신감이 연회 내내, 이가검문의 장원 구석구석에서까지 느껴졌다.

그런데 그 강렬한 자신감에서 시월은 한순간 두려움을 느꼈다. 강호의 문파 중 문도들의 힘이 넘쳐날 때, 무리한 행보를 선택해 몰락의 길을 걷는 곳이 한두 곳이 아니기 때문이었다. 당장 요 몇 년간 월문의 성세와 멸문이 그 사실을 증명하고 있었다.

그래서 시월은 자신의 귀환을 환영하는 연회임에도 불구하고 이장춘에게 진지하게 우려의 말을 하지 않을 수 없었다.

"천산으로 가실 건지요?"

갑작스러운 시월의 질문에 이장춘이 멈칫하더니 가볍게 미소를 지으며 되물었다.

"사위는 반대하는가?"

"그렇습니다."

"흠… 의천무맹의 패배를 예상하는가?"

"의천무맹의 장점은 세력에 있지요. 천마궁이 천산을 떠나 강호로 나와 싸운다면 십중팔구는 의천무맹이 거대한 세력을 동원해 그들을 막아내고 천산으로 쫓아 보낼 수 있을 겁니다. 하지만 의천무맹의 고수들을 뽑아 토벌대를 구성해 천산으로 간다면 반드시 패할 겁니다. 토벌대로 의천무맹 전체를 데려갈 수는 없으니까요."

"세력으로는 의천무맹이 유리하지만, 고수들 싸움에서는 불리하단 뜻이군. 그건… 오직 천마 석제 때문이겠지?"

"그뿐만이 아니지요. 천마후도 있고… 또 천산에 은거하고 있는 전대의 거마(巨魔)들이 적지 않음을 아시지 않습니까? 무림의 역사에서 천산은 한 번도 무너지지 않았지요."

시월이 정색을 하며 말했다.

그러자 이장춘이 고개를 끄떡였다.

"나 역시 사위의 말에 동의하네. 하지만 그렇다고 의천무맹 차원에서 하는 일에 동행하지 않을 수도 없네. 알다시피 현 무림은 의천무맹의 시대니까. 이번 원정이 끝나면 어찌 될지 모르지만……."

이장춘이 대세를 따르지 않는 것이 오히려 이가검문에 더 위험할 수 있다는 듯 말했다.

"가시겠다면 후방 지원을 자처하십시오."

시월이 단호하게 말했다.

"문도들 기세가 저렇게 강한데 그럴 수 있을지 모르겠군."

이장춘이 걱정스러운 표정으로 호탕한 연회를 이어가고 있는 이가검문의 문도들을 보며 말했다.

"아버님께서 말씀하시길 이가검문이 수백 년 동안 그 전통을 이어올 수 있었던 것은 무림 패권에 욕심을 내지 않았기 때문이라 하셨지요. 그래서 충분히 십대천문에 들어갈 수도 있지만, 그 지위를 요구하지 않은 것이고요. 그런 면을 생각하면 이번 천산행은 어쩌면 이가검문의 전통에 어긋나는 일이라고 할 수 있지 않겠습니까?"

"본문이 싸움을 회피한 경우도 없다는 걸 알지 않나?"

이장춘의 말에 시월은 어쩌면 이장춘 자신이 천산에서 천마궁과의 일전을 기대하고 있을지도 모른다는 생각을 했다.

그리고 그것이 권력에 대한 탐욕 때문이 아니라 무인으로서의 투쟁심 때문이란 생각이 들자 자신의 만류가 소용없을 거란 생각이 들었다.

사실 천마 석제라는 대마인은 무공을 수련한 무인들에게는 누구라도 한 번쯤은 겨뤄보고 싶은 상대이기는 했다. 그것이 죽음을 각오해야 하는 일이라도.

"아버님께서는 참전을 원하시는군요. 그것도 직접 가시고 싶으신 듯합니다."

시월이 잠시 침묵을 지키다가 덤덤하게 말했다. 더 이상의 만류가 소용없다는 것을 인정한 것이다.

"자네 걱정을 모르지 않고, 자네가 위험을 과장해서 말했다고 생각지도 않네. 천마궁과 천마 석제는 세상에서 가장 위험한 문파와 마인이지. 하지만, 그를 상대할 기회가 또 언제 있겠나. 무인으로서는 욕심나는 일이지……."

"무인으로서는 저도 천마와 겨뤄보고 싶긴 하지요."

"함께 가겠나?"

이장춘이 기대감이 서린 눈으로 시월에게 물었다.

"아닙니다. 전 무인으로서의 호승심보다 내 사람들 곁에 머물며 그들을 지키는 것이 더 중요하니까요."

시월이 조금 떨어진 곳에서 무종을 안고 연회를 즐기고 있는 이화검을 보며 말했다.

"…화검이 시집을 잘 갔어. 자네 같은 사람을 만났으니."

이장춘이 실망과 안도감이 교차하는 표정으로 말했다.

"꼭 가시겠다면 남겨진 사람들에 대해 준비를 하시고 가셔야 할 겁니다."

시월이 평소와 달리 이장춘에게 경고하듯 말했다. 그건 이장춘이 천산에서 돌아오지 못할 수도 있다는 의미였다.

"알고 있네. 그래서 최소한의 문도만 데려갈 걸세. 아우들도 데려가지 않을 것이고, 셋째 광검만 데려갈 거네."

"끝까지 말리고 싶지만… 어쩔 수 없군요."

"…음. 아마 이 일은 내가 이가검문의 문주가 된 후 처음으로 가문보다 나 자신의 욕심을 앞세운 일이 될 것이네. 한 번쯤은 그래도 되지 않겠나?"

"…부디 조심하십시오."

"너무 걱정 말게. 나로선 즐거운 길이니까. 그리고 가기 전에 내 후사를 모두 정리해 놓고 갈 것이니 이가검문도 크게 위험할 일은 없을 걸세."

"함께 동행하지 못해 죄송합니다."

"아닐세. 오히려 화검 곁에 남아 있겠다는 자네의 생각이 고마울 뿐이네."

이장춘이 시월의 어깨에 가볍게 손을 얹으며 말했다. 그러자 시월이 다시 말했다.

"이제 칠선문으로 돌아가겠습니다."

"언제 말인가?"

"하루 쉬고 떠나도록 하겠습니다. 그때까지 화검이 아버님이 천산으로 가신다는 것을 몰랐으면 좋겠습니다."

"무슨 말인지 알겠네. 하긴, 녀석이 알면 절대 날 천산으로 보낼 리 없겠지."

이장춘이 이화검을 바라보며 대답했다.

*　　　　　*　　　　　*

서둘러 이가검문을 떠나 칠선문으로 돌아가겠다는 말에 이화검까지도 서운함을 내비쳤지만, 이장춘은 선선히 허락해 주었다. 칠선문을 떠난 지 이미 일 년 가까이 지나고 있어서 귀환을 서두르는 시월의 마음을 이해하지 못할 것도 아니었다.

시월은 하루 동안 떠날 준비를 했다.

그리고 준비를 마치자 이화검과 동천오룡을 데리고 이가검문 문도들의 배웅을 받으며 총총히 길을 떠나 남쪽으로 향했다.

급하게 이가검문을 떠났지만, 길을 서두르지는 않았다. 애초에 칠선문으로 돌아간 무광이 용선을 요동으로 보내기로 한 날짜까지 아직은 시간이 조금 남아 있기 때문이었다.

그럼에도 불구하고 이가검문을 일찍 떠나온 시월을 이화검이 의아하게 생각했지만, 그렇다고 특별하게 서운해하지는 않았다.

그녀도 이미 일 년 가까이 이가검문에 머물러 있었기에 지루함을 느끼고 있었고, 또 시월의 결정에는 분명히 그 이유가 있을 것이기 때문이었다.

철썩철썩!

이가검문을 떠난 지 열흘쯤 지났을 때 일행의 귀에 드디어 파도 소리가 들려왔다.

마차는 파도 소리가 들리자 좀 더 속도를 내 포구로 내달렸다.

"용선이에요!"

포구에 이르러 마차가 속도를 줄이자마자 포구에 정박해 있는 용선을 발견한 이화검이 소리쳤다.

뒤를 이어 용선 위에서 시월 일행을 발견한 곽부의 천둥 같은 목소리가 들렸다.

"사제!"

"사형!"

마부석에서 시월은 손을 흔들며 속도가 느려진 마차를 용선을 향해 몰았다.

그 모습을 보고 있던 곽부가 용선 위에서 훌쩍 날아올라 가볍게 포구에 내렸다.

그의 움직임을 보면 시월이 만화도를 떠날 때보다 무공이 크게 진보한 것이 분명해 보였다.

"어서와 사제! 보고 싶어 죽을뻔했다."

"하하, 제가 없으니까 다시 막내가 되어 허드렛일을 도맡아 하셨나 보군요?"

"크크크, 맞아, 맞아. 사실 그래서 사제를 데리러 오는데 따라온 거야. 만화도에 있으면 모든 사람이 나만 찾으니까."

"잘 오셨어요."

시월이 활짝 웃으며 곽부를 끌어안았다.

"뭐야? 사내가 창피하게! 아이구, 제수씨 오랜만이에요!"

시월을 억지로 떼어 놓으며 곽부가 이화검에게 인사를 했다.

"아주버님이 오실 줄 알았어요. 만화도를 제일 답답해하시는 분이 섬을 가장 오래 지키고 계셨으니까요."

"하하하! 그러게 말입니다. 사형들도 참 고약하죠. 어라! 우리 조카님, 그새 많이 컸네."

곽부가 이화검의 품에 안겨 있는 무종을 보며 말했다. 그러자 무종이 곽부의 우락부락한 체구가 겁이 나는지 이화검 품으로 파고들었다.

"무종, 막내 사숙님은 세상에서 널 가장 아껴주실 분이야. 그러니까 착하게 인사드려야지."

이화검이 겁먹은 무종을 달래자 무종이 겨우 고개를 내밀고 곽부에게 까딱 고개를 숙여 보였다.

"하하하, 이 녀석! 아버지를 닮아서 낯을 가리는구나. 하지만 엄마 말이 맞아. 나중에 넌 이 백부를 가장 좋아하게 될 거다. 하하하!"

곽부가 호탕한 웃음을 터뜨렸다.

그러자 그 모습을 보고 있던 동천오룡의 맏이인 중년 무사 건이 곽부에게 다가서며 포권을 해 보였다.

"곽 대협, 오랜만에 뵙습니다!"

"아이고! 이거 귀여운 조카 놈 보느냐고 인사가 늦었습니다. 그간 잘 지내셨습니까?"

"덕분에 잘 지냈습니다."

"제가 보기에도 아주 좋아 보이십니다. 역시 화노님의 의술은 천 리 밖에서도 사람들을 강하게 만드는 것 같습니다. 하하하!"

곽부가 농을 하며 다시 웃음을 터뜨렸다.

과거 이들은 도검을 들고 서로의 목숨을 노린 적도 있지만, 군자의 공천보의 마수에서 벗어난 이후에는 이제 서로를 거부감 없는 한식구로 느끼고 있었다.

"화노 어르신은 평안하십니까?"

무사 건이 화노의 안부를 물었다.

"아이고, 말도 마십시오. 건강한 것을 넘어 회춘을 하실 것 같습니다. 노인네가 무슨 기운이 그렇게 정정한지, 하루가 멀다고 이일 저일 심부름을 시키는 통에 저만 죽어났지요. 이제 다섯 분이 만화도에 가시면 그 심부름은 모두 다섯 분이 하셔야 할 겁니다."

"저희들에게는 기쁜 일이지요."

무사 건이 미소를 지으며 대답했다.

그러자 동천오룡의 그늘 없는 미소를 본 곽부가 시월을 돌아보며 물었다.

"말씀 안 드렸냐?"

"아직은요."

시월이 대답했다.

"에이, 그럼 안 되지. 그 일을 모르고 갈 수는 없는 일 아니냐?"

"배에 오르기 전에는 말씀드릴 생각이었어요. 이가검문에선 정신이 없어서……."

시월이 대답했다.

"적어도 그 일은 알고들 가셔야지. 썩 내키지 않으면 만화도로 동행하지 않을 수도 있으시니까."

곽부의 말에 두 사람의 대화를 듣고 있던 무사 건이 굳은 표정으로 물었다.

"우리가… 알아야 할 일이 있습니까?"

그러자 시월이 고개를 끄떡였다. 그리고 침착하게 입을 열었다.

"생각하기에 따라서는 대단한 일이 아닐 수도 있지만, 또 다섯 분에게는 중요한 일일 수도 있습니다."

"무슨 일입니까? 저희가 만화도로 갈 수 없을지도 모르는 일이라는 것이?"

무사 건이 긴장한 표정으로 물었다.

"군자의가 지금 만화도에 있습니다."

"…그가 말입니까?"

무사 건이 마치 벌레라도 씹은 표정으로 되물었다.

"그렇습니다. 월문주를 데리고 평원에 갔을 때 오가장의 사람 중 일부가 반란을 일으켰다고 하지 않았습니까."

"그러셨지요."

"그 반란의 주모자 중에는 군자의 공천보도 있었습니다."

"아… 그자는 정말……."

무사 건이 탄식을 흘렸다. 또 그인가 싶은 표정이었다.

"그 반란을 정리할 때 그는 부리 사형의 화살에 맞아 큰 부상을 입었지요. 그때 이미 불구의 몸이었는데, 지금은 더 심한 상태일 겁니다. 본래는 그곳에서 월문 사람들 손에 죽었어야 했지만, 그래도 화노 어르신의 사형인지라 대사형이 만화도로 데려간 것입니다."

"…그렇게 된 일이군요. 그자는 우리뿐 아니라 칠선문의 대협들에게도 큰 죄를 지은 자인데 대협들께서는 너그럽기도 하시군요."

무사 건이 공천보에 대한 적의를 드러내며 말했다.

"화노님의 사형이니 어쩔 수 없었지요. 비록 파문을 당했다고 해도. 그런데 그를 보실 수 있겠습니까?"

시월이 걱정되는 표정으로 무사 건에게 물었다.

"그가 만화도에서 자유롭습니까?"

무사 건이 곽부에게 물었다.

"그럴 리가요. 지은 죄가 많은데. 화노께서는 그의 부상을 치유해 목숨을 살려놓기는 했지만, 내공을 없앤 후 만화도 북서쪽 절벽 석동에 머물게 하셨습니다. 화노께서는 그것도 임시 거처일 뿐이라고 하시더군요. 때가 되면 다른 섬이나 혹은 요동으로 데려가시겠다 하셨습니다."

"요동으로요?"

무사 건이 되물었다.

"자세히는 모르지만 요동에 그를 가두어 둘 만한 곳이 있다고 하시던데……."

"그럼 그곳인가?"

무사 건이 다른 동천오룡들을 돌아보며 물었다.

"그럴 수도 있겠습니다. 그곳의 석동들은 한 번 들어가면 나오기 힘든 곳이니까요."

동천 오룡의 둘째 무사 곤이 대답했다.

"백두의 화의일맥 성지를 말씀하시는 모양이군요?"

시월이 묻자 무사 건이 고개를 끄떡였다.

"그렇습니다. 우리가 지냈던 화의일맥의 고대 성지에는 누군가를 가두어 둘만 한 석동도 여럿 있었습니다."

"화노께서도 고민이 많으실 겁니다. 그렇게 보면 아예 평원에서 죽이는 게 나았을 수도 있겠다는 생각이 드는군요."

시월이 우울한 표정으로 말했다. 그에게나 동천오룡에게나 군자의 공천보는 정말 불쾌한 인물이었다.

"아무튼 그래서 만화도에 함께 가실 거죠?"

이화검이 무사 건에게 물었다.

"당연히 가야지요. 이젠 그자를 겁낼 이유는 없으니까요."

무사 건이 담담하게 대답했다.

그러자 이화검이 분위기를 바꾸려는 듯 크게 소리쳤다.

"그럼 얼른 용선에 오르죠! 빨리 만화도의 흐드러진 꽃들이 보고 싶네요."

말을 마친 이화검이 먼저 걸음을 옮겨 용선에 오르기 시작했다.

"어서들 오시게!"

소사공은 언제나처럼 부드러운 미소로 시월과 일행을 맞이했다.

"늘 저희 때문에 고생이세요. 황해 수천 리 길을 계속 오가고 계시니……."

이화검이 소사공에게 미안한 마음을 드러냈다.

"하하하! 그런 말씀 마시게. 나에겐 용선을 타고 바다를 누비는 것이야말로 최고의 행복이니까. 자자, 모두 편히 자리를 잡게. 더 태울 사람도 없으니 바로 출발하겠네."

소사공의 말에 시월 일행이 자신들의 짐을 선실에 부리고 각자 편한 자리에 자리를 잡고 앉았다.

그러자 소사공이 능숙하게 배를 돌려 거친 대양을 향해 용선을 몰기 시작했다.

＊　　　＊　　　＊

콰아아!

거친 파도가 밀려와 검은 절벽에 부딪혀 그 힘으로 안개를 섬 위쪽까지 밀어 올렸다.

물기에 젖은 절벽과 바위를 갑옷처럼 두른 섬은 사람은커녕 동물조차 살 수 없을 만큼 황량해 보였다.

그 황량한 섬의 정상에 두 명의 남녀가 올라 있었다. 섬 주변의 바다를 살펴볼 수 있는 지붕 낮은 망루 속이라 거친 바람을 피할 수는 있었지만, 그래도 사방에서 불어오는 바람을 모두 피할 수는 없어서 두 남녀의 옷자락이 깃발처럼 펄럭이고 있었다.

"정말 괜찮겠어?"

문득 여인이 입을 열었다.

"처음에는 말도 안 되는 일이라고 생각했는데, 시간이 흐르면서 차분히 생각해보니 그것도 나쁘지 않겠다는 생각이 들더군. 그런 마음이 생긴 후 아이를 보니까… 귀엽더라."

대답을 한 사내는 한쪽 다리가 없는 소후였다.

그런 소후를 설우담이 빤히 바라봤다.

"왜?"

소후가 자신을 바라보는 설우담에게 물었다.

"부러워서."

"뭐가?"

"그렇게 편해질 수 있다는 것이……."

"아무리 핏줄이 이어졌다 해도 아이는 어쨌든 부모와 별개의 사람이야."

소후가 단호하게 말했다.

"그래도 그가 너에게 한 일을 생각하면……."

"글쎄, 아이는 그냥 다른 인생이라니까."

소후가 약간 언성을 높였다.

"…알았어. 알겠는데 난 그래도 조금 마음이 편치 않아."

"내 마음이 그렇다는 거지, 우담, 네가 싫다면 나도 황을 우리 아이로 키우는 걸 고집하지는 않아. 솔직히 말해서 찾아보면 어디든 우리보다 황을 더 잘 키울 수 있는 사람들이 있을 거야."

"우리가 맡지 않으면 황은 만화도를 떠나겠지?"

"그렇겠지. 우리가 거절했는데 누가 황을 맡아 키우겠어."

"아… 어쩌지……."

설우담이 마음을 잡지 못하겠다는 듯 탄식했다.

그러자 소후가 다시 입을 열었다.

"난 너에게 황을 키우자고 설득할 수도 없어. 그 일은 진심으로 황을 받아들여야 하는 일이니까. 내가 원한다고 내키지 않는데 황을 키우는 것은 우리 모두에게 좋은 일이 아냐. 그러니까 네 마음을 잘 읽어봐."

"사람 마음이라는 게 하루가 다르게 변하니까……."

"하긴……."

소후가 고개를 끄떡이며 시선을 바다로 돌렸다. 백유검과 오초려의 아들 백황을 자신들의 자식으로 키우는 일은 소후나 설우담 모두에게 결코 쉬운 결정이 아니었다.

그건 과거의 원한을 모두 풀어야 가능한 일이었고, 또한 미래에 적지 않은 위험을 감수해야 하는 일이었다.

나중에라도 백황이 자신이 월문의 마지막 혈통이라는 사실을 알았을 때, 과연 어떤 반응을 보일지 누구도 장담할 수 없기 때문이었다.

그럼에도 소후는 백황을 자신의 아들로 받아들일 결심을 했고, 설우담은 여전히 마음을 정하지 못하고 망설이고 있었다.

그런데 설우담이 침묵 속에 고민하던 그때, 문득 소후가 눈빛을 반짝이며 소리쳤다.

"용선이야! 막내가 돌아오는 모양이다!"

*   *   *

시월의 귀환으로 오랜만에 칠선문의 문도들이 모두 한자리에 모였다.

그동안 조금씩 칠선문의 식구들이 늘어나 만화도는 더 이상 과거의 아름답지만 쓸쓸한 섬이 아니었다.

이십여 명에 가까운 문도들이 북적되는 만화도는 이제 제법 무림 문파의 풍모를 풍기고 있었다.

당연히 시월의 귀환을 환영하는 질펀한 잔치가 하루 종일 이어졌다. 고립된 만화도에서의 생활은 모두에게 지루한 편이어서 이렇게 무슨 이유라도 생기면 반드시 떠들썩한 잔치를 벌이는 것이 칠선문 사람들의 일상이었다.

늦은 밤까지 사형들과 술잔을 기울인 시월은 다음 날 아침, 이른 새벽에 잠을 깼다. 그리고 이화검과 아이가 깨지 않게 조심해서 처소를 벗어나 만화도 정상으로 걸음을 옮겼다.

과거 마련과 월문을 적으로 두었을 때는 만화도 정상 망루에 항상 주변의 바다를 살피는 사람을 두었었다.

하지만 이제는 더 이상 망루를 지키는 일은 필요치 않았다. 이제 무림에서 칠선문을 위협할 사람이나 문파가 거의 없기 때문이었다.

무량포 초원루를 오가는 전서구도 요즘은 삼 일에 한 번 정도로 횟수가 줄어들었다.

그래서 이른 새벽안개를 헤치며 만화도 정상에 오르는 시월에게는 특별한 목적이 있는 것은 아니었다. 그는 그저 아침 산책 겸, 오랜만에 돌아온 만화도의 풍경을 고요한 새벽에 한눈에 담고 싶었던 것이다.

그런데 그런 시월보다 먼저 만화도 정상에 올라 있는 사람이 있었다.

"대사형!"

"응? 막내 사제구나. 새벽부터 무슨 일로?"

"대사형은요?"

"나야 만화도 주변에 이상한 일이 없나 살피러 올라왔지."

"망루에서 번을 서지 않은 것이 꽤 되었잖아요?"

새삼스럽게 주변을 살피러 올라왔다는 무광의 말에 시월이 되물었다.

"버릇이지. 하루에 한 번은 이렇게 망루에 올라 주변을 살펴야 안심이 돼."

"우리 사형제를 위협하는 자들은 더 이상 없을 텐데요."

"그야 그렇지만… 또 모르지. 우리가 모르는 사이에 새로운 적이 생겨났을지도."

"대사형은 너무 걱정이 많으세요. 이젠 좀 마음을 편히 가져도 좋을 텐데요."

시월이 늘 칠선문의 안위를 걱정하는 무광을 안타까운 표정으로 바라보며 말했다.

"다들 그렇게 말들 하지. 내가 늘 걱정을 안고 산다고. 하지만 그게 마음이 편해. 칠선문에 위협이 되는 자들이 없다는 걸 눈으로 확인해야 하루를 편히 지낼 수 있어."

"…평생 그러실 거예요?"

"그야 나도 알 수 없지. 습관 같은 거니까. 그런데 사제야말로 이 시간에 무슨 일이야? 피곤할 텐데."

"전 그냥 새벽 산책이죠. 만화도의 향기를 맡으며 걷는 아침 산책이 잠을 자는 것보다 훨씬 좋으니까요."

"어때? 많이 변했지?"

근 일 년 만에 만화도에 돌아온 시월이다. 그사이 만화도는 적지 않게 변해 있었다.

무광의 부인 금송의 계획대로 변해가는 만화도는 이제 난공불락의 건물들이 들어서 제대로 된 무림 문파의 모습을 갖추고 있었다.

"예전에 처음 왔을 때와 비교하면 전혀 다른 섬이 된 것 같아요."

"그래서 아쉬운 면도 있지. 문도들도 늘어났고… 어쩌면 그래서 어느 때인가 세상에 알려질 수도 있으니 제대로 된 모습을 갖추기는 해야 했어."

"형수님은 정말 대단하세요. 그 짧은 시간에……."

"후후, 나도 그래서 요즘 새삼스럽게 그 사람이 금가장의 혈통임을 느끼고 있지."

무광이 가볍게 미소를 지으며 말했다.

금송의 일을 계획하는 철두철미함과 그 계획을 실행하는 추진력은 칠선문의 문도들이 갖고 있지 못한 것이었다.

"화검도 형수님이 있어서 든든하다고 말하더군요."

"제수씨가? 난 제수씨야말로 우리 칠선문을 마지막까지 지켜낼 사람이라고 믿고 있는데?"

"화검은 속이 여린 사람이죠. 반면 형수님은 외유내강하신 분이니까요."

"그렇긴 하지. 그래도 그 사람은 제수씨를 크게 의지하고 있어."

"뭐, 힘을 써야 할 일이 있으면 화검이 나서겠지요."

"하하! 맞아! 제수씨의 화통함이 칠선문에는 꼭 필요하지."

무광이 한 바탕 웃음을 터뜨리며 다시 안개 깔린 바다로 시선을 돌렸다.

"그 이야기는 들으셨지요?"

시월이 약간의 침묵 끝에 물었다.

"무슨 이야기 말이냐?"

"의천무맹이 천산 정벌에 나선다는 이야기 말입니다."

"쓸데없는 짓거리들이지."

무광이 못마땅한지 욕설을 내뱉었다.

"마련과의 싸움과는 비교할 수 없는 싸움이 될 겁니다. 의천무맹의 수뇌들은 생각지도 못하는……."

"무림이란 곳은 늘 그런 것 같더라. 만족을 모르는 세계지. 마련과의 싸움에서 운 좋게 이겼으면 그 승리의 여운을 즐기며 몇 년은 평화롭게 살아도 될 터인데. 마치 그 승리가 영원히 이어질 거라고 착각하며 당장 천산으로 달려가려 하다니. 그래서 무림에 오랫동안 패자로 군림하는 세력이 없는 거겠지만."

"이가검문이나 금가장도 동참하게 될 것 같아 걱정이에요."

"이가검문주께서 그러시겠다고 하시더냐?"

"무인으로서 투쟁심을 보이시더군요."

"그럼 가시겠군. 욕심은 버릴 수 있지만 무인의 투쟁심은 쉽게 포기할 수 없는 것이니까. 그런 면에서 보면 금가장은 그래도 좀 나은 편이지. 여전히 보급을 맡아 후방에 머물 테니까."

무광이 무거운 표정으로 말했다.

"몇 번 만류를 했는데 듣지 않으실 것 같더라고요."

"제수씨가 걱정이 많겠구나."

"화검은 아버님이 천산에 직접 가실 거란 걸 모르고 있습니다. 떠날 때까지는 검문 내에서도 공식적으로 논의 된 것이 아니라서. 다만 제게 하신 말씀을 보면 가실 것 같아요."

"음, 나중에 알면 불안해 할 것 같은데……."

"부디 큰일이 없기를 바라야죠."

말을 하면서도 시월의 표정에는 자신이 없었다.

"어쩌면 다시 강호에 나가야 할지도 모르겠구나."

"천산 원정대에 문제가 생겨나도 그곳까지 갈 생각은 없습니다만……."

"검문주께서 위기에 처하셔도?"

"아버님께서도 제가 천산에 오지 않을 거란 걸 아실 겁니다. 천산 원정은 저로서는 절대 동의할 수 없는 결정이니까요. 다만 아버님 스스로 무인으로서 당신의 운명을 시험하시는 거니까 끝내 만류할 수는 없었지만."

시월이 조금은 단호한 표정으로 말했다.

그러자 무광이 길게 한숨을 쉬며 말했다.

"후… 지금의 결심이야 그래도 난 결국 사제가 천산으로 갈 것 같구나. 검문주께서 위기에 처한 것을 알게 되면 괴로워할 제수씨를 그냥 두고 볼 수 있을 만큼 사제는 독하지 못하니까."

*   *   *

"꿇어라!"

군자의 공천보가 동천오룡을 보며 서슬 퍼런 목소리로 명령했다.

그런 군자의를 동천오룡이 측은한 눈으로 응시했다. 물론 무릎을 꿇는 사람도 없었다.

"이놈들! 당장 무릎을 꿇지 못할까?"

군자의 공천보가 다시 호통을 쳤다.

그러자 동천오룡의 맏이인 무사 건이 조금 뒤에 물러나 있는 화노를 돌아보며 물었다.

"혹, 정신도 혼탁해진 겁니까?"

"이놈! 내 정신을 멀쩡하다!"

무사 건의 질문에 화노가 아니라 군자의 공천보가 큰 소리로 대답했다.

그는 단단한 나무로 만든 의자에 푹신한 모피를 깔고 그 위에 앉아 있었는데, 생각보다는 상태가 그리 나빠 보이지 않았다.

하지만 동천오룡을 보자마자 예전처럼 그들을 자신에게 혼백이 장악된 노예로 알고 대하는 모습을 보니 그가 제정신이 아닌 게 아닌가 의심할 수밖에 없었다.

"사형! 이들은 이미 사형의 심혼술에서 벗어난 지 오래입니다."

"흥! 심혼술 따위가 무슨 상관이냐! 네놈들은 비렁뱅이로 살 운명이었는데 날 만나서 무림인이 되었으니 당연히 내 명에 복종해야 한다!"

군자의 공천보가 다시 호통을 쳤다.

그러자 무사 건이 고개를 끄떡였다.

"그런 말씀이셨군요. 물론 당신이 우릴 무림인으로 만들어주었지요. 하지만 무림인이 된 이후 우리는 고통 속에서 살았지요. 혼백까지 당신에게 빼앗겨 당신이 원하는 것은 무슨 일이든 해야 했지요. 아직도 그 당시 손에 묻힌 피 냄새가 사라지지 않았습니다. 그런 당신이 어떻게 우리의 은인이란 말입니까?"

"흐흐흐, 이놈 봐라? 정신을 되찾더니 말도 제법 그럴듯하게 하는구나. 하지만 어쨌든 난 너희들의 부모와 같은 존재가 아니냐? 부모가 약간의 잘못을 했다 해서 자식이 부모를 거부하는 것은 패륜이다."

"들기로 당신은 과거 화노 어르신이 화의일맥의 전수자로 결정되자 화의일맥을 배신하고 중요한 의서와 약재들을 훔쳐 달아났다고 하더군요. 패륜은 바로 그런 행동을 두고 하는 말입니다. 그리고 당신은 우리 부모가 아닙니다. 잔인한 주인이었을뿐."

무사 건이 담담하게 말했다.

순간 군자의 공천보가 모욕을 당한 듯 붉게 얼굴이 달아올랐다.

"이 빌어먹을 놈이 감히 누구에게!"

"우린 당신에게 큰 원한이 있습니다. 하지만 이제 와서 당신에게 원한을 갚을 생각은 없습니다. 다만 옛정을 생각해서 당신이 어찌 지내나 보러 온 것뿐입니다. 그런데 생각보다 잘 지내고 계시는군요. 이렇게 억지를 쓸 정도로 힘도 남아 있고……."

무사 건이 담담하게 말했다.

"감히 네놈이 날 모욕해? 매질을 당해봐야 정신을 차리겠느냐?"

"정신은 이미 오래전에 차렸습니다. 아무튼… 마음속에서 이제 그만 욕심과 화를 버리시고 편히 지내시기 바랍니다. 아우들, 그만 가세. 얼굴을 봤으니."

무사 건이 더 이상 할 말이 없다는 듯 미련 없이 몸을 돌려 석동을 벗어나기 시작했다.

그러자 다른 동천오룡이 차가운 눈으로 군자의 공천보를 바라본 후 무사 건의 뒤를 따라 석동을 나갔다.

"이놈들! 당장 돌아오지 못할까!"

군자의 공천보는 동천오룡이 떠난 석동 입구를 보며 악을 쓰며 소리쳤다.

그러자 화노가 공천보 앞으로 다가와 안쓰러운 표정으로 말했다.

"사형! 현실을 받아들이기가 그렇게 어렵습니까? 욕심을 버리고, 과거의 죄업에 대해 참회하면 마음이 편해지실 텐데……."

"흐흐흐, 지금 날 조롱하는 것이냐?"

"조롱이라뇨. 그저 안타까울 뿐입니다."

"흐흐, 군자인 척하는 건 여전하군. 쓸데없는 소리 말고 저놈들 중 하나를 내게 보내 시중을 들게 해라. 내가 기른 놈들이니 그 정도는 해야지."

"그럴 수 없다는 걸 아시지 않습니까? 사형이 저들에게 얼마나 큰 잘못을 했는지 생각하십시오!"

"무슨 소리! 난 잘못한 것이 없다. 거지 같은 놈들을 데려다 먹이고 입히고 무공을 가르쳤다. 내가 놈들에게 무슨 잘못을 했단 말이냐?"

군자의 공천보가 다시 악을 썼다.

화노가 한숨을 쉬며 그런 군자의 공천보를 말없이 응시했다. 그러자 공천보가 다시 소리쳤다.

"당장 놈들을 데려와!"

"사형에게는 조금 더 시간이 필요하겠군요. 이 침묵의 공간에서 차분하게 사형의 지난날을 생각해보시기 바랍니다. 그렇게 과거의 일을 생각하다 보면 사형께서도 어느 순간 지금 이 순간이 그나마 행복하다는 것을 깨닫게 되실 겁니다. 사형의 지옥은 사형 스스로 만든 겁니다. 사형의 마음속에 남아 있는 그 욕망의 그물에서 벗어나면 그때는… 이 사제가 사형을 모시고 여행을 떠나지요."

"흐흐흐, 여행? 그건 또 무슨 빌어먹을 소리냐. 단 일 장을 움직이기 위해서도 벌레처럼 기어야 하는 병신을 데리고 여행을 한다고? 왜, 날 세상 사람들의 웃음거리로 만들고 싶은 것이냐?"

군자의 공천보가 표독한 눈으로 화노를 노려보며 소리쳤다.

그러자 화노가 담담하게 대답했다.

"이곳을 떠나면 만화원으로, 그리고 백두를 여행할 겁니다. 우리 두 사람이 어린 시절을 함께 보냈던 그곳으로 말이지요. 그런 날이 오기를 진심으로 기대하고 있습니다. 그러니… 사형도 노력해 주세요."

화노가 진심 어린 부탁을 하고는 석동을 떠났다.

순간 군자의 공천보의 눈에서 슬며시 독기가 사라졌다. 그리고 마치 죽음을 앞둔 사람처럼 중얼거렸다.

"만화원… 백두……"

제 10장
—
거인의 걸음

　한동안 만화도에 평온한 시간이 이어졌다. 세상과 동떨어진 섬에서 칠선문의 문도들은 의도적으로 세상 소식에 귀를 닫고 살았다.

　초원루에서 보내는 전서구도 특별한 일이 없으면 전서구들을 훈련하기 위해 열흘에 한 번 정도만 주고받았다.

　사람은 본래 본능적으로 보고 들은 모든 이야기들을 머릿속에서 이리저리 자신의 입장에 따라 재구성하는 버릇이 있어서 자질구레한 강호의 사건들도 칠선문 문도들의 마음을 불안하게 만들 수 있기 때문이었다.

　강호의 소식에 귀를 닫고 사는 대신 칠선문의 사형제들은 다시금 무공 수련에 진력했다.

　강호십대고수로 평가되는 시월조차도 이번에는 다른 때 보다 더 힘을 들여 무공 수련에 몰두했다.

천마후를 상대한 이후 무공에는 끝이 없고, 강호에는 언제든 천외천의 존재가 있을 수 있다는 것을 깨달았기 때문이었다.

당장 운중오문의 전대 기인들이 혹시라도 칠선문을 찾아오면 그들을 물리칠 수 있다는 확신도 없었다.

그래서 시월을 필두로 칠선문의 사형제들은 그 어느 때보다도 더 깊이 무공 수련에 몰두했다.

무공에서 마기를 씻어내는 것은 이미 지난 시절의 목표였다. 그들은 더 이상 마기를 두려워하지 않고 무공 그 자체에 집중하고 있었다.

화노는 그런 칠선문의 사형제들을 위해 그가 가지고 있는 모든 의술을 동원해 신비한 신단들을 끊임없이 만들어주었다.

그렇게 몇 개월이 지나자 이제 칠선문의 일곱 사형제는, 한 다리가 없는 소후조차도 한 사람 한 사람이 절대고수의 풍모들을 뿜어내기 시작했다.

단 일곱 사람에 지나지 않지만, 그 어떤 세력이 공격해 와도 능히 막아낼 수 있을 것 같은 강인함이 그들에게서 느껴졌다.

가끔 그런 소식을 들을 때마다 서쪽 석동에 갇혀 있는 군자의 공천보는 이렇게 말했다.

"그게 다 내 덕이지. 내가 그 녀석들을 팔 년 동안 혹독하게 단련시킨 덕분이란 말이야. 그런데 날 이렇게 쓰레기 취급해? 배은망덕한 놈들……!"

화노는 그런 군자의 공천보의 치매 노인 같은 말들을 이제는 웃으며 받아넘겼다.

그러면 군자의 공천보도 실실 웃으며 자신의 말이 그저 심심해서 던지는 농담임을 인정하고는 했다.

그 역시 석동에서 고독한 시간을 보내며 서서히 표독한 독심과 늪 같은 탐욕에서 조금씩은 벗어나고 있었던 것이다.

그런데 그렇게 세상에 담을 쌓고 무공 수련에 몰두하던 칠선문의 사형제들을 세상은 오래 내버려 두지 않았다.

*   *   *

"사형! 이것 좀 보세요!"

어느 날 오랜만에 초원루주가 보낸 전서구를 받으러 섬 정상 망루에 올라갔던 부리가 심각한 표정으로 수련장으로 들어서며 말했다.

"무슨 일인데?"

검을 손질하다 말고 무광이 부리에게 물었다. 그러자 부리가 말없이 전서를 무광에게 건넸다.

"흠……."

전서를 받아 읽던 무광이 글을 읽다 순간 신음과 한숨이 뒤섞인 소리를 냈다.

그러자 흩어져 앉아 각자의 무공을 참구하던 사형제들이 무광 곁으로 모여들었다.

"무슨 일인데요?"

소후가 물었다.

"결국 의천무맹 원정대가 천산에서 대패했다는구나."

"아……!"

"결국……."

칠선문 사형제들 사이에서 탄식이 흘러나왔다. 우려했던 일이 결국 벌어진 것이다.

그런데 전해진 소식에 의하면 의천무맹의 패배는 단순한 패배가 아니었다.

"의천무맹 십대천문의 수장 중 죽은 자가 여럿 있다고 하는군. 천무문주 양무강도 죽었다고 하고……."

"어? 정말이요?"

곽부가 놀란 표정으로 되물었다.

천무문주 양무강은 의천무맹의 수장이다. 이번 천산 원정대를 이끄는 사람도 그였다. 그가 죽었다는 것은 천산 원정대가 궤멸적인 패배를 했다는 것을 의미한다.

"다른 소식은 없습니까?"

시월이 걱정스러운 표정으로 물었다. 그로서는 원정에 참여한 이가검문주과 그 문도들이 걱정되지 않을 수 없었다.

"원정대가 각기 흩어져 사방으로 도주하고 있다는 소식이 끝이다."

무광이 시월에게 전서를 건네며 말했다.

시월이 무광에게 전서를 받아 찬찬히 읽어보았지만, 무광이 말한 것 이상의 내용은 없었다. 이가검문 문도들의 안위를 확인할 수 있는 글이 없자 시월은 가볍게 한숨을 내쉬었다.

"후… 걱정이군요."

"그러게 말이다. 제수씨께 어찌 말해야 할지……."

무광이 이화검에게 소식을 전할 걱정을 했다. 이화검도 이미 오래전부터 이가검문의 천산 원정에 참여했다는 것을 알고 있었다.

칠선문으로 돌아온 후 어느 날 시월은 이장춘이 천산 원정에 동참했다는 사실을 조심스럽게 전했다. 그때 이화검은 당장 용선을 타고 이가검문으로 달려갈 것처럼 화를 냈었다.

하지만 이장춘의 무인으로서의 투쟁심은 이화검도 꺾을 수 없을 거란 시월의 말에 어쩔 수 없이 그 사실을 받아들여야 했던 이화검이었다.

하지만 그날부터 이화검의 마음 한쪽에는 늘 이장춘과 이가검문 문도들에 대한 걱정이 깃들어 있다는 걸 모두가 알고 있었다.

그런데 이렇게 의천무맹 원정대의 대패 소식이 전해졌으니 그녀를 걱정할 수밖에 없었다.

"이가검문만의 문제가 아니잖아요? 금가장도 천산으로 갔는데……."

부리가 무광에게 말했다.

금송 역시 금가장 식솔들의 안위를 걱정할 거란 뜻이었다.

"금가장은 천산까지 가지는 않았으니까. 후방에서 변경의 대상(大商)들을 이용해 원정대에 보급품을 전달하는 일을 하고 있었으니 패전의 영향에서 어느 정도는 벗어나 있다고 봐야 할 거다."

"그야 좋게 생각했을 때 그런 거죠."

후방에 있다고 해도 금가장의 식솔들 역시 장성 훨씬 이북까지 전진해 있는 것은 분명한 사실이었다.

원정대가 패했다면 장성 이북 혹은 그 이남까지도 한순간에 마도의 세력권으로 변해버릴 수 있었다.

그렇다면 장성 이북까지 진출한 금가장의 안위도 장담할 수는 없었다.

"소식을 전하고 천산으로 가봐야 할 듯합니다."

시월이 무광에게 말했다.

"음… 결국 그래야겠지? 제수씨가 말은 못 하겠지만."

"그렇겠지요."

"나도 금가장이 있는 곳까지는 가봐야 하는 건지 모르겠다."

무광이 한숨을 쉬었다.

애초에 시월과 무광이 이화검, 금송과 혼인하는 순간부터 두 가문의 일에서 결코 자유로울 수 없다는 것을 알고 있었던 두 사람이었지만, 막상 일이 닥치니 그 인연의 무거움이 새삼스럽게 느껴지는 듯했다.

"강호에서 영원한 평온을 바라는 건 욕심이죠. 나도 함께 가겠습니다. 아무래도 북방에선 내가 쓸모가 있을 테니까요."

부리가 말했다.

"나도 가고 싶습니다."

"우리도 이참에 바람 좀 쏘이면 좋겠는데요……."

곽부와 무릉, 그리고 도원까지 거의 동시에 무광을 보며 말했다.

그동안 평온한 무공 수련의 시간을 즐기는 것 같았지만, 사실 칠선문 사형제들의 마음속에는 강호에 나가 마음껏 천하를 주유

하고픈 생각이 가득했던 것이다.

"나와 시월 그리고 부리가 간다."

무광이 단호하게 말했다.

"에이, 또요?"

곽부가 반발했다.

"나와 시월은 금가장과 이가검문 때문에 가야 하고, 부리는 낯선 곳에서 길을 찾을 때 가장 뛰어난 사람이니 가야 한다. 나머지는 만화도를 지켜야지."

"이젠 만화도에도 사람들이 많잖아요. 우리가 아니어도……."

곽부가 투덜거렸다.

"어쩌면 곧 화노께서 떠나실 수도 있다."

무광이 담담하게 말했다.

"예? 화노께서요?"

"음, 이즈음 군자의를 데리고 요동으로 가실 생각을 하시는 것 같더라. 그때 동천오룡과 향이도 데려가실 듯해. 화의일맥의 유적들에 대해 이참에 제대로 가르쳐 주시려는 것 같더라. 그럼 만화도에 사람이 없어. 너희들이 남아 있어야지."

무광이 다른 사형제들이 만화도에 남아 있어야 할 이유를 설명했다.

"하지만 대사형과 시월 사제가 없는데 화노께서 떠나실까요?"

소후가 되물었다.

"그건 모르겠지만, 그렇다고 우리가 만화도를 떠날 때마다 어르신을 붙들어 둘 수도 없는 일 아니냐. 어르신의 연세도 이제 많으시고, 하셔야 할 일은 많은데……."

"그렇긴 하지요."

소후가 고개를 끄떡였다.

그러자 무광이 다시 입을 열었다.

"그리고 이번 출행은 유람이 아니라 천마를 상대해야 할 수도 있는 일이니 너무 아쉬워하지 말고."

"천마를 상대하는 일이니까 더 아쉬운 거죠."

곽부가 퉁명스레 말했다.

그러자 무광이 정색을 하며 말했다.

"지금 의천무맹 사람들이 어려움에 처한 이유가 바로 호승심 때문이다. 호승심이 결국 그들 자신을 위태롭게 만든 거야. 호승심도 상대를 봐가면서 부려야지. 상대가 천마 석제라면 호승심 따위는 결코 도움이 안 돼."

"…알았어요. 그냥 만화도에 있을게요."

곽부가 시무룩한 표정으로 말했다.

"너무 서운해 마라. 이번에 나갔다가 돌아오면 우리 모두 용선을 타고 한동안 남쪽으로 긴 여행을 떠나보자꾸나."

"어? 정말요?"

"음, 너희들 형수 말로는 해안을 따라 남쪽으로 가면 온갖 신기한 나라들을 많이 방문할 수 있다고 하더라."

"히히, 그거 재미있겠네요."

곽부가 그제야 마음이 풀린 듯 실실 웃음을 흘렸다.

"그럼 우린 만화도에서 형수님과 여행 계획이나 세워야겠네요."

무릉이 미소를 지으며 말했다.

"그렇게 해라. 돌아오면 바로 떠날 수 있게."

무광이 고개를 끄떡이며 말했다.

*   *   *

이화검의 얼굴에선 걱정이 떠나지 않았다.

의천무맹 원정대의 패배는 예상하고 있었지만, 천무문주까지 죽을 정도로 참패할 거라고는 생각지 않았던 모양이었다.

그리고 그 위험한 곳으로 이가검문 문도들을 찾아가려는 시월의 행보 역시 그녀를 걱정스럽게 만들었다.

"검옹 할아버지가 가지 않으셨을까요?"

검옹 천복은 시월 등과 함께 만화도를 방문할 생각이었지만, 이가검문주 이장춘이 의천무맹의 천산 원정에 참여할 기미를 보이자 만약을 위해 이가검문에 남아 있었다.

지금쯤 천복에게도 의천무맹의 패배가 전해졌을 테니 당연히 이가검문의 문도들을 구하기 위해 천산으로 향했을 것이 분명했다.

"검옹 어르신 혼자만으로는 역부족일 거예요."

시월이 말했다.

"그가 그렇게 강한가요?"

"천마궁 하나를 이끌고 의천무맹 수백 고수들을 물리친 것만 봐도 그의 능력을 알 수 있잖아요?"

"그렇긴 한데… 그럼 당신도 위험한 거잖아요?"

이화검이 시월에게 미안한 감정을 숨기지 못하고 말꼬리를 흐렸다.

"걱정 말아요. 난 어떤 경우에도 이곳으로 돌아올 거니까. 무공은 몰라도 살아남는 일에 있어서는 내가 천하제일인이에요."

시월이 자신 있게 말했다.

"어떻게 그렇게 장담해요?"

"난 불사적공을 수련한데다, 또 질기게 오래 살 천운을 타고났다고 어려서부터 다들 그랬어요. 그리고 솔직히 그럴 자신도 있고요."

"…참 이럴 때 보면 엄청난 허풍쟁이라니까."

"벌써 여러 번 허풍이 아니라는 걸 증명했잖아요."

"그렇긴 하지만……."

"걱정 말아요. 당신과 무종을 두고 죽을 일은 없으니까."

시월이 이화검을 안으며 말했다. 그러자 이화검이 시월의 허리에 감은 손에 힘을 주며 말했다.

"미안해요. 괜히 우리 가문 때문에… 얼른 갔다가 빨리 돌아와요."

*   *   *

출발은 즉시 이뤄졌다.

의천무맹 원정대가 패배해 뿔뿔이 흩어져 도주 중이라면 한시도 출발을 늦출 수 없었다. 어쩌면 지금 떠나는 것도 너무 늦은 것일 수 있었다.

그나마 기대하는 것은 천산에서 중원으로 물러나는 퇴로가 워낙 광대해서 천마궁의 추격 역시 쉽지 않을 거란 것이었다.

오직 한 가지 걱정되는 것은 천마 석제나 천마후가 흩어진 의천무맹의 여러 문파 중 어디를 추격 대상으로 삼느냐는 것이었다.

시월과 무광으로서는 그들의 추격 대상이 이가검문과 금가장이 아니길 바랄 뿐이었다.

그런 바람을 안고 시월과 무광 그리고 부리가 용선을 타고 급하게 만화도를 떠났다.

*　　　　*　　　　*

시월은 느리게 초원을 걸었다. 멀리 오른편으로 광대한 홍안령 대산맥이 아스라이 눈에 들어왔다.

문득 옛 생각이 떠올랐다. 사막에서 월문주 백문보에게 구해진 후 홍안령 잠룡동에서 월문의 비밀 병기로 키워지던 때 칠랑들은 이 초원에서 마적들을 사냥했었다.

그때는 그것이 정도(正道)를 행하는 협행이라 생각했지만, 사실 그 일은 백문보가 칠랑에서 살인을 익숙하게 만들기 위해 준비한 잔혹한 수련일 뿐이었다.

그 초원에 다시 서자 감개무량한 시월이다.

동행하는 사람은 아무도 없었다. 애초에 천산을 향해 함께 출발했던 시월 일행은 장성에 채 이르기도 전에 길을 달리했다.

금가장과 이가검문의 후퇴 방향이 다르다는 소문을 들었기 때문이었다.

천산 인근에서 뿔뿔이 흩어진 의천무맹 천산 원정대에 대한 천마궁과 마도 세력의 추격전은 사방에서 이뤄지고 있었다.

그래서 시월과 무광도 길을 달리할 수밖에 없었다. 금가장은 황하를 향해 남하하고, 이가검문은 요동 방향으로 대 사막을 횡단해 퇴각하고 있었기 때문이었다.

무광은 시월에게 부리와 함께 가라 했지만, 시월은 끝내 부리를 무광 곁에 남겨 놓았다.

천마궁이 보았을 때 십대천문이자 무림 제일의 재력 가문인 금가장은 변경 요동의 십팔장문인 이가검문보다 훨씬 먹음직스러운 사냥감이기 때문이었다.

비록 금가장이 후방에 머물러 있었다고 해도 금가장주를 잡는 순간 천마궁은 막대한 재물을 얻을 수 있기 때문에 천마궁은 당연히 이가검문보다 금가장 추격에 집중할 것이 분명했다.

그래서 무광 곁에 부리를 남겨두고 시월은 장성을 넘어 대 고비 사막 동쪽의 초원을 따라 홀로 올라왔던 것이다.

사막 인근에 도착해서도 의천무맹의 패배 소식은 여러 곳에서 들을 수 있었다.

하물며 사막에 접한 초원에서 양을 치는 유목민조차도 그 소식을 알고 있었다.

하지만 그렇다고 이가검문의 행적을 찾는 것이 쉬운 일은 아니었다.

넓고 넓은 대 고비 사막에서 한 줌 모래알도 되지 않는 이가검문 문도들을 찾는 것은 사실 거의 불가능에 가까웠다.

그래서 시월은 사막으로 들어가 이가검문의 문도들을 찾는 대신 그들이 사막을 건너면 반드시 도착하게 될 흥안령 서쪽 초원 근방을 배회하고 있었다.

후우웅!

사막으로부터 사풍이 불어왔다. 시월은 천으로 얼굴을 가린 채 사풍이 불어오는 사막을 바라봤다. 그리고 한순간 그의 몸이 가볍게 떨렸다.

"그일까?"

시월이 중얼거렸다.

사풍에 밀려오는 것은 모래 알갱이만이 아니었다. 떨쳐 버릴 수 없는 무거움, 혹은 수증기를 가득 머금은 먹구름이 멀리서 몰려오는 것 같았다.

그리고 그것이 자연이 만들어내는 현상이 아닌 사람이 만들어내는 기운이란 것을 시월이 알고 있었다.

이런 거대한 기운을 사막의 바람에 실어 보낼 수 있는 자는 천하에 오직 한 명, 천마 석제밖에 없을 것이다.

과거 천마후로부터도 이런 기운을 느꼈었지만, 지금 사풍에 밀려오는 이 마기는 그 당시 천마후에게서 느꼈던 기운과는 비교할 수 없을 정도로 거대했다.

"그자가 왜 이곳으로 왔을까. 아니, 왜 이곳까지 왔을까. 의천 무맹 원정대를 궤멸시켰으면 다시 천산으로 돌아갈 줄 알았는데……."

시월이 한숨을 쉬며 말꼬리를 흐렸다.

이가검문 문도들을 돕기 위해 달려온 시월이지만, 대 고비 사막을 지나 흥안령 입구에서 천마 석제의 기운을 만날 거라고는 전혀 예상치 못했었다.

"어쨌든 쫓는 자가 있다면 쫓기는 자도 있다는 뜻이겠지."

시월이 천마 석제에 대한 두려움을 떨쳐 버리고는 힘껏 땅을 박차고 몸을 날렸다.

쿠오오!

정신없이 몰아치는 사풍 속에서 일단의 인물들이 낙타를 끌고 사막을 달리고 있었다.

이런 사풍이 불면 사막 여행자들은 잠시 모래 구릉 아래에서 사풍이 지나갈 때까지 기다리는 것이 보통이었다. 그런데 이들은 바람에 휩쓸려 알 수 없는 곳으로 날아가는 것을 감수하면서까지 사막을 달리고 있었다.

"서둘러라! 이제 곧 홍안령이다. 홍안령에 도착하면 잠시 쉬어 갈 수 있을 것이다!"

모래바람에 휩싸인 일행 속에서 사람들을 독려하는 목소리가 들렸다.

그 말에 힘을 냈는지 일행의 속도가 좀 더 빨라졌다. 하지만 그래도 모래바람보다는 빠를 수는 없어서 한순간에 모래바람이 그들을 덮쳐 사람들의 모습을 감춰버렸다.

후우웅!

어느 순간 다른 방향에서 강한 바람이 불어왔다. 그런데 다행히 이번에는 모래를 몰아오지 않는 청량한 바람이었다.

그건 곧 바람이 불어오는 곳이 사막이 아니라 북쪽의 초원이거나 혹은 동쪽의 홍안령 대산맥이라는 뜻이다.

"후욱!"

"후우……."

새로 불어온 바람에 모래바람이 밀려나자 사막을 횡단한 사람들이 저마다 숨을 크게 쉬며 맑은 공기를 들이마셨다.

"서둘러 산으로 들어간다!"

맑은 바람에 잠시 숨을 고르는 사람들을 무리의 우두머리가 독려했다.

며칠째 씻지도 못한 채 찌는 듯한 사막을 횡단해오느라 걸인 같은 모습을 한 이가검문의 장주 이장춘이었다.

모래바람 속에서 사막을 횡단한 사람들은 이장춘과 함께 천산 원정에 나섰던 이가검문의 문도들이었는데, 떠날 때 삼십여 명에 이르던 문도의 숫자가 지금은 십여 명 밖에 남아 있지 않았다.

"그자가 정말 이곳까지 오겠습니까?"

서두르는 이장춘에게 이가검문의 오랜 가신 한풍검 화충이 물었다.

그러자 이장춘 대신 그 뒤쪽에서 여전히 얼굴을 천으로 감싸고 있던 노인이 대답했다.

"그는 이미 도착했네."

순간 노인의 말에 숨을 고르던 이가검문의 문도들이 파랗게 질렸다.

"그게 정말입니까?"

이장춘조차도 놀라서 노인에게 되물었다.

그러자 노인이 천천히 얼굴과 머리를 가렸던 천을 풀어내며 말했다.

"모습을 보이지 않고도 자신의 왔음을 알릴 수 있는 존재란 그리 흔치 않소. 더군다나 이렇게 시야가 트여 먼 곳까지 볼 수 있는 곳에서는 더더욱 그렇소. 이제 곧 그가 도착할 테니 문주께서는 문도들을 데리고 서둘러 산으로 들어가시오."

얼굴을 드러낸 노인, 검옹 천복이 서쪽 사막에서 눈을 떼지 않으며 말했다.

그러자 이장춘이 두려운 얼굴빛을 보이며 말했다.

"그가 왜 우리를 따라왔을까요. 천무문과 지황문이 아니더라도 아직 그 수장이 건재한 십대천문이 여럿 있는데……"

"아마도 이가검문이 아니라 날 따라온 걸 것이오. 그러니 문주는 안심하고 산으로 들어가시구려. 내가 그와 담판을 짓겠소. 싸움은 우리 둘만의 것이고, 이후에는 이가검문을 추격지 않을 거란 약속을 받아내겠소."

"…하지만 어르신!"

"살 만큼 살았고, 천마 정도의 고수와 대결하다 죽는 거라면 무인으로선 영광스러운 죽음일 것이오."

"안 됩니다. 절대 어르신 혼자 죽음의 길로 들어서게 놔둘 수 없습니다."

"문주, 문주가 남아 있으면 난 마음껏 싸울 수 없소. 그러니 이 늙은이의 마지막 부탁을 들어주시오!"

검옹 천복이 강요하듯 부탁했다. 이장춘은 이러지도 저러지도 못하고 안절부절못했다.

그러자 검옹 천복이 다시 입을 열었다.

"혹시 또 모르지 않소. 최선을 다한다면 내가 그의 검 아래서 살아남을 수 있을 지도."

"…알겠습니다. 그럼 죄를 짓겠습니다. 산으로 간다!"

어쩔 수 없다는 듯 이장춘이 이가검문의 문도들에게 명을 내렸다.

그러자 이가검문의 문도들이 주춤거리다가 이내 흥안령 산비탈 쪽으로 이동하기 시작했다.

*   *   *

후우웅!

이번에는 다시 모래바람이 불어 흥안령 쪽에서 불어오던 시원하고 맑은 바람을 밀어냈다.

하지만 앞서 불었던 모래바람과는 사뭇 달라서 사람의 시야를 가리지도 이동을 방해하지도 않았다.

그리고 그 모래바람을 타고 오듯 검은 무복을 입는 인물이 부드럽게 검옹 천복 앞으로 다가섰다.

"역시 기다리고 있었군."

검은 무복을 입은 자, 천마 석제다.

무인치고는 작은 체구, 그럼에도 철광석처럼 단단한 몸 때문인지 전혀 작게 느껴지지 않는다.

사막을 건너느라 천으로 얼굴을 가려 눈과 조금 드러난 코의 모양으로는 나이를 짐작할 수 없다.

"그대가 날 따라오는 것 같아서 말이오."

검옹 천복이 담담하게 대답했다.

"맞아. 난 그대를 따라왔지. 지황문주 그 어리숙한 자의 목을 자르고 나서 더 이상 이 싸움에 흥미가 없어졌었지. 그래서 천산으로 돌아갈까 했는데, 그대가 천마후을 막고 이가검문 사람들을 지켰다는 소식이 들리더군. 그래서 걸음을 돌렸지. 그동안 상대다운 상대를 못 만나 무료하던 차였는데, 천마후를 막았다는 그대를 두고 어떻게 천산으로 돌아갈 수 있겠는가."

천마 석제가 마치 재미있는 놀이를 앞에 둔 아이처럼 눈가에 웃음기를 만들며 말했다.

"그러리라 짐작했소. 그런데 좀 버겁구려. 천마후를 이긴 것도 아니고 그저 이가검문이 물러날 시간을 번 것뿐인데……."

"그렇다고 천마후에게 패한 것도 아니니까. 나와 한 번쯤 겨뤄볼 만하다고 할 수 있지."

승부 따위는 거론할 바가 못 된다는 듯 천마 석제가 말했다. 그러자 검옹 천복이 고개를 끄떡였다.

"마다하지 않겠소. 다만… 날 베거든 이가검문 문도들에 대한 추격은 이쯤에서 멈춰 주시오. 내가 힘껏 그대와 놀아드릴 테니."

"후후후, 그야 뭐, 어려운 일이 아니지."

천마 석제가 웃으며 고개를 끄떡였다.

그러자 검옹 천복이 빙그레 미소를 지었다.

"검문 식구들이 안전하다면 내게도 이 대결은 큰 선물이오. 현무림에서 천마를 상대했다는 무인을 찾아볼 수 없는데 내가 그 당사자가 될 수 있으니 얼마나 기쁜지 모르겠소."

"역시! 기대를 저버리지 않는군. 내 그럴 줄 알았어. 천마후에게 그대에 대해 들었을 때, 놓칠 수 없는 상대라 생각했거든. 자! 그럼 시작해 볼까?"

나이로 따지만 오히려 검옹 천복이 천마 석제보다 더 많을 수도 있었다. 그럼에도 천마 석제의 하대는 마치 당연한 것처럼 자연스러웠다.

검옹 천복 역시 그런 천마 석제의 말투에 어떤 불만도 없는 듯 보였다. 그는 오로지 천마 석제와의 대결에 집중하는 듯했다.

스릉!

검옹 천복의 검집에서 검이 흘러나왔다.

툭!

검이 빠져나간 검집이 그대로 메마른 땅에 떨어졌다. 검집을 버린다는 것은 죽음을 각오한다는 것이다. 그만큼 천마 석제를 상대하는 검옹 천복의 모습은 비장했다.

"목숨 따위 신경 쓰지 않겠다? 더욱더 마음에 드는군. 천마궁에서도 그대와 같은 고수는 찾아보기 힘들어."

스릉!

천마 석제가 검옹 천복의 태도를 칭찬하며 마주 검을 빼 들었다.

그러자 검옹 천복이 발로 메마른 땅을 스치듯 차며 앞으로 전진하기 시작했다.

천마 석제는 자신과의 거리를 좁히는 검옹 천복을 무심히 바라볼 뿐 피하거나 혹은 먼저 공격할 기척을 보이지 않았다.

검옹 천복과 천마 석제의 거리가 오 장 안쪽으로 좁혀졌을 때,

검옹 천복이 머리 위로 검을 들어 올리더니 흩뿌리듯 천마 석제를 향해 검을 휘둘렀다.

파파팟!

검옹 천복의 검이 허공을 가르며 수십 개의 검기를 만들어냈다.

그 검기들이 갑자기 내리는 소나기처럼 천마 석제를 중심을 반경 사오 장 안으로 몰려갔다.

아무리 빠른 신법을 지닌 자도 결코 벗어날 수 없는 검기의 그물망, 검옹 천복이 노년에 깨달은 검의 정수가 그 일검에 담겨 있었다.

천마 석제는 소나기처럼 자신을 향해 내리꽂히는 검기들을 즐거운 눈으로 응시했다.

"아름답구나!"

천마 석제의 입에서 탄성이 흘러나왔다. 동시의 그가 검을 들어 올리더니 앞으로 쭉 내밀었다.

쿠오오!

천마 석제의 검에서 달덩이 같은 빛무리가 일어났다.

카카캉!

천마 석제가 만든 눈부신 검광에 부딪힌 검옹 천복의 검기들이 사방으로 부서져 나가기 시작했다.

슉!

검옹 천복의 검기를 하나하나 부수면서 천마 석제가 검옹 천복을 향해 무겁게 걸음을 옮기기 시작했다.

　　　　　　*　　　　*　　　　*

　콰콰쾅!

　메마른 땅이 지진이 난 것처럼 진동했다. 검옹 천복과 천마 석
제가 만들어낸 거대한 충격이 다시 흙바람을 일으켰다.

　두 사람은 그 흙바람 속에서 조금씩 가까워지고 있었다. 하지
만 무공의 우열은 어렵지 않게 드러났다.

　검옹 천복을 향해 다가가는 천마 석제의 표정은 진지하지만
평온한 반면, 검옹 천복은 자신이 선 자리에서 조금도 움직이
지 못한 채 하얗게 변한 얼굴로 힘겹게 검기를 만들어내고 있
었다.

　스스슥!

　천마 석제가 모래를 스치듯 걸어 이제 검옹 천복과의 거리를
삼 장 안으로 좁혔다.

　앞으로 뻗어낸 그의 검에 서린 검광은 계속해서 검옹 천복이
만들어낸 검기들을 부수고 있었다.

　그러던 어느 순간 천마 석제의 검 끝이 조금 아래로 향했다. 그
곳엔 검옹 천복의 심장이 있었다.

　"대단하군. 나로 하여금 마종삼검의 이초식을 꺼내게 만들
다니!"

　천마 석제의 입에서 감탄이 흘러나왔다.

　하지만 그의 얼굴은 여전히 평온했다. 검옹 천복의 무공에 놀랄
뿐 그를 조금도 두려워하거나 걱정하는 얼굴이 아니었다.

　"이 검도 받아낸다면 그대는 살 수 있을 것이다."

천마 석제가 말을 끝내는 순간 그의 검을 감싸고 있던 광채들이 갑자기 사방으로 퍼졌다.

그러자 검옹 천복이 만들어냈던 검기보다 더 강력하고 눈부신 검기의 조각들이 검옹 천복의 검기를 단번에 흩어버리며 검옹 천복을 향해 몰려갔다.

"음!"

자신의 검기를 모두 지워 버리며 몰려드는 천마 석제의 검기를 보며 검옹 천복의 입에서 침음성이 흘렀다.

극복할 수 없는 무공의 격차가 느껴졌다. 하지만 그렇다고 몸을 피할 검옹 천복은 아니었다.

슥!

검옹 천복이 한 걸음을 앞으로 내디디며 재차 검을 수직으로 그어 내렸다.

콰릉!

검옹 천복의 검에서 한 줄기 뇌성이 터져 나오더니 그가 만들던 모든 검기가 사라지고 오직 하나의 검기만이 낙뢰처럼 천마 석제를 향해 뻗어나갔다.

두 사람의 모습은 이전까지의 공수를 서로 바꾼 듯한 모습이었다.

콰릉!

두 사람 사이에서 다시금 강력한 굉음이 터져 나왔다. 그러자 사방 십여 장 넓이의 마른 땅이 일그러지듯 들썩이며 일어났다.

"음!"

희뿌연 모래 먼지 속에서 검옹 천복의 신음이 흘러나왔다. 동시에 그의 신형이 길게 발자국을 남기게 주르륵 뒤로 물러났다.

쿡!

검옹 천복이 어렵게 마른 땅에 검을 꽂아 넣었다. 그리고 그제 야 뒤로 밀리던 그의 몸이 움직임을 멈췄다.

콰아아!

하늘로 솟구쳤던 모래들이 폭포수처럼 땅으로 떨어져 내려 검 옹 천복의 몸을 뒤덮었다.

하지만 검옹 천복은 그 모래들을 털어낼 생각도 하지 않고, 마 치 내리는 눈을 맞는 사람처럼 한 무릎을 꿇고 천마 석제를 응시 하고 있었다.

천마 석제는 검옹 천복이 처음 서 있던 자리까지 도달해 있었 는데, 그동안 평온했던 그의 얼굴도 어느새 핏기가 사라진 채 조 금은 놀란 눈으로 검옹 천복을 바라보고 있었다.

"난 여기까지요! 부탁하건대 편히 죽여주시오."

검옹 천복이 패배를 인정했다. 그리고 죽음을 각오한 듯 검을 그대로 땅에 박아둔 채 그 앞에 가부좌를 틀고 앉았다.

그러자 천마 석제가 말했다.

"마종삼검 중 이초식을 받아냈으니 약속대로 당신을 죽이지 않 는다. 난 내가 한 약속은 반드시 지키니까."

"…아직도 살아야 할 날이 남아 있었던가?"

검옹 천복이 조금은 지겹다는 듯 중얼거렸다.

"그야 당신 몫이고. 마종삼검의 세 번째 초식은 네가 받아보겠 느냐?"

갑자기 천마 석제가 남쪽을 바라보며 소리쳤다.

그러자 먼 곳에서 한 사람의 모습이 아른거리는가 싶더니 멀리서 담담한 목소리가 들려왔다.

"기다리고 있었습니다!"

검웅 천복이 무거운 머리를 들어 남쪽을 바라봤다. 그러자 자신들을 향해 걸어오고 있는 시월의 모습이 보였다.

순간 검웅 천복의 얼굴이 일그러졌다.

"녀석… 결국 왔구나. 오지 말아야 할 곳에 뭐 하러 왔노."

천복의 탄식에 가까운 중얼거림에 천마는 피식 웃으며 대꾸했다.

"그대의 말이 맞을거야. 마종삼검 세 번째 초식을 받아내고 살아날 사람은 없을 테니까. 그런데, 저 아이는 이미 한 번 그 초식을 받아냈다지?"

"저 아이를 알고 있소?"

검웅 천복이 놀란 표정으로 물었다.

"저 나이에. 저런 기도를 가지고 있고, 그대를 구하기 위해 왔다면 당연히 칠선문의 그 시월이라는 아이겠지."

"…눈썰미도 좋구려."

"후후후, 맞아. 내가 생각보다 머리가 좋아. 젊을 때는 만계지마의 지모 따위 안중에도 없을 정도로. 나이 들어 머리 굴리는 것이 피곤해서 그자가 하는 대로 놔두었을 뿐."

천마 석제가 실소를 흘리며 말했다.

"부탁인데 부디 저 아이를 살려주시오."

검웅 천복이 시월이 듣지 못할 정도로 작은 목소리로 말했다.

그러자 천마 석제가 고개를 갸웃했다.

"살려줄 수 있다면 그렇게 하겠지만, 내게 그럴 여유가 있을지 모르겠군. 이미 천마후의 마종삼검을 막아냈다니 나로서도 최선을 다할 수밖에 없을 것 같은데……."

"무도(武道)의 인재를 아끼지 않소?"

검옹 천복이 물었다.

그러자 천마 석제가 피식 실소를 흘렸다.

"무림 최악의 마인이라는 내가 말인가?"

"그야 소인배들이 하는 헛소리일 뿐이고……."

"그리 말해주니 고맙군. 노력은 해보지!"

천마 석제가 고개를 끄떡였다.

"견딜 만하세요?"

검옹 천복과 천마 석제 앞으로 다가온 시월이 천복에게 물었다.

그러자 천복이 고개를 끄떡였다.

"아직 이 지겨운 삶이 조금 더 남은 모양이다."

"만화도에 가실 수 있겠네요."

"후후, 그러고 보니 그렇겠군, 그런데 그러려면 네가 살아야 하는데……."

그러자 시월이 이번에는 천마 석제를 바라보며 가볍게 포권을 했다.

"무림 후배 연시월이 천마께 인사드립니다."

"…천마후에게 이야기는 들었네. 아주 흥미롭더군. 마종삼검을 모두 받아냈다니. 그래서 사실 자넬 만나고 싶었네."

"그때 제가 죽다 살아났지요. 그런데 오늘 그 일을 다시 해야 합니까? 보내주시겠다면 검옹 어르신을 모시고 조용히 돌아가고 싶습니다만."

그러자 천마 석제가 고개를 저었다.

"그럴 수는 없지. 내가 십대천문이 아닌 겨우 십팔장문 중 하나인 이가검문을 따라온 것은 검옹과 자넬 만날 수 있을 거란 기대 때문이었네. 그런데 이대로 자넬 보내라고? 그 지루한 대 고비 사막을 건너왔는데?"

"그렇다면 한 수 배울 수밖에 없겠습니다. 두렵긴 하지만……"

"두렵다라. 무인은 강자를 만나면 피가 끓어야 하는 법이네."

"전 무도를 추구하는 무인이라기보다는 목숨 귀한 줄 알고 살아남기 위해 최선을 다하는 소인배일 뿐입니다."

시월이 가볍게 미소를 지으며 대답했다.

"음… 삶을 아낀단 말이지? 내 성미에는 맞지 않는군. 무인이라면 무도를 위해 목숨을 걸 줄 알아야지."

"제게 검은 살아남기 위한 혹은 제 사람들을 지키기 위한 도구일 뿐입니다. 그리고 그 생존본능이 제 무공의 원천입니다."

시월의 담담한 말에 천마 석제가 잠시 생각에 잠기는 듯하다 이내 고개를 끄떡였다.

"생각해보니 그것도 나쁘지 않겠군. 뭔가를 지키고자 하는 간절함은 무엇보다도 강하니까. 오늘 자네 목숨을 힘껏 지켜보게나!"

"각오하고 있습니다."

시월이 담담하게 대답했다.

＊　　　　＊　　　　＊

시월을 향해 온 사막이 몰려왔다. 거대한 사막이 몰려와 시월과 세상을 단번에 묻어버릴 것 같았다.

그렇게 덮쳐오는 사막을 향해 시월이 작은 발걸음을 내디뎠다. 그리고 운명에 저항하는 나약한 인간의 검을 가볍게 내리그었다.

그것이 끝이었다.

시월은 거대한 사막에 여지없이 삼켜졌다.

쿠오오!

사막은 시월을 삼키고도 한동안 세상을 향해 질주를 멈추지 않았다.

하지만 영원한 것은 없듯, 사막의 질주도 결국 힘을 잃더니 다시 세상을 눈부신 태양 아래 돌려주었다.

"시월!"

검웅 천복의 안타까운 목소리가 사막을 타고 흘러나갔다.

천마 석제가 일으켰던 사막의 거대한 바람에 휩쓸려간 시월의 모습을 어디서도 찾을 수 없었기 때문이었다.

반면 천마 석제는 애초에 그가 서 있는 자리에서 조금도 움직이지 않고 태산처럼 서 있었다.

"시월!"

검웅 천복이 다시 한번 시월을 부르며 힘겹게 몸을 일으켰다. 그리고는 검을 지팡이 삼아 시월을 찾아 걸음을 옮겼다.

그런데 그 순간 그로부터 삼십여 장이나 떨어진 곳에서 모래가 들썩이더니 시월이 모래 괴물처럼 느리게 모래를 털어내며 일어났다.

"걱정 마세요. 살아 있습니다!"

시월이 검옹 천복을 향해 소리쳤다.

하지만 힘껏 소리친 그의 목소리는 마치 죽어가는 사람이 유언하듯 가늘고 나약했다.

"시월!"

검옹 천복이 흔들리는 시월을 향해 내상을 입은 몸으로도 비틀거리며 달리기 시작했다.

그런 검옹 천복을 보면서도 시월은 한 걸음도 앞으로 내딛지 못했다.

천마 석제의 마종삼검 세 번째 초식은 천마후의 그것과 비교할 바가 아니었다.

천마의 마종삼검은 검법이 아니라 검을 이용해 자연을 움직이는 것 같았다. 시월을 뒤덮은 모래들은 그 한 알 한 알 모두에 천마 석제의 힘이 담겨 있는 듯했다. 그러니 그 모래바람을 정통으로 맞은 시월의 몸이 성할 리 없었다.

하지만 그럼에도 시월은 죽지 않았다. 또한 다시 무릎을 펴고 일어나 달려오는 검옹 천복내딛은 과 멀리 서 있는 천마 석제와 시선을 교환할 수 있을 만큼의 생명력을 다시 불러일으키고 있었다.

그 모습을 지켜보던 천마 석제가 입을 열었다.

"대단하구나. 기대 이상이다! 이 강호에 내 옷자락을 벨 자가 있을 줄이야!"

천마 석제가 가볍게 손으로 가슴을 털었다. 그러자 그의 옷에 묻어 있던 모래가 털려 나가면서 길게 베어진 그의 옷자락이 펄럭였다. 하지만 옷자락 안쪽의 몸까지 검에 베였는지는 알 수 없었다.

"이런 무공이 세상에 존재할 수 있다는 것을 지금도 믿을 수 없군요."

시월이 나직하게 말했다. 하지만 그의 말은 충분히 천마 석제의 귀에 들어갔다.

"나도 믿을 수 없다. 나의 마종삼검을 막아내는 무인이 있을 줄이야. 하물며 너처럼 어린… 아무튼 약속은 약속! 난 이만 돌아가겠네. 그리고 세상에 알려주지. 나 천마 석제의 발걸음을 돌리게 한 자(者)가 칠선문의 젊은 무인이란 것을!"

"번거롭습니다!"

시월이 사양하듯 말했다.

"하하하! 그래도 어쩔 수 없어. 난 세상에 날 상대할 수 있는 고수가 하나쯤 존재한다는 사실을 반드시 알리고 싶으니까. 날 버텨낸 자가 무림에서 아무것도 아닌 존재로 살아가는 것은 나에 대한 모독이지!"

"그러시다면 어쩔 수 없지요. 먼 길 편히 돌아가십시오."

시월이 더 말리지 않고 고개를 숙여 작별을 고했다.

그러자 천마 석제가 고개를 끄떡인 후 천천히 사막을 향해 걸음을 옮기다가 갑자기 걸음을 멈춘 후 슬쩍 시월을 돌아보며 입을 열었다.

"구서령의 불사적공이겠지?"

순간 시월이 놀란 듯 천마 석제를 바라봤다.

"하하! 좋아 좋아! 무공에 정사(正邪)가 어디 있던가! 어떻게든 무극(無極)에 이르면 그만이지!"

호탕하게 웃음을 터뜨린 천마 석제가 거짓말처럼 시월의 시야에서 사라졌다.

『칠마선문』 完.